813의 수수께끼(하)

아르센 뤼팽 걸작선 4
813의 수수께끼 하

지은이 모리스 르블랑
옮긴이 붉은 여우
펴낸이 안용백
펴낸곳 (주)넥서스

초판 1쇄 인쇄 2012년 5월 25일
초판 1쇄 발행 2012년 5월 30일

출판신고 1992년 4월 3일 제311-2002-2호
121-840 서울시 마포구 서교동 394-2
Tel (02)330-5500 Fax (02)330-5555

ISBN 978-89-5994-415 6 14860

www.nexusbook.com
지식의 숲은 (주)넥서스의 인문교양 브랜드입니다.

아르센 뤼팽 걸작선

4

ARSÈNE LUPIN

813의 수수께끼 하

모리스 르블랑 지음 | 붉은 여우 옮김

지식의숲

아르센 뤼팽 & 모리스 르블랑

추리소설이 영국과 미국에서 크게 발전한 것은 단편의 창시자 에드거 앨런 포, 장편을 발전시킨 윌키 콜린스와 찰스 디킨스, 그리고 이 장르의 완성자 아서 코난 도일, 계승자 G. K. 체스터턴, 에드먼드 벤틀리 등의 위대한 작가들이 있었기 때문이다.

장편 추리소설을 최초로 썼다는 영예를 걸머진 프랑스의 에밀 가보리오는 명탐정 르콕을 만들어내긴 했으나 그의 소설은 '선정소설' 굴레에서 벗어나지 못하고 말았다.

그는 당시 프랑스의 대중 통속작가였으므로 신문에 연재하는 가정소설 속에 탐정 장면을 부분적으로 삽입한 격이 되었지만 그의 소설은 결국은 선정적인 통속소설에 불과했다.

그래서 프랑스의 추리소설은 에밀 가보리오의 전통을 지키느라 영미의 추리소설에 비하면 무척 격이 떨어졌다.

시대적으로나 기술적으로 가보리오에 가까운 작가는 포르튀네 뒤 보아고베(Fortune du Boisgobey, 1821-1891)였다.

뒤 보아고베는 가보리오의 충실한 제자였으며 그의 대표작

《르콕의 만년》(La Vieillesse de M. Lecoq, 1876)을 써서 스승이 창조한 르콕 탐정을 재등장시키고 있으나 그에게는 분석 능력과 수사의 흥미가 결여되어 있어서 그도 한낱 선정적 미스터리 작가가 되고 말했다.

프랑스가 세계적으로 이름을 떨치게 되는 미스터리 작가를 낳기 위해서는 20세기에 들어설 때까지 기다려야 했다. 그동안 영국의 추리소설 특히 코난 도일의 셜록 홈즈 모험담이 프랑스 작가들을 자극했을 것이다. 가장 두드러진 두 작가는 모리스 르블랑과 가스통 르루이다.

보알로 나르스자크의 《추리소설》(Roman Policier, 1964)을 보면 "가보리오는 코난 도일에게 영감을 주었다. 그리고 코난 도일은 모리스 르블랑에게 특수한 의미에서 그러했다. 아르센 뤼팽을 창조함에 있어서 모리스 르블랑은 결국 셜록 홈즈와는 모든 점에서 대조적인 주인공을 내세웠다."는 부분이 있다.

모리스 르블랑(Maurice Leblanc, 1864-1941)이 대중잡지 〈Je Sais Tout〉에 괴도신사 아르센 뤼팽을 주인공으로 범죄 모험소설을 쓰기 시작한 것은 1906년이다.

첫 단편 〈체포된 뤼팽〉(L'arrestation d'Arsène Lupin)가 독자의 호평을 받자 이어서 〈감옥의 아르센 뤼팽〉 등 여덟 편을 추가해 《괴도신사 뤼팽》(Arsène Lupin, Gentleman-Cambrioleur)이라는 제목으로 1907년에 출판되었다.

르블랑은 코난 도일에게 대항하여 셜록 홈즈와 맞서는 아르센 뤼팽을 내세웠을 텐데 이러한 대항의식은 마지막 단편 〈한 발 늦은 셜록 홈즈〉(Sherlock Holmes arrive trop tard)에 노골적으로 나타나 있다. 장 폴 사르트르는《말》(Mots, 1986)에서 "나는 아르센 뤼팽을 숭배한다. 헤라클레스와 같은 완력, 교활한 용기, 프랑스적 지성이……" 하고 말하는 것을 보면 오늘날 셜록 홈즈가 영미의 아니 전 세계 독자들에게 주는 이미지와 같은 이미지를 뤼팽은 당시의 프랑스 독자에게 그리고 전 세계 독자에게 주었을 것이다.

셜록 홈즈가 추리의 천재, 진실의 사도, 정의의 화신이라고 한다면 뤼팽은 강도이며, 멋쟁이 신사이며, 협객이며 경찰관이며 탐정이기도 하다. 홈즈가 이상적 영국인이라면 뤼팽은 전형적인 프랑스인이다.

《괴도신사 뤼팽》의 마지막 단편 〈한 발 늦은 셜록 홈즈〉에서 뤼팽은 홈즈의 시계를 훔쳤다가 돌려준다. 뤼팽은 소매치기의 명수이기도 하지만 신사강도로서는 좀 장난꾸러기 같은 인물이다. 그리고 드반이 폭소를 터뜨리는 것도 일부러 초대한 명탐정에 대한 에티켓으로는 조금 야비(?)하다.

코난 도일이 그가 창조한 명탐정이 아르센 뤼팽과 같은 신사강도에게 조롱당하는 것을 참지 못하여 모리스 르블랑에게 항의를 했다고 한다.

르블랑은 셜록 홈즈를 헐록 숌즈(Herlock Sholmes)로, 왓슨(Watson)을 윌슨(Wilson)으로 바꾸고 있을 뿐이다. 그래서 두 번째 단편집도 《아르센 뤼팽 대 셜록 홈즈》(Arsène Lupin contre Herlock Sholmes, 1908)로 되어 있고 〈한 발 늦은 셜록 홈즈〉도 그렇게 고치고 있다. 그러나 여기서는 셜록 홈즈로 부르기로 한다.

뤼팽은 장편 《수정마개》(Le Bouchon de Cristal,1910), 《기암성》(L'aiquille-creuse, 1912), 《813의 수수께끼》(813, 1923), 단편집 《시계 종이 여덟 번 울릴 때》(Les huits coups de l'horloge, 1913), 〈뤼팽의 고백〉(Les Confidences d'Arsène Lupin, 1913), 〈바네트 탐정사〉(L'Aqence Barnett, 1927) 등 20여 권에서 활약한다.

아르센 뤼팽은 완력이나 배짱이나 두뇌가 슈퍼맨에 속한다. 그는 만능선수이다. 그에게는 왓슨 역이 없다. 부하는 있으나 도구에 불과하다. 다만 도덕성과 정의감이 부족한 것이 흠이랄까. 그러나 강도라도 '신사'가 붙어 있으며 때로는 경찰부장을 지내며 자신의 체포 명령을 내리기도 한다. 추리력도 대단하다. 종횡무진이며 신출귀몰한다. 그도 홈즈처럼 신화적 존재가 되었다. 그는 셜록 홈즈와 더불어 우리들의 청소년기뿐만 아니라 평생의 영웅이 된 것이다.

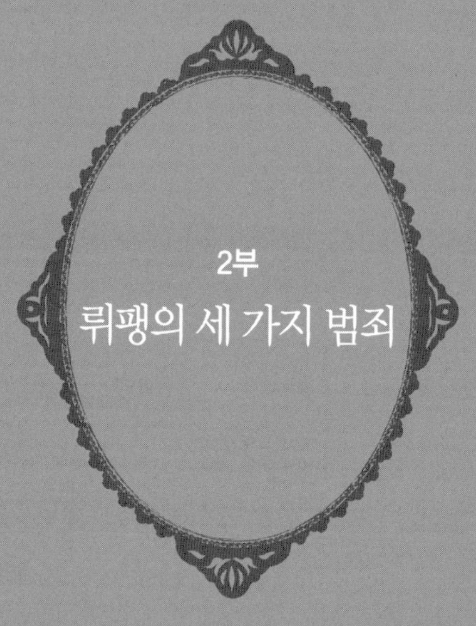
2부
뤼팽의 세 가지 범죄

샹테 궁전

온 세상이 활짝 웃었다. 아르센 뤼팽의 체포가 커다란 센세이션을 불러일으켰다. 사람들은 자신들이 오랫동안 바라던 일을 멋지게 해치운 경찰당국에 찬사를 아끼지 않았다. 보기 드문 천재이며 얼굴 없는 괴도가 드디어 평범한 도둑과 마찬가지로 라 샹테 교도소의 차가운 감방 안에서 법의 굴레를 쓰고 괴로워하고 있다는 데 통쾌함을 느꼈다. 과연 사법의 힘이야말로 법을 어긴 자를 언젠가는 반드시 응징하고 그만한 대가를 치르게 만드는 것이라고 모두들 고개를 끄덕였다.

사람들의 이러한 생각은 신문, 잡지를 타고 널리 퍼져나갔다. 그리고 이 사람 저 사람의 입을 거치는 동안 부풀려지고, 덧붙여지고, 재해석되어 가지각색의 말들이 난무했다.

경찰청장은 레종 도뇌르 3급 훈장을, 베르베르 치안국 차장은 4급 훈장을 받았다. 아르센 뤼팽 체포 작전에 참가했던 수많은 경감과 말단 형사들도 모두 대견한 솜씨와 용감함을 칭찬받았다. 박수가 터져 나오고 축가가 널리 울려 퍼졌다. 기사와 칭찬이 잇달아 꼬리를 물었다.

그러나 이러한 찬사의 갈채를, 이렇게 요란한 함성을 일시에 일축하며 봇물처럼 터져 나가는 더 거센 물결이 하나 있었다. 그것은 자연스럽게 울려 퍼지는 너무나도 거대한, 막으려 해도 막을 수 없는 요란한 비웃음소리였다.

하필이면, 다른 사람도 아닌 괴도 아르센 뤼팽이 4년 동안이나 치안국장 자리에 있었다니 대체 이게 무슨 희극이란 말인가!

4년이라는 짧지 않은 기간 동안 다름 아닌 뤼팽이 바로 치안국장 자리에 있었던 것이다. 그것도 정식으로 그 자리를 차지하고 있었던 것이다. 그는 그 직책에 부여된 모든 권능을 누리고, 부하의 존경과 정부의 신뢰와 민중의 칭찬을 한몸에 받으며 그 영예로운 자리를 버젓이 지키고 있었던 것이다.

4년 동안 민생 치안과 재산 유지가 바로 아르센 뤼팽의 손에 맡겨져 있었다. 다름 아닌 도둑이 법을 집행해온 것이다. 다름 아닌 도둑이 선량한 사람들을 보호하고 죄지은 자들을 추적해온 것이다.

게다가 그가 남긴 공적은 또 얼마나 훌륭했던가! 이처럼 질서가 잘 유지된 적이, 이처럼 범죄가 확실하고 신속하게 처리된 적이 예전에는 결코 없었다. 드니주 사건, 리용 신용은행 도난 사건, 오를레앙 행 급행열차 습격사건, 도르프 남작 살해사건 등, 입에 오르내릴 만한 사건이란 사건은 모두 그가 해결했다. 예전에 이름을 날렸던 유명한 명탐정과 비교해도 조금도 손색이 없는 그야말로 눈 깜짝할 사이에 이루어낸 눈부신 업적이었다. 그 모두가 그들 이상의 명쾌한 해결이었다.

언젠가 르노르망이 루브르 방화사건의 범인을 체포하며 독단적인 행동을 보였다는 평판이 나돌았을 때, 총리 겸 내무장관인 발랑글레는 의회 단상에서 "지혜와 열정, 뛰어난 판단력과 실천력, 기발한 수단, 변화무쌍한 작전 등에 있어 르노르망 씨에게 대적할 인물이 만일 이 세상에 존재한다면 죽은 아르센 뤼팽 단 한 사람뿐일 것이다. 르노르망 치안국장이야말로 사회를 위해 온갖 노력을 다한, 경찰청의 아르센 뤼팽이라 해도 과언이 아닐 만큼 열정적인 인물이다."라는 칭찬까지 했었다.

그런데 이제 막 밝혀진 바에 의하면 그 르노르망이 진짜 아르센 뤼팽이었던 것이다.

세상사람들은 뤼팽이 러시아 출신의 공작이었다는 사실에는 그리 놀라지 않았다. 예전에도 그는 이런 식으로 변신을 거듭해 왔기 때문이었다. 하지만 그가 시치미를 떼고 경찰청의 치안국장으로 행세를 했다는 점에 있어서는 너무나 기발하고 아이러니컬한 이야기가 아니냐며 모두들 한결같이 혀를 내둘렀다. 이 기상천외한 둔갑은 사연 많은 그의 생애에 있어서도 특히 기억에 남을 수밖에 없었다.

르노르망이 아르센 뤼팽이었다니!

이 사실이 밝혀지자 몇 가지 의문이 자동으로 풀렸다.

바로 얼마 전에 민중을 경악하게 하고 경찰을 당혹스럽게 했던, 언뜻 보기에 기적이라고밖에는 생각할 수 없었던 대담하고 기발한 탈주 사건이 이제야 겨우 설명이 되었다. 미리 공표해두었던 바로 그 대낮에 재판소 구내에서 공범자를 빼간 그 날렵한 솜씨가 어떻게 된 일인지 사람들은 이제야 이해할 수 있었다.

뤼팽은 자신의 투고에서 밝히지 않았던가? '제가 이 방법을 발표하도록 허락되는 날 아마도 여러분들은 꽤 놀라실 것입니다. 겨우 이런 것이었나, 하고 어이가 없어 하는 분들도 있을 것입니다. 그렇습니다. 분명히 이것은 시시한 것임에 틀림없습니다. 하지만 이런 방법을 생각해냈다는 것이 오히려 대단한 것일 수도 있습니다.'라고.

과연 그것은 삼척동자를 속이는 일처럼 단순한 방법이었다. 치안국장의 위치에 있다면 누구나 할 수 있는 그런 일이었다.

그 사건이 벌어질 때 뤼팽이 치안국장 자리에 앉아 명령을 내리고 있었으니, 모든 경관들이 그의 명령을 따라 그대로 복종함으로써 본의 아니게 뤼팽의 공범자가 되어버린 셈이었다.

이번 사건이야말로 희극이었다. 한 편의 훌륭한 연극이라고 할 수 있었다. 다시없을 만큼 규모가 크고 수많은 배우가 참가한 한 편의 희극이었다. 현재는 비록 교도소 안에서 신음하는 재소자로, 두 번 다시 재기할 수 없는 처지에 놓여 있다고 할지라도 뤼팽은 역시 위대한 승리자였다. 그는 감방 속에 있으면서도 온 파리에 명성을 떨치고 있었다. 전례가 없을 정도로 그는 숭배를 받는 존재가 되어 있었다. 그는 전대미문의 대도가 틀림없었다.

아르센 뤼팽은 스스로 이름 붙인 '상테 궁전'에서 다음 날 아침 눈을 뜨자마자 자신이 세르닌 공작과 르노르망 치안국장이라는 두 개의 이름과 지위로 체포된 사실 때문에 빚어지는 굉장한 반향을 생생하게 느꼈다.

뤼팽은 만족스러운 듯이 손을 비비며 중얼거렸다.

"고독한 재소자에게 세상 사람들의 칭찬만큼 위안이 되는 일도 없을 것이다. 세상 사람들이 나를 태양처럼 숭배한다니, 이보다 더한 영광이 또 어디에 있으랴!"

대낮에 보는 감방은 한층 더 뤼팽의 마음에 들었다. 높이 뚫린 창문을 통해 한 줄기 나뭇가지가 올려다 보였고, 그 나뭇가지 사이로 푸른 하늘이 어른거렸다. 벽은 모두 새하얀 색이었다. 가구라고는 땅바닥에 쇠사슬로 붙들어맨 테이블과 하나뿐인 의자였는데, 그것들도 모두 깨끗해서 기분이 좋았다.

"잠시 여기서 쉬는 것도 그리 나쁘지는 않겠군……."

뤼팽은 소리내어 중얼거렸다.

"그럼 일단 세수부터 할까…… 세면도구는 갖추어져 있겠지……? 이런, 아무것도 없네! 그럼, 벨을 두 번 눌러 하녀를 부르면 되지."

뤼팽은 문 옆에 달려 있는 버튼을 세게 눌렀다. 그러자 복도에서 요란한 벨소리가 들려왔다.

잠시 뒤 자물쇠를 여는 소리가 나더니 철문 밖의 빗장이 벗겨졌다. 교도관 한 사람이 모습을 드러냈다.

"더운물 좀 가져와!"

뤼팽이 말했다.

교도관이 황당해하는 것인지 화가 난 것인지 알 수 없는 이상한 표정으로 뤼팽을 노려봤다.

"아 참, 그렇지! 부른 김에 하는 말인데, 수건도 필요해. 이거 너무하지 않나! 수건조차 갖다놓지 않았다니!"

뤼팽이 하인에게 말하듯 소리쳤다.

"당신은 나를 우습게 여기고 있군. 그렇지? 하지만 그러다가 큰코다쳐!"

그렇게 말하고 나서 교도관이 방에서 나가려고 했다. 그러자 뤼팽은 재빨리 그의 팔을 붙잡았다.

"1백 프랑 주겠소. 편지 한 통만 우체통에 넣어주시오."

뤼팽이 1백 프랑짜리 지폐를 주머니에서 꺼냈다. 어젯밤 입소시 신체 검사를 할 때 재빨리 빼돌린 것이었다.

"편지는……?"

교도관이 낚아채듯이 돈을 가져가며 말했다.

"잠깐만 기다려……! 금방 써줄 테니까……."

테이블에 자리를 잡은 뤼팽은 종이 위에 연필로 글씨를 휘갈겨 쓴 다음 봉투 속에 집어넣었다. 그리고 겉봉에 주소를 썼다.

S. B. 42. 귀하.

파리 우편국.

교도관이 편지를 받아들고 나갔다.

뤼팽이 스스로 위로라도 하듯 중얼거렸다.

"저 편지는 내가 밖에서 보냈을 때처럼 정확하게 전달될 거야. 늦어도 한 시간 뒤에는 답장이 오겠지. 세상물정을 판단하는 데 꼭 필요한 것은 바로 시간이다."

뤼팽은 의자에 자리를 잡았다.

"현재 나는 정복해야 할 상대가 둘 있다. 첫째는 세상이다. 세상이 나를 붙잡아두고 있지만 나는 전혀 개의치 않는다. 둘째는 정체를 전혀 알 수 없는 괴한이다. 그는 나를 붙잡아두고 있지는 않지만 크게 신경을 써야 할 대상이다. 세르닌 공작이 뤼팽이라고 당국에 밀고한 것도 녀석이고, 뤼팽이 르노르망 국장이라는 것을 알아낸 것도 역시 녀석이다. 그 지하터널의 문을 잠가놓은 것도 녀석이고, 나를 교도소로 보낸 것도 역시 그 녀석이다."

아르센 뤼팽은 잠깐 생각에 잠겼다 다시 말을 이었다.

"싸움은 결국 그자와 나 사이의 문제인 셈이군. 이 싸움, 케셀바흐 계획의 실체를 알아내고 그것을 실현시키는 데 있어 나는 수감 중인 몸이지만 그는 자유로운 몸이고 또 세상에 알려져 있지도 않다. 그러니 놈은 남의 눈에 띄지 않고 마음대로 행동할 수 있겠지. 게다가 놈은 내가 입수하려던 두 가지, 피에르 르뒤

크와 스타인벡까지 수중에 넣었다…… 나를 거치적거리지 않게
처리한 놈은 곧 목적을 달성하게 될 것이다."

그는 또다시 한동안 깊은 생각에 잠겼다 중얼거리기 시작했다.

"좋은 상황이라고는 결코 말할 수 없게 됐는걸. 한쪽은 모든
것을 쥐고 있고 한쪽은 그 어느 것도 쥐고 있지 않으니 말야. 결
국, 내 앞을 가로막고 있는 녀석은 나와 동등한 실력을 가졌거
나 그 이상이라는 걸 인정할 수밖에 없군. 녀석은 내가 결코 저
지르기 싫어하는 살인까지도 태연하게 저지르는 녀석이다. 무
엇보다 나는 녀석을 공격할 수 있는 무기가 하나도 없다. 녀석
을 공격할 수 있는 무기가 단 하나도 없어……."

뤼팽은 마지막 말을 몇 번이고 반복해 중얼거린 뒤 두 손으로
이마를 짚고 오래도록 생각에 잠겼다.

"어서 오십시오, 소장님!"

감방문이 채 열리기도 전에 뤼팽이 말했다. 감방 안으로 들어
선 것은 정말 소장이었다.

"자네는 내가 올 줄 알고 있었나보군?"

"그럼요, 소장님! 제가 오시라고 방금 전 편지를 보내지 않았
습니까? 생각대로 교도관이 소장님께 편지를 실수 없이 전해드
려 정말 다행입니다. 겉봉에 소장님 이름의 머리글자 'S. B.'와
42세라는 소장님의 나이를 성의 없이 적었는데 교도관이 제법
글을 읽을 줄 알았던 모양입니다."

소장의 이름은 스타닐라스 보렐리, 나이는 42세였다. 상냥한
얼굴이 꽤 호감을 줬으며, 재소자들을 가능한 너그러이 대하는

인물이었다.

"자네는 그 교도관의 성실함을 정확히 파악한 모양이군. 이건 자네의 돈 1백 프랑일세. 출소할 때 주기로 하지. 그때까지 내가 잘 맡아두겠네…… 그리고 우선 다시 신체 검사실로 가줬으면 좋겠는데……."

뤼팽은 보렐리 소장을 따라 신체 검사를 할 때 사용하는 작은 방으로 들어가 옷을 벗었다. 그는 한 직원이 옷을 샅샅이 검사하는 동안 다른 직원으로부터 꼼꼼하고 세밀한 신체 검사를 재차 받았다.

신체 검사가 끝나자 뤼팽은 감방으로 되돌려 보내졌다. 따라온 보렐리 소장이 마음이 놓인다는 듯이 말했다.

"이제 됐네. 더 이상 문제는 없겠지?"

"그렇습니다, 소장님! 모두들 직무를 성실히 수행하고 있군요. 그 철저함이야말로 매우 중요한 것이죠. 저로서는 만족스럽지 않을 수 없습니다. 뭔가 사례를 했으면 좋겠는데……."

뤼팽이 소장에게 1백 프랑짜리 지폐를 내밀었다. 소장은 뒤로 넘어질 만큼 깜짝 놀랐다.

"아니, 정말 놀랍군……! 그건 어디서 났나?"

"소장님, 별로 놀랄 만한 일도 아닙니다. 저와 같은 사람, 저처럼 막 살아가는 사람은 언제 무슨 일을 당할지 모르기에 만일의 경우를 대비해 언제나 비상금 정도는 준비를 해놓는 법이지요. 아무리 갑작스런 상황이 발생해도 당황하지 않을 정도의 준비 말입니다. 그러니 교도소에 투옥되는 정도의 일로 당황하거나 허둥대지는 않지요.”

뤼팽은 오른손의 엄지와 검지로 왼손의 가운뎃손가락을 잡았다. 그리고 다음 순간 오른손 가운뎃손가락을 획 잡아 빼 보렐리 소장의 눈앞에 내밀었다.

“조금도 놀랄 것 없습니다, 소장님. 이건 제 손가락이 아니라 산양의 맹장으로 만든 튜브일 뿐입니다. 저의 가운뎃손가락에 꼭 맞게 만들어 색칠을 한 것이죠. 진짜 손가락과 구별이 거의 안 가죠?”

뤼팽이 웃으며 진짜 가운뎃손가락을 펴 보였다.

“이런 손가락만 있으면 1백 프랑짜리 세 장 정도를 숨기는 건 일도 아니죠…… 정말 그렇겠죠? 마음만 먹으면 무엇이든 지갑으로 쓸 수 있습니다…… 영리한 사람은 그 무엇으로든 필요한 도구를 만들어 사용하죠…….”

보렐리 소장은 꽤 당황하는 눈치였다.

“소장님, 술자리에서 장기자랑으로나 쓸 만한 하찮은 마술을 보여드림으로써 놀라게 하려 한다고 오해하지는 마십시오. 제 속셈은 소장님께 좀 색다른 손님이 이 감방 안에 있다는 것을 알려주는 것뿐이었습니다…… 쉽게 말해, 앞으로 제가 이곳의 규칙에 어긋나는 일을 하더라도 그리 놀라지 말아 달라는 부탁을 하려는 것이었습니다.”

“이곳의 규칙은 자네도 지켜야 하네. 그 누구도 예외는 없지. 어긋난 행동으로 벌칙을 받는 불상사가 없도록 해주게…….”

소장이 굳은 표정을 한 채 분명한 어조로 말했다.

"제게 벌칙을 주는 일은 소장님으로서도 무척 괴로우시죠? 그러므로 저도 미리 소장님께 말씀해 놓는 것이 좋겠습니다. 그러니까 무슨 말이냐면, 그 어떤 벌칙도 내가 하고 싶은 대로 하거니와 외부의 친구와 편지 왕래를 하거나, 나의 어떤 중대한 이익을 보호하거나, 내 마음이 내키는 대로 신문에 투고를 하거나, 나의 어떤 계획이 실행되도록 내가 어떤 일을 하는 데 방해를 할 수 없다는 사실 말입니다. 더 쉽게 말해, 저의 탈옥 준비를 방해하지 말아줬으면 감사하겠다는 말씀입니다."

"뭐야? 자네의 탈옥!"

소장이 놀라는 것을 보고 유쾌하다는 듯이 뤼팽이 소리내 웃었다.

"아니, 그렇지 않습니까, 소장님! 생각해 보십시오…… 소장님은 저를 지킬 의무가 있지만 도둑인 저는 자유를 찾아 도망갈 권리가 있는 것 아니겠습니까? 저 같은 사람이 교도소에 들어온 이상 자유를 찾으려면 여기서 몰래 빠져나가는 방법밖에 없지 않겠습니까?"

보렐리 소장이 갑자기 크게 웃었다.

"정말 고마운 조언이군. 잘 기억해 두겠네……."

"저의 뜻을 받아들여 주셔서 정말 다행입니다. 소장님, 부디 빈틈없이 충분히 준비해 주시기 바랍니다. 나중에 후회하는 일이 없도록 말입니다. 제가 탈옥하게 되면 틀림없이 여러모로 소장님께 폐를 끼치게 될 겁니다. 하지만 소장님의 출세를 방해하는 일은 결코 없도록 조처하겠으니, 그 점에 있어선 마음을 놓으셔도 될 겁니다. 이런 말을 해두고 싶어서 오시라고 한 것입니다. 이제 그만 돌아가셔도 됩니다. 제 이야기를 듣느라 수고 많으셨습니다."

보렐리 소장은 이 괴상한 재소자의 말에 마음이 흔들렸다. 그는 갈피를 잡지 못한 채 머지않아 일어날 사건에 막연한 불안감을 느꼈다.

소장이 밖으로 나가고 나자 재소자가 침대에 몸을 털썩 내던지며 중얼거렸다.

"뤼팽! 너의 배짱 참 기가 막히다! 누가 들으면 이곳을 어떻게 빠져나갈 것인지 이미 계획이 서 있는 줄 알겠군!"

라 상테 교도소는 구조가 방사선 모양이었다. 중앙이 원형의 공간이고, 이곳을 중심으로 복도가 팔방으로 뻗어 있었다. 그리고 이 원형 광장의 중앙에 사방이 유리로 된 감시실이 위치해 있었다. 한 사람의 재소자가 감방에서 나오면 곧 이 원형 공간의 중앙에 자리잡고 있는 유리로 된 감시실 안의 교도관 눈에 띄도록 되어 있었다.

이 교도소를 견학하러 오는 사람들은 교도관의 감시를 받지 않고 자유롭게 활보하고 있는 재소자들을 보고 곧잘 놀라곤 했다. 교도소 안의 한 지점에서 다른 한 지점, 예를 들어 재소자가 재판소의 취조에 응하기 위해 감방에서부터 그들을 기다리는 호송차가 있는 안마당으로 가는 경우, 재소자들은 일직선으로 된 복도를 따라 걸어 복도의 맨 끝에 있는 통용문까지 가는데, 그곳에서 교도관 한 사람이 통용문을 지키고 있다 이 문을 열어 재소자들을 지나가게 했다. 그 통용문을 통과하면 다시 훤히 뚫려 있는 복도가 나타나고 그 복도의 끝에 있는 통용문 앞에서 또 다른 교도관이 문을 지키고 서 있었다.

즉, 언뜻 보기에는 재소자들의 행동이 몹시 자유로워 보였지만 사실은 그렇지 않았다. 모든 구역이 따로 나뉘어져 있어 그 구역 안에서만 자유로웠다. 재소자들이 한 구역을 벗어나기 위해서는 문에서 문으로, 감시에서 감시로, 손에서 손으로, 이렇게 짐짝처럼 릴레이식으로 넘겨져야 가능했다.

재판소의 취조가 있을 때 '짐짝'들이 건물에서 마당으로 나가면 경관들이 기다리고 있다 호송차 안의 칸막이에 몰아넣었다. 이것이 일반적인 법칙이었다.

그런데 뤼팽에 있어선 이런 상례가 전혀 적용되지 않았다.

복도 통행이 경계를 받았고 그가 탄 호송차도 경계 대상이었다. 그의 모든 일, 모든 경우가 경계 대상이었다.

치안국 차장 베르베르가 직접 나서서 완전 무장한 경찰청 직속 베테랑 경관 두 명을 지휘하여 교도소에 도착, 감방 입구에서부터 이 '범털'을 인수해 자동차가 있는 곳까지 데리고 갔다. 그는 운전조차도 직속 부하에게 시킬 만큼 신중을 기했고, 자동차의 앞뒤와 양옆에 기마 경관을 세워 호위하도록 했다.

"이거 정말 대단한데!"

자동차 안에서 뤼팽이 소리쳤다.

"이 정중한 대우에 몸둘 바를 모르겠네. 이건 마치 국빈 대우 같군. 베르베르 차장, 윗사람에 대한 예의를 잊지 않고 지켜주다니 정말 고맙군!"

뤼팽이 베르베르 차장의 어깨를 손으로 두드리며 말을 계속했다.

"베르베르 차장, 나는 사직할 작정인데, 후임으로 자네를 추천해 두겠네."

"그 일이라면 당신이 걱정 안 해도 돼. 이제 거의 정식으로 결정되었으니까."

베르베르가 대답했다.

"그거 듣던 중 반가운 소식이군! 난 사실, 여기서 탈옥하기가 좀 불안했던 참일세. 그런데 그 말을 들으니 이제 마음이 놓이는군. 베르베르 자네가 치안국장 자리에 있으면 이제 아무 문제도 없겠군. 이제 마음놓고 탈옥을 해도 되겠군……."

베르베르는 이 빈정거림에 대응을 하지 않았다. 그는 이 적에 대해 미묘하고도 복잡한 감정을 느끼고 있었다. 그것은 뤼팽에 대한 공포심과 세르닌 공작에 대한 존경심, 그리고 오랫동안 간직해온 르노르망 치안국장에 대한 경애심 등이 함께 뒤얽힌 것이었다. 거기에 새로운 원한과 선망, 증오가 더해져 보다 복잡한 감정이 되어 있었다.

얼마 뒤 뤼팽을 태운 자동차가 재판소에 닿았다. 형사 대기실

앞에는 치안국 직속의 형사들이 그들을 맞이하기 위해 나열해
있었는데, 베르베르 차장은 그들 속에서 그가 철석같이 믿고 의
지하는 도드빌 형제의 모습을 보자 기분이 좋아졌다.

"포르메리 예심판사는 와 계신가?"

베르베르 차장이 형제 형사에게 물었다.

"예, 차장님. 예심판사님은 취조실에 계십니다."

베르베르 차장이 앞장서서 긴 층계를 올라갔다. 도드빌 형제
가 양옆에서 뤼팽을 호위하고 있었다.

"주느비에브는?"

뤼팽이 중얼거리듯 말했다.

"구출했습니다……."

"지금 어디 있나?"

"할머니 댁에 있습니다."

"케셀바흐 부인은?"

"파리의 브리스톨 호텔에 계십니다."

"쉬잔은?"

"사라졌습니다."

"스타인벡은?"

"전혀 소식을 알 수 없습니다."

"뒤퐁 빌라는 감시하고 있나?"

"예."

"오늘 아침 신문의 논조는?"

"매우 호의적입니다."

"좋아!"

그들은 2층 안쪽 복도에 와 있었다. 뤼팽은 형제 형사 중 한 사람에게 똘똘 뭉친 종이쪽지를 슬며시 쥐어주었다.

"나와 연락할 경우를 대비해 적어놓은 것이네."

치안국 차장을 따라 취조실로 들어오는 뤼팽을 보고 포르메리 예심판사는 기다렸다는 듯이 말했다.

"오! 어서 오게, 뤼팽! 언젠가는 틀림없이 피고인 자네와 이렇게 만날 자리가 마련될 줄 알았지."

"저도 믿어 의심치 않았습니다, 예심판사님. 운명의 도우심으로 나처럼 정직한 사람의 취조를 당신 같은 호인이 맡게 되었다니, 정말 기쁜 일입니다."

'이자는 여전히 사람을 우습게 보는군.'

포르메리 예심판사가 속으로 중얼거렸다.

그러나 그는 상대가 비꼰다고 해서 지금까지의 점잖은 어조가 흐트러지는 일이 없도록 노력하며 입을 열었다.

"그렇게 정직한 자네이지만 아쉽게도 절도, 강도, 사기, 위조, 공갈, 협박, 장물 매입 등 344건의 범죄에 대해 나에게 설명을 좀 해줘야겠네. 자그마치 344건일세!"

"예, 그럴 리가요? 겨우 그것뿐입니까! 혹시 빠트리신 건 없습니까?"

뤼팽이 소리치듯 말하고 나서 한마디 덧붙였다.

"이거 꽤 부끄러워지는데요."

“오늘은 정직한 자네의 입으로 알텐하임 남작을 살해한 사건
에 대해 설명해 줬으면 하네.”

“아니, 그건 처음 듣는 얘기로군요. 그건 예심판사님이 판단
한 일입니까?”

“그래!”

“그거 참, 놀라운 일이군요! 정말 대단한 일입니다. 포르메리
예심판사님, 꽤 유능해지셨군요.”

“자네가 붙잡힌 그 현장의 상황으로 보아 그렇게 생각하는
것이 타당하지 않겠나?”

“정말 그렇게 타당한가요? 그럼, 한 가지만 여쭤보겠습니다.
알텐하임 남작의 치명상은 무엇이었습니까?”

“단검에 찔린 목의 상처일세.”

“그런데 그 단검은 어디 있습니까?”

“그건 찾지 못했네.”

“찾지 못했다니, 그럴 리가 있습니까? 저는 제가 죽였다는 그
사람 옆에서 곧장 붙잡히지 않았습니까?”

“그럼 자네는 누가 살인범이라고 생각하나?”

“케셀바흐 씨와 채프먼, 그 밖에 많은 사람의 목을 찔러 살해
한 바로 그자가 틀림없겠죠. 그 상처가 무엇보다 좋은 증거 아
닙니까?”

“그렇다면 그는 어디로 도망쳤을까?”

“범행 현장에 지금도 남아 있는 그 비밀통로로 빠져나갔겠
죠.”

포르메리 예심판사는 상대의 허를 찌르기 위해 기다렸다는 듯 되받아쳤다.

"그럼 자네는 왜 그처럼 고마운 본보기를 따라 그 문으로 도망치지 않았는가?"

"당연히 저도 그렇게 하려고 했지요. 그러나 지하터널 속의 출입문이 닫혀서 열리지 않더라구요. 그래서 제가 우물거리고 있는 동안 그 녀석이 다시 현장으로 되돌아와 공범인 알텐하임 남작을 죽인 것이죠. 왜냐하면 공범의 입에서 비밀이 새어나갈까 봐 두려웠기 때문입니다. 그리고 그와 동시에 그놈은 제가 준비해 감춰두었던 옷 꾸러미를 가져다 벽장 속에 숨겨버렸구요."

"그건 무엇을 하려던 옷이지?"

"저의 변장용 옷입니다. 그날 제 계획은 등나무 장에 가서 알텐하임 남작을 경찰에 넘겨준 뒤 세르닌 공작의 신분을 버리고 다시……."

"르노르망 씨로 변장하고 나타날 예정이었다, 그 말인가?"

"바로 그렇습니다."

"아니야."

"예? 무슨 말씀입니까?"

포르메리 판사는 다 알고 있다는 듯한 미소를 지었다. 그는 엄지손가락을 자신의 얼굴 앞에 대고 오른쪽에서 왼쪽으로, 왼쪽에서 오른쪽으로 시계추처럼 움직이며 "거짓말이야!"라는 말을 뒤풀이했다.

"뭐가 거짓말이란 말씀입니까?"

"르노르망 씨가 뤼팽이 변장한 것이라는 연극은 대중을 속여 대중의 환영을 받았을는지 모르지만, 나 포르메리 예심판사는 결코 속일 수 없지!"

그렇게 말하고 나서 예심판사가 갑자기 큰 소리로 웃었다.

"뤼팽이 바로 치안국장이라니! 황당한 이야기도 분수가 있지! 나를 너무 얕보지 말게…… 나는 사람이 좋아 보일지는 모르지만, 이처럼 속이 빤히 들여다보이는 거짓말에는 결코 속지 않아…… 그런데, 우리들끼리만 하는 이야기인데, 자네는 그런 엉터리 소문을 퍼뜨렸는가? 정말 알다가도 모를 일이야……."

뤼팽은 어이없다는 듯이 상대의 얼굴을 빤히 바라보았다. 포르메리 예심판사의 일이라면 모든 것을 다 알고 있는 그였지만, 이처럼 굉장한 자만심과 독선이 숨어 있으리라고는 상상도 못했던 일이었다. 뤼팽이 세르닌 공작과 르노르망 치안국장, 이 두 명의 역할을 했다는 사실을 믿지 않는 이는 이제 세상에 단한 사람도 없었다. 그런데 포르메리 예심판사만은 유일하게 그것을 믿지 않고 있었다.

뤼팽이 그때까지 입을 크게 벌린 채 조용히 듣고 있던 베르베르 차장을 돌아다보며 말했다.

"베르베르 차장, 이렇게 되면 자네의 승진이 조금 걱정되는군. 내가 르노르망 씨가 아니라면 르노르망 씨가 어딘가에 있을 게 아닌가……? 그렇게 되면 결국 자네의 승진은……."

"르노르망 씨를 찾아내지 못할 것 같나, 아르센 뤼팽?"

예심판사가 외쳤다.

"내가 책임지고 찾아내지. 자네와 르노르망 국장의 만남은 결코 잊지 못할 명장면이 될 것 같군."

그는 탬버린이라도 치듯 손가락 끝으로 테이블을 두드리며 웃었다.

"재밌어, 정말 재밌어! 정말이지 자네를 상대하고 있으면 지루한 줄을 모르겠다니까. 어쨌든 자네는 자신이 르노르망 씨라고 주장하고 있는데, 그렇다면 자네는 한편인 제롬을 붙잡은 게 되는 건가!"

"그래요, 그 말이 맞습니다! 총리 각하를 기쁘게 해드리는 한편 내각을 구하기 위해서 그렇게 할 수밖에 없었습니다. 그것은 틀림없는 사실입니다."

그 말에 포르메리 예심판사가 배꼽이 빠지겠다는 듯이 배를 잡고 웃었다.

"아, 우스워서 더는 못 견디겠군! 바보 같은 자네의 그 대답은 틀림없이 온 세상의 웃음거리가 될 걸세. 자네의 주장에 따르면 그럼 케셀바흐 살해사건 수사 첫 무렵에 자네와 내가 팔라스 호텔에서 함께 수사를 했다는 이야기가 되겠군……."

"뿐만 아니라 예심판사님은 제가 샤메라스 공작으로 활동하고 있던 무렵 바로 저와 함께 그 사건을 뒤쫓기도 했었지요."

포르메리 예심판사가 펄쩍 뛸 만큼 놀랐다. 그 끔찍한 기억이 지금까지의 유쾌한 기분을 모두 망쳐놓은 것이었다. 그는 갑자기 정색을 하며 말했다.

"그러니까 자네는 그 말도 안 되는 이야기를 끝까지 주장할 작정인가 보군?"

"그것이 사실인데 거짓말을 할 수야 없지 않겠습니까. 코친차이나 행 배를 타고 사이공에 가보시는 게 어떨까요? 별로 어렵지 않은 일입니다. 진짜 르노르망 씨가 죽었다는 증거가 나타날 테니까요. 그게 여의치 않으면 제가 르노르망 씨의 사망 증명서를 보여드릴 수도 있습니다."

"말도 안 되는 소리!"

"예심판사님, 솔직히 말해 저는 아무래도 좋습니다. 제가 르노르망 씨라는 것이 마음에 들지 않는다면 그렇게 생각하십시오. 제가 알텐하임을 죽였다고 하는 것이 마음에 드신다면 그것도 그렇게 생각하십시오. 모두 그렇다고 해둡시다. 그걸 증명하려면 얼마든지 예심판사님의 마음에 드는 증거를 찾으면 될 게 아니겠습니까? 다시 말하지만, 저로서는 그런 일은 아무래도 좋습니다. 저는 예심판사님의 심문도 저의 답변도 아무 짝에 쓸모가 없다는 것을 익히 잘 알고 있습니다. 이런 일은 무시하면 그만입니다. 취조가 끝날 무렵 저는 어딘가 예심판사님의 손이 닿지 않는 먼 곳에 가 있을 테니까요. 하지만 다만……."

뤼팽이 마치 자기 사무실이라도 되는양 의자 하나를 자기 앞으로 끌어당겨 테이블을 사이에 두고 포르메리 예심판사와 마주보고 앉았다. 그런 뒤 그는 딱딱한 어조로 말을 이어갔다.

"어쨌든 말해두고 싶은 것이 있는데, 예심판사님의 마음에 들지 않을지도 모르지만 저는 꾸물거리다가 때를 놓칠 생각은 추호도 없습니다. 예심판사님도 나름대로 할 일이 있고, 저도 역시 할 일이 있지요. 예심판사님은 월급을 받고 일을 하고 있습니다. 하지만 저는 제 일을…… 제 돈을 들여서 하고 있습니다. 그러나 지금 제가 하고 있는 일은 단 1초도 지체할 수 없는 성질의 것입니다. 그 일을 성공시키기 위한 준비와 실행에는 단 1초의 머뭇거림도 허용되지 않습니다. 저는 그 일을 수행 중이었는데, 당신들이 저를 억지로 감방에 가둬놓아 헛되이 시간을 보내게 하고 있습니다. 그래서 하는 수 없이 저는 당신들 두 분께 내 일을 위임할 수밖에 없게 되었습니다. 어떻습니까, 이제 제 말을 좀 이해하시겠습니까?"

뤼팽은 상대방을 업신여기고 얕보는 듯한 태도를 취한 채 자리에서 일어났다. 그런데도 두 사람은 그의 강한 카리스마에 압도되어 입조차 열 수 없었다.

포르메리 예심판사는 어쩔 수 없다는 듯이, 그냥 옆에서 재미있게 듣고 있던 제3자의 입장 같은 태도로 나왔다.

"야, 이거 참 묘한 일이로군! 정말 우스워!"

"우습건 우습지 않건 사실이 그렇습니다. 저의 재판, 즉 제가 누구를 죽였는가 그렇지 않은가를 조사하거나 과거의 범죄들을 들춰내는 일이 재미있다면 얼마든지 장단을 맞춰 드리지요. 하지만 예심판사님과 차장님에게는 간과하지 못할 한 가지 사명이 있습니다. 이것만 잊지 않고 늘 머릿속에 간직하고 있다면 저는 그 어떤 일도 방해할 생각이 없습니다."

"그 사명이라는 게 대체 뭔가?"

비웃는 듯한 어조로 포르메리 예심판사가 물었다.

"그것은 내가 해왔던 케셀바흐 사건과 계획에 대한 조사를 계속하는 일입니다. 나 대신 말입니다. 무엇보다, 스타인벡이라는 인물이 있는 곳을 알아내는 것이 급선무죠. 그는 독일인인데, 죽은 알텐하임 남작에게 납치되어 지금 어딘가에 감금되어 있습니다."

"그 이야기는 도대체 또 뭔가?"

"이 사건은 제가 르노르망 씨로 행세할 때 저의 사명이라고 생각하고 해결하려 노력하던 것입니다. 그 일의 일부는 여기서 그다지 멀지 않은 저의 사무실에서 진행됐습니다. 베르베르 차장도 전혀 모르지는 않을 겁니다. 대강 말하자면, 스타인벡 영감은 케셀바흐 씨가 꾀했던 그 어떤 계획의 실체를 알고 있습니다. 저와 마찬가지로 이 비밀 계획을 알아내려고 뒤쫓고 있던 알텐하임 남작이 그 사실을 알고 스타인벡 영감을 납치해 어딘가에 숨겨버렸습니다."

"사람을 숨기는 일이 쉬운 일은 아니지. 조사해 보면 단서가 나오겠지."

"그야 그렇지요."

"그가 어디에 숨겨져 있는지 자네는 알고 있나?"

"알고 있습니다."

"그게 어딘가?"

"뒤퐁 빌라 29번지입니다."

베르베르 차장은 그 뻔한 대답을 예상하고 있었다는 듯이 어깨를 한 번 으쓱해 보였다.

"그러니까 알텐하임 남작의 자택에 숨겨져 있다는 말인가? 그가 살던 집안에 가둬놨단 말이지?"

"그렇습니다."

"예심판사님, 뤼팽의 입에서 나오는 말은 터무니없는 엉터리입니다. 남작이 죽고 나서 저는 남작의 주머니를 뒤져 주소가 적혀 있는 종이쪽지를 발견했지요. 그 후 그 집은 채 한 시간도 지나지 않아 저의 부하 경관들에 의해 점거되었습니다."

뤼팽의 얼굴에 안도의 미소가 떠올랐다.

"아, 그랬었군. 그거 참 다행이야. 나는 또 나의 손이 미치지 못하는 시점에 그 검은 옷의 공범자가 뛰어들어가 제2의 스타인벡 납치사건을 벌이지나 않았을까 걱정하고 있었지. 하인들은 어떻게 하고 있던가?"

"제길, 다 도망쳐버렸더군."

"아, 그랬군. 그 녀석이 하인들에게 전화를 걸어 알려줬겠지. 그래도 스타인벡은 아직 그 집에 있을 걸세. 틀림없이……."

베르베르 차장이 어이없다는 표정을 지었다.

"집안을 샅샅이 뒤졌지만 아무도 없었네. 재차 말하지만, 나의 부하가 줄곧 지키고 있었고……."

"치안국 차장으로서의 자네에게 내가 명령하겠네. 자네가 직접 가서 부하들을 지휘해 뒤퐁 빌라를 수색하고 오게…… 그 결과는 내일 보고해 주고."

베르베르 차장은 또 어깨를 으쓱했다. 하지만 황당하다는 표정은 짓지 않았다.

"미안하게도 나에겐 그 일보다 더 급한 일이 있어서……."

"치안국 차장, 자네에게 이보다 더 급한 임무는 없을 텐데. 자네가 꾸물대고 있으면 모든 일이 수포로 돌아가지. 스타인벡 노인의 목소리를 영원히 듣지 못하게 될 걸세."

"어째서?"

"자네가 하루 이틀 안에 그 노인에게 음식을 주지 못하면 그 노인은 굶어 죽고 말 테니까."

"그게 정말이라면 간과할 수 없는 문제로군…… 보통 일이 아니야……."

잠깐 생각을 하고 난 포르메리 예심판사가 중얼거리듯 말했다.

"하지만 공교롭게도……."

포르메리 예심판사가 싱긋 웃고 나서 말을 이었다.

"그러나 공교롭게도 자네의 말에는 큰 허점이 있지."

"그래요? 그게 무엇입니까?"

"뤼팽, 자네의 말은 백이면 백 모두 속임수란 거지. 안 그런가? 자네의 습성을 나는 꽤 파악하고 있다네. 그 때문에 어렵고 복잡한 일일수록 더 자네의 말을 믿기가 힘들어."

"참으로 답답한 양반!"

뤼팽이 소리쳤다.

포르메리 예심판사가 자리에서 일어났다.

"오늘은 일단 여기서 끝내지. 보다시피 모든 게 형식적인 취조, 오늘은 두 결투자가 탐색전을 펼친 것으로 해두자구. 본격적인 승부가 시작되기 위해서는 정해진 입회인의 선정이 필요한데, 자네는 변호사로 누구를 선임하겠나?"

"하하! 그런 것이 필요합니까?"

"당연하지."

"이런 하찮은 사건 때문에 변호사님같이 귀한 분들을 귀찮게 하다니, 매우 송구스러울 뿐입니다."

"선임해 두는 게 자네에게 유리할걸……."

"그렇습니까? 그럼, 큄벨 선생에게 한번 부탁해 볼까요?"

"변호사협회의 회장 말인가? 그거 잘됐군. 그분이라면 후회 없도록 자네를 변호해 줄 걸세."

첫번째 취조는 이것으로 끝났다.

도드빌 형제가 뤼팽의 양옆을 호위하고 있었다. 형사 대기실의 계단을 내려올 때 뤼팽이 그들에게 낮은 목소리로 지시를 내렸다.

"주느비에브의 집을 잘 감시해…… 네 사람을 보내 줄곧 지키도록…… 케셀바흐 부인도 마찬가지야…… 두 사람 다 위험에 처해 있어. 뒤퐁 빌라의 가택수색이 곧 시작될 테니 정신차리고 현장을 지켜보게. 스타인벡을 찾아내거든 입을 열지 않도록 손을 써야 해…… 필요하다면 약을 먹어.”

“두목은 언제 나가실 겁니까?”

“당분간은 어쩔 수 없어…… 그리고 서두를 일도 별로 없고…… 한동안 휴식이나 좀 취하지.”

계단을 내려오자 뤼팽은 자동차를 둘러싸고 있던 경관들에게 넘겨졌다.

“자, 이제 우리 집으로 갑시다, 여러분!”

뤼팽은 마치 기사에게 지시하듯 아주 큰 목소리로 말했다.

“나는 2시 정각에 면회를 해야 하오.”

재소자는 도중에 아무 사고도 없이 무사히 교도소로 돌아갔다.

감방으로 돌아가자 뤼팽은 도드빌 형제 앞으로 자세한 지시 사항을 적은 긴 편지를 썼다. 뤼팽은 그 편지 이외에 두 통의 편지를 더 썼다.

그중 한 통은 수신자가 주느비에브였다.

주느비에브, 마침내 당신은 내가 누구인지를 알고 말았습니다. 그리고 왜 내가, 어렸을 적 당신을 두 번씩이나 안고 나온 사람의 이름을 숨길 수밖에 없었는지 그 까닭도 이제 깨달았을 겁니다.

주느비에브, 이미 돌아가신 당신의 어머님과 나는 오랜 친구 사이였습니다. 당신의 어머니가 나의 이중생활을 눈치채지 못했을 정도로 우리는 거리를 두긴 했지만 서로 믿을 수 있는 아주 절친한 친구 사이였습니다. 그런 이유로, 이 세상을 하직하며 당신의 어머니는 나에게 당신의 앞길을 부탁한다는 몇 마디의 글을 남겨놓았던 것입니다.

주느비에브, 나는 당신의 존경을 받기에는 어울리지 않는 사람이란 걸 알고 있습니다. 하지만 나는 세상을 떠난 친구의 부탁을 언제까지나 충실히 이행할 생각입니다. 부디 당신의 마음속에서 나를 매몰차게 몰아내는 그런 일만은 없었으면 좋겠습니다.

_아르센 뤼팽

나머지 한 통의 편지는 돌로레스 케셀바흐 부인에게 보내는 것이었다.

세르닌 공작이 케셀바흐 부인에게 접근한 맨 처음의 동기는 단순한 이해관계 때문이었다. 그러나 공작은 결국 부인에게 마음이 이끌려 성심성의껏 지금까지 교제를 해왔다.

케셀바흐 부인이 세르닌 공작이 바로 아르센 뤼팽이라는 것을 알아버린 지금 두 사람은 두 번 다시 만날 수 없는 운명인지도 몰랐다. 하지만 그는 멀리서라도 그녀를 지킬 권리를 그녀가 부디 박탈하는 일이 없도록 해달라고 부탁하는 내용의 편지를 썼다.

탁자 위에는 뤼팽에게 배달된 몇 장의 편지가 흩어져 있었다. 그는 봉투 하나를 집었다. 이어서 또 하나, 이윽고 세 번째 편지를 집어든 그는 안에 든 한 장의 백지를 보고 놀랐다. 그 백지에는 신문지에서 오려낸 것이 틀림없는 글자가 몇 개 붙어 있었다.

당신은 알텐하임 남작과의 싸움에서 승리하지 못했다. 그 사건을
단념하고 그만 손을 떼라. 그러면 당신의 탈옥을 방해하지 않겠다.

_ L. M.

뤼팽은 뭐라고 불러야 할지 이름조차 알 수 없는 유령 같은
인물이 보낸 편지를 읽으며 독벌레나 뱀이라도 만진 것처럼 찜
찜하고 불길한 기분을 맛보았다.

"또 그놈이군!"

뤼팽은 자신도 모르게 중얼거렸다.

"독한 놈, 여기까지 쫓아오다니!"

뤼팽을 위협하고 두려움을 주는 그 미지의 인물은 예의 그 검
은 옷을 입은 채 허깨비와도 같은 모습으로 불쑥 나타났다 사라
지곤 했다. 그는 뤼팽이 위험을 느낄 만큼 막강한 존재였다. 뤼
팽은 그가 얼마나 막강한 세력을 가지고 있고 또 실행력이 있는
지 짐작도 할 수 없었다.

미지의 인물로부터 편지를 받은 뤼팽은 담당 교도관이 미심
쩍었다. 하지만 어떻게 그렇게 강인한 외모에 엄숙한 표정을 하
고 있는 그 교도관이 매수될 수 있었을까?

뤼팽은 이런저런 생각을 하다 자신도 모르게 소리쳤다.

"그래, 좋다! 나 자신을 시험해 보자! 지금까지의 내 상대는
모두 하찮은 자들뿐이었다. 쓸 만한 적수를 만들기 위해 나는
내 자신이 스스로 치안국장까지 되지 않았던가. 그런데 이번 상
대는 만만치 않은 놈이다! 이제 드디어 호적수를 만난 것이다.

나를 마음대로 조종하여 자신의 주머니에 집어넣었다 꺼냈다 할 수 있을 만한 자가 나타난 것이다. 교도소 안에 있는 내가 그 녀석의 공격을 받고도 오히려 그 녀석을 해치우거나, 스타인벡 노인의 확실한 자백을 받아내거나, 케셀바흐 계획을 실행으로 옮기거나, 그 사업을 완전히 성공시키거나, 케셀바흐 부인을 보호하고, 주느비에브의 행복을 위해 재산을 손에 넣을 수 있다면…… 이거야말로 진짜 실력일 것이다. 이런 일을 해낼 수 있어야만 역시 뤼팽이라고 말할 수 있을 것이다…… 그래, 이 큰일에 도전하기 전에 우선 한숨 푹 자두는 거야……."

뤼팽은 침대에 몸을 눕혔다. 그리고 다시 혼잣말을 중얼거렸다.

"스타인벡 영감, 제발 내일 밤까지 죽지 말고 버텨 주시오. 내일까지만 버틴다면 반드시 내가 살려줄 테니까……."

뤼팽은 오랜 시간 잠을 잤다. 그날 낮과 밤, 그리고 다음 날 오전까지 계속 잠을 잤다. 11시쯤 변호사 큄벨이 변호사 면회실에서 기다리고 있다는 연락이 왔다. 그러나 뤼팽은 그를 만나러 가는 대신 다음과 같이 전하도록 했다.

"큄벨 변호사에게 말해주게. 지난날의 내 업적을 알고 싶으면, 과거 10년 동안의 신문을 읽어보라고 말일세. 나의 과거는 이미 역사의 한 페이지가 되어 있으니까."

정오가 되자 뤼팽을 재판소로 이송하기 위해 어제와 같은 철저한 경계와 복잡한 절차가 진행되었다. 뤼팽은 도드빌 형제

중 형과 만나 몇 마디 말을 나눈 뒤 미리 준비해두었던 세 통의 편지를 건넸다. 그런 뒤 그는 포르메리 예심판사의 취조실로 갔다.

퀸벨 변호사는 비어져 나올 만큼 서류가 잔뜩 든 가방을 안고 그곳에서 기다리고 있었다.

뤼팽은 곧 조금 전의 무례함을 사과했다.

"선생님, 아까는 뵙지도 않고 실례가 많았습니다. 무례를 범해 죄송합니다만, 그 만남은 불필요한 일이었습니다. 어쨌든 저는……."

"알고 있네, 알고 있어."

포르메리 예심판사가 뤼팽의 말을 끊었다.

"자네는 곧 자유롭게 여행을 떠난다, 이 말이지? 그 일이라면 이미 충분히 알고 있네. 하지만 출발하기까지는 아직 시간이 있으니까 당장은 이야기를 좀 나누세. 아르센 뤼팽, 궁금한 것이 한 가지 있는데, 백방으로 조사를 해보았지만 자네의 본명을 전혀 알 수가 없었네. 대체 어찌 된 일인가?"

"그거 참 이상하군요! 유감입니다. 사실, 그건 저도 잘 모르는데……."

"사실 우리는 19XX년에 라 상테 교도소에서 첫번째로 탈옥을 시도했던 아르센 뤼팽과 자네가 동일 인물인지 아닌지 그것조차도 모르고 있다네."

"첫번째라…… 마음에 드는군요. 아마도 그 사람이 저였을 겁니다."

"그런데……."

포르메리 예심판사가 천천히 말을 이어나갔다.

"그런데 문제는, 재판소의 신체 측정과에 보관되어 있는 그 아르센 뤼팽의 인상착의가 지금 자네의 외모와 조금도 비슷하지 않다는 거지."

"그래요? 점점 이상해지는군요."

"인상도 틀리고, 키도 다르고, 심지어 특징까지도 달라…… 두 장의 사진을 놓고 봐도 전혀 비슷한 점이 없어. 우리에게 자네의 정확한 이름을 가르쳐 줬으면 고맙겠는데 말야."

"실은 오히려 제가 그걸 여쭤 보려던 참이었습니다. 너무도 많은 가명을 쓰며 살아왔기 때문에 가장 중요한 이름인 본명을 잊어버리고 말았거든요. 어떤 것이 본명인지 저도 잘 모르겠습니다."

"묵비권을 행사하겠다는 말인가?"

"글쎄요?"

"그 이유가 뭔가?"

"특별한 이유는 없습니다."

"끝까지 협조를 안 할 생각인가?"

"저는 당신들이 하고 있는 수사를 믿을 수 없습니다. 어제 제가 어디를 어떻게 조사해 보라고 말하지 않았습니까? 빨리 그 결과나 알고 싶군요."

포르메리 판사가 몹시 화난 목소리로 말했다.

"그 일이라면 분명히 자네에게 말해두지 않았던가? 나는 스

타인벡 영감의 소재에 대한 자네의 이야기를 전혀 믿을 수 없다
고. 그래서 신경 쓰지 않겠다고 말이야.”

“아니, 그거 참 묘한 일이군요. 그럼 왜 당신은 어제 저의 취
조가 끝난 직후 베르베르 차장을 데리고 뒤퐁 빌라로 가서 29번
지를 수색하셨습니까?”

“어떻게 자네가 그걸 알고 있지?”

예심판사가 머쓱한 표정으로 말했다.

“신문에 나와 있더군요……”

“아니, 자네는 교도소에 있으면서도 신문을 보나!”

“세상 돌아가는 것은 알아야 하니까요.”

“뒤퐁 빌라에 갔던 일은 그냥 몇 가지 형식적인 조사를 하기
위해서였을 뿐이네……”

“천만의 말씀…… 그 반대일걸요. 저는 예심판사님이 제가 의
뢰한 조사를 아주 충실하게 해주신 것에 대해 감사하다는 말씀
을 드리려던 참이었습니다. 예심판사님이 그곳을 중요하게 생
각하고 있다는 증거는 지금도 치안국의 베르베르 차장이 그 집
을 열심히 수색하고 있는 것만 봐도 쉽게 알 수 있습니다.”

포르메리 예심판사는 당황하여 횡설수설하기 시작했다.

“말도 안 되는 소리 그만두게! 베르베르 차장이나 내가 그런
일을 하고 있을 시간이 어디 있나!”

이때 서기가 포르메리 예심판사에게 다가와 귓속말을 했다.

“이리로 오라고 해! 이리로!”

예심판사의 지시에 의해 베르베르 차장이 곧 안으로 들어왔

다. 예심판사는 숨돌릴 틈도 주지 않고 다그치듯 물었다.

"어떻던가, 베르베르 차장? 뭔가 새로운 사실이라도? 그 사람은 발견했나?"

예심판사에게는 뤼팽 앞에서 체면을 지킬 여유조차 없었다. 그만큼 빨리 알고 싶었던 것이다.

"없습니다."

베르베르 차장이 대답했다.

"그래! 분명한가?"

"그 집 안에는 죽은 사람이든 산 사람이든 사람이 전혀 없다는 것만은 제가 자신합니다."

"역시 그랬군……."

"예, 그렇습니다."

예심판사와 차장 두 사람 다 실망한 표정이었다. 뤼팽의 확신에 찬 말에 어느 정도 기대를 하고 있었던 모양이었다.

"뤼팽, 결과는 자네가 지금 들은 것과 같네……."

포르메리 예심판사가 유감스럽다는 듯이 말했다. 그런 뒤 그가 다시 한마디 덧붙였다.

"우리가 추정할 수 있는 것은 스타인벡 노인이 일시적으로 그 집에 감금되어 있었는지는 모르지만 지금은 이미 없다는 것일세."

"그저께 아침까지는 분명히 그곳에 있었습니다."

뤼팽이 재빨리 말했다.

"그러면 그저께 오후에 옮겨졌다고 봐야겠군."

결론을 내린 것은 포르메리 예심판사였다.

"그렇지 않습니다."

"자네는 스타인벡 영감이 아직도 그곳에 있다고 믿고 있는 모양이군?"

예심판사의 말은 비꼬는 말투가 아니었다. 예심판사의 입에서 새어나온 본능적인 이 질문도, 뤼팽의 입에서 나온 말을 신뢰하고 곧바로 행동으로 옮긴 것도, 그가 이미 뤼팽의 명석함에 굴복하고 있다는 증거였다.

"저의 확신은 '아마도 그럴 것이다' 정도의 추측이 아닙니다."

강한 어조로 뤼팽이 대답했다.

"그 사이 스타인벡 노인을 누가 데려갔다는 것은 절대로 불가능한 일입니다. 스타인벡 노인은 틀림없이 지금도 뒤퐁 빌라 29번지에 있습니다."

베르베르 차장은 어이가 없다는 듯 두 팔을 천장 쪽으로 들어올렸다. 황당함에 항복했다는 표현이었다.

"뤼팽, 도무지 제정신이 아니군! 지금 내가 거기서 돌아오는 길이라고 말하지 않았던가? 모든 방들을 일일이 다 수색했는데…… 사람이 쥐구멍 같은 곳에 숨을 수는 없는 것이 아닌가."

"그럼 자네는 어떻게 했으면 좋겠는가?"

포르메리 예심판사가 답답하다는 듯이 말했다.

"판사님, 어떻게 해야 하는가는 아주 간단한 일입니다. 자동차를 가져오십시오. 그리고 마음놓을 수 있을 만큼의 경비를 붙여 저를 뒤퐁 빌라 29번지로 데려가십시오. 지금 시간이 정각 1시군요. 적어도 3시까지는 제가 스타인벡 노인을 찾아내겠습니다.”

뤼팽의 말은 단호하다 못해 명령조였다. 결코 망설임을 허용하지 않았다. 이 강력한 카리스마에 두 관리가 압도되었다. 포르메리 예심판사가 베르베르 차장의 얼굴을 살폈다. 그렇게 해서 안 된다는 법은 없었다.

“어떻게 생각하나, 베르베르 차장?”

“글쎄요…… 어떻게 해야 좋을까요?”

“그래도 역시 한 사람의 생명에 관계된 일이니까…….”

“문제는 역시 그 점입니다…….”

그때 출입문이 열렸다. 서기 한 사람이 들어와 한 통의 편지를 포르메리 예심판사에게 건네줬다. 당황한 얼굴로 편지를 살펴보고 난 예심판사는 다음과 같은 간단한 내용을 소리내서 읽었다.

절대 방심하지 마시오. 뒤퐁 빌라의 그 집에 뤼팽이 한 발자국만 내딛는 날에는 그는 자유의 몸이 되고 말 것이오. 탈옥 준비는 이미 다 끝냈소.

L. M.

포르메리 예심판사는 얼굴이 파랗게 질려 있었다. 한편, 아슬

아슬한 찰나에 위험을 모면한 것에 안도를 하는 눈치였다. 뤼팽이 또 자신을 손아귀에 넣고 농락한 것이었다. 스타인벡이라는 인물은 실존하지 않는 가공의 인물임에 틀림없다고 예심판사는 생각했다.

작은 목소리로 포르메리 예심판사가 감사의 기도를 올렸다. 기적과도 같은 이 투서가 없었다면 그는 완전히 체면을 잃고 불명예스럽기 이를 데 없는 놀림거리가 되었을 게 뻔했다.

"오늘 취조는 이것으로 충분하네."

예심판사가 말했다.

"심문은 내일 계속하기로 하지. 교도관, 피고를 교도소로 데려가게."

하지만 뤼팽은 꼼짝도 하지 않으려고 했다. 그는 이번에도 또 그자의 짓이라는 생각을 했다. 이제 스타인벡 노인을 구출할 기회가 수십 분의 1로 줄어든 셈이었다. 그러나 조금의 기회라도 남아 있는 이상 뤼팽은 절망할 사람이 아니었다.

뤼팽이 예심판사를 향해 큰 소리로 말했다.

"예심판사님, 내일 아침 10시 뒤퐁 빌라 29번지에서 기다리고 있겠습니다."

"그게 무슨 뚱딴지같은 말인가? 허튼소리는 이제 그만두게! 나는 그런 곳에는 결코 가지 않을 걸세!"

"저는 꼭 예심판사님과 같이 갔으면 좋겠습니다. 부디 오십시오. 내일 아침 10시입니다. 시간을 잘 지키셔야 합니다."

감방으로 돌아온 뤼팽은 곧바로 침대에 누웠다. 하품을 하면서 그는 생각에 잠겼다.

'사업을 진행시키는 데 있어 이보다 더 편리한 장소는 없을 것 같군. 매일 나는 이곳에서 엄지손가락으로 버튼 하나를 살짝 누를 뿐이지만, 그것이 전체를 크게 뒤흔드는 결과가 되니 더없이 고마운 일이지 않은가. 사건은 저절로 달려가고 있다. 바쁘고 지친 사람에게는 이보다 더 좋은 휴식 공간이 있을 수 없지.'

뤼팽은 벽 쪽으로 돌아누워 생각에 잠겼다.

'스타인벡 영감, 인생에 조금이라도 미련이 남아 있다면 죽지 말고 조금만 더 기다려 주시오! 제발 부탁이니 조금만 더 힘을 내주시오. 영감은 나처럼 이렇게 누워 그 결과를 기다리기만 하면 됩니다……'

뤼팽은 또 식사시간을 제외하고 다음 날 아침까지 계속 잠만 잤다. 뤼팽을 잠에서 깨운 것은 자물쇠와 빗장이 열리는 삐걱거리는 소리였다.

"일어나!"

교도관이 안으로 들어서며 외쳤다.

"빨리 옷을 입어라…… 급한 일이니까."

베르베르 차장과 부하 경관이 복도에서 기다리고 있다 그를 자동차가 있는 곳으로 호송했다.

"운전사, 뒤퐁 빌라 29번지로 가주게. 서둘러!"

차에 타자마자 뤼팽은 명령조로 갈 길을 재촉했다.

"아니, 자네는 어떻게 우리가 그 집으로 갈 것이라는 걸 알고 있지?"

차장이 놀란 표정으로 물었다.

"당연한 일 아닌가. 어제 내가 포르메리 예심판사와 오늘 아침 10시에 뒤퐁 빌라 29번지에서 만나자고 약속하는 것을 자네는 못 들었나? 뤼팽이 뭐라고 말을 하기만 하면 반드시 그대로 되니 이상한가? 지금처럼 말이야……."

차가 페르골레즈 가로 접어들었다. 그곳에서부터 경비가 눈에 띄게 삼엄해졌다. 그것이 뤼팽을 기쁘게 했다. 큰길에는 경찰들이 가득했다. 뒤퐁 빌라에 이르러서는 일반인의 통행이 완전 차단되어 있었다.

"마치 계엄령이라도 선포된 것 같군!"

뤼팽이 비웃었다.

"베르베르 차장, 자네가 폐를 끼치고 있는 이 사람들에게 내 이름으로 금화를 한 닢씩 주도록 하게. 자네들에게는 내가 꽤 무서운 존재인 모양이지! 이러다간 머지않아 나에게 수갑을 채우게 될지도 모르겠는걸……."

"그게 소원이라면 언제라도 채워 드리지."

베르베르가 농담조로 받아넘겼다.

"자, 채워주게! 그렇게 하여 우리 사이에 힘의 균형이 유지되도록 하세! 오늘 자네는 겨우 3백 명의 부하밖에 끌고 오지 않았으니까 말야!"

자동차가 층계 앞에 이르자 두 손에 수갑을 찬 뤼팽이 자동차에서 내렸다. 그는 곧 포르메리 예심판사가 있는 방으로 안내되었다. 경찰들은 모두 밖으로 나갔다. 베르베르 차장만이 남았다.

포르메리 예심판사는 얼굴빛이 창백했다. 그는 신경을 많이 쓴 탓인지 몸을 미세하게 떨고 있었다. 그는 말을 더듬으며 입을 열었다.

"여보게, 실은 나의 아내가……."

숨이 차서 그는 할 수 없이 말을 끊었다.

"포르메리 예심판사님, 부인이 어떻게 되셨습니까?"

뤼팽이 말을 재촉했다.

"예심판사님, 그러고 보니 저번 겨울에 시에서 주최한 댄스 파티에서 제가 부인과 함께 춤을 췄던 기억이 나는군요. 그런데……."

"그러니까……."

예심판사가 다시 입을 열었다.

"그러니까 아내에게 장모님으로부터 빨리 오라는 전화가 걸려왔었네. 아내는 허둥지둥 집을 나갔지만 공교롭게도 나는 자네의 조서를 읽고 있던 참이라 같이 갈 수가 없었지. 나는 아내가 혼자 가게 내버려뒀지."

"제 조서를 읽느라 그랬다고요? 불필요한 일로 실수를 하셨군요.”

“그런데 12시가 되어도…… 아내의 모습이 보이지 않아 걱정이 된 나는 장모님에게 달려갔네. 하지만 아내는 처가에 없었네. 장모님은 전화를 건 일이 없다는 거였지. 하나에서 열까지 모두가 무서운 계략이었던 거야. 아내는 아직도 집에 돌아오지 않았네.”

“그렇습니까!”

흥분한 듯이 말하고 난 뤼팽은 잠시 무엇인가를 생각했다.

“아, 그랬지! 이제 또렷이 생각납니다. 예심판사님의 부인은 아주 멋진 여인이었습니다. 그렇지요?”

예심판사는 뤼팽의 말뜻을 알아듣지 못한 모양이었다. 그는 뤼팽에게 다가가 불안한 목소리로 과장된 몸짓을 섞어가며 말했다.

“오늘 아침 나는 편지 한 통을 받았네. 거기에는 스타인벡 영감을 찾는 대로 곧 아내를 보내주겠다고 쓰여 있더군. 이것이 그 편지인데, ‘뤼팽’이라는 서명이 있더군. 자네가 쓴 것인가?”

뤼팽이 그 편지를 살펴보았다. 그리고는 엄숙한 표정으로 말했다.

“제 편지 맞습니다.”

“그러니까 자네는 협박으로 내게서 스타인벡 노인의 수색 지휘권을 빼앗으려는 수작이군?”

“그렇습니다. 다른 조건은 없습니다.”

“찾는 즉시 아내를 풀어주겠는가?”

“풀어드리지요.”

“수사가 실패로 끝났을 경우에도?”

“수사가 실패하는 일은 절대로 없을 겁니다.”

“만일 내가 수색을 거부하면 어떻게 되지?”

반항적인 말투로 예심판사가 소리쳤다.

“거부하신다면 정말 유감스러운 일이지요…… 포르메리 예심판사님의 부인은 빼어난 미인이니 만큼…….”

“좋아! 그럼 한번 찾아보게…… 자네에게 지휘권을 주겠네.”

예심판사가 어쩔 수 없다는 듯이 이를 갈면서 내뱉었다.

때와 경우에 따라 어쩔 수 없는 일이라는 생각이 들면 타협도 할 줄 아는 사람답게 포르메리 예심판사가 두 팔로 팔짱을 껴 보였다.

베르베르 차장은 한마디도 입을 열지 않았다. 다만 그는 괘씸하다는 표정으로 오른손 엄지와 중지를 이용해 수염 끝을 비비 꼬고 있었다. 다른 사람도 아니고 자기가 사로잡은 재소자에게 수사 지휘권을 내주고 뒷전에서 구경만 해야 한다는 것이 더없이 그를 분노하게 만드는 것 같았다.

“자, 올라가 봅시다.”

뤼팽이 사람들을 향해 말했다.

뤼팽의 지시대로 사람들이 모두 위층으로 올라갔다.

“이 방문을 열게!”

뤼팽의 지시대로 문이 열렸다.

“이 수갑을 풀어주게!”

그 말에 대한 행동은 한동안 머뭇거림이 있었다. 포르메리 예심판사와 베르베르 차장이 눈짓을 하며 서로 의논을 했다.

“빨리 이 수갑을 풀어!”

뤼팽이 거듭 재촉했다.

“모든 책임은 내가 지겠습니다!”

베르베르 차장이 배짱 좋게 책임을 떠맡았다. 그런 뒤 그는 자신을 뒤따라온 여덟 명의 경관을 돌아다보며 명령했다.

“모두 권총을 잡아라! 내가 명령을 하면 가차없이 방아쇠를 당기는 거다!”

경관들이 허리에 찬 권총을 꺼내들었다.

“권총을 집어넣어!”

뤼팽이 외쳤다.

“두 손은 그냥 주머니 속에 넣어 둬!”

경관들이 머뭇거리는 것을 본 뤼팽이 다시 힘찬 어조로 말했다.

“내가 이곳에 온 것은, 빈사 상태에 놓여 있는 한 사람을 구하기 위해서다. 내 명예를 걸고 맹세하겠는데, 절대로 도망치는 일은 없을 것이다.”

“도둑 주제에 명예라고? 그거야말로 웃기는 이야기 아닌가…….”

한 경관이 중얼거렸다.

순간 그 경관의 정강이를 향해 뤼팽의 발이 날아들었고 정강이를 걷어차인 경관이 비명을 질렀다. 그것을 본 나머지 일곱 명의 경관이 화가 나서 뤼팽을 향해 덤벼들었다.

"그만두지 못해!"

베르베르 차장이 큰 소리로 외쳤다.

"뤼팽, 앞으로 한 시간을 기다려 주지…… 만일 한 시간이 지나도 찾아내지 못하면……."

"조건이 붙는 일은 질색인데!"

"제기랄! 그래, 자네 맘대로 조사를 해봐. 이 치사한 인간아……."

차장은 투덜거리며 부하를 이끌고 한 걸음 뒤로 물러섰다.

"아, 이제야 여건이 형성되는군. 이제야 마음대로 일할 수 있겠어."

뤼팽은 푹신한 안락의자에 털썩 주저앉아 담배를 한 개비 얻어 불을 붙이더니 천장을 향해 도넛 모양의 담배연기를 연신 내뿜었다.

주위에 있는 사람들은 모두 다 호기심을 감추지 않은 채 뤼팽이 무슨 짓을 할 것인지 기다리고 있었다.

잠시 뒤 뤼팽이 입을 열었다.

"베르베르 차장, 이 침대를 저쪽으로 밀어주게."

뤼팽의 지시대로 침대가 움직였다.

"침실의 커튼을 다 떼어주게."

경관들이 커튼을 모두 떼어냈다.

오랜 침묵이 흘렀다. 기대와 불안이 뒤섞인 묘한 분위기, 마술사의 마술과 같이 무엇인가 신비한 것이 어디선가 불쑥 나타날는지도 모른다는 기대와 공포. 사람들은 이 마술사의 주문에 이끌려 허공에서 죽음 직전에 놓인 한 사람이 툭 튀어나올지도 모른다는 생각을 하고 있었다. 어쩌면 정말 그럴지도 모른다…….

"다 되었다."

뤼팽이 침묵을 깨며 말했다.

"다 되다니? 뭐가 말인가?"

포르메리 예심판사가 큰 소리로 물었다.

"예심판사님, 예심판사님은 제가 감방 안에 있는 동안 아무런 생각도 하지 않았다고 생각하시는 건 아니겠죠? 이 문제에 대해 이렇다 할 어떤 판단도 없이 막연하게 이곳에 온 것이 아닐까……?"

"그래, 그게 어떻다는 건가?"

베르베르 차장이 물었다.

"자네 밑에 있는 경관 한 사람을 초인종의 표시판이 있는 곳으로 보내주게. 어딘가 취사장 근처에 있을 걸세."

경관 한 명이 밖으로 나갔다.

"이번에는 저기 저, 침대 높이에 달려 있는 초인종을 눌러주게…… 그렇지, 세게 눌러…… 손을 떼지 말고 계속 눌러. 이제 됐네. 이제 아래층으로 보낸 그 경관을 불러주게."

조금 뒤 밖으로 나갔던 경관이 다시 돌아왔다.

“어떻던가, 벨소리가 울리던가?”

“아니, 울리지 않았소.”

“그럼 표시판의 번호 하나에 불이 들어오던가?”

“아니오, 불도 들어오지 않았소.”

“좋아! 내가 생각한 대로군.”

뤼팽이 말했다.

“베르베르 차장, 미안하지만 그 초인종을 좀 분해해 주게. 그건 순전히 남에게 보이기 위한 눈가림이지…… 우선 그 단추 둘레의 사기로 된 뚜껑을 떼어내 보게. 좋아, 됐네…… 안에 뭐가 있나?”

“깔때기처럼 생긴 뭔가가 있군. 파이프의 끝 부분 같은데…….”

베르베르 차장이 대답했다.

“허리를 굽히고…… 그 파이프 끝에 입을 대보게. 메가폰이라고 생각하고…….”

“이렇게 말이지?”

“불러보게…… 스타인벡 영감을 불러보라니까. 스타인벡! 스타인벡! 하고 크게 소리칠 필요까지는 없네…… 그저 평소처럼 말하면 돼…….”

“스타인벡! 스타인벡!”

베르베르 차장이 멋쩍어하며 뤼팽이 시키는 대로 했다.

“어떤가?”

“아무 대답도 없군.”

"분명히 없는가? 귀를 기울이고 잘 들어보게…… 역시 아무 소리도 안 나는가?"

"없네."

"이거 야단났군! 죽어버렸거나…… 아니면 대답도 못할 만큼 몸이 쇠약해졌거나 둘 중 하나겠지."

"그렇다면 모든 것이 수포로 돌아가겠군!"

포르메리 예심판사가 당황한 표정으로 말했다.

"그럴 리는 없습니다."

뤼팽이 말했다.

"다만 시간이 조금 더 걸릴 뿐이지…… 자, 이제 수색을 해봅시다. 이 파이프도 당연히 양끝이 있을 테니 파이프를 따라가 다른 쪽 끝을 찾아내는 겁니다."

"그렇게 하려면 이 집 전체를 부숴야 되겠군."

베르베르 차장이 말했다.

"그럴 필요는 없네. 잠자코 보고나 있게……."

뤼팽이 직접 나섰다. 모든 경관이 그를 둘러싸고 있었지만 그들은 뤼팽을 지킨다기보다 그의 작업을 구경하는 데 더 흥미를 느끼고 있었다.

뤼팽이 옆방으로 갔다. 그는 미리 짐작했던 대로 거기서 한 가닥의 납 파이프가 방 한구석에서 천장을 향해, 마치 배수관처럼 보이도록 설치되어 있는 것을 보았다.

"아하!"

뤼팽이 소리쳤다.

"장치가 되어 있는 곳은 다름 아닌 천장이었군! 그리 나쁜 아이디어는 아닌데…… 대부분의 사람들은 어떤 비밀 공간이 숨겨져 있다면 당연히 지하가 아닐까 생각할 테니까……."

이것으로 수색의 실마리가 잡혔다. 남은 것은 납 파이프를 따라가기만 하면 되었다.

사람들은 모두 3층으로 올라갔다. 이어서 4층으로, 그리고 마지막으로 지붕 밑 다락방으로 들어갔다.

사람들은 다락방의 천장 한 곳이 뚫어진 것과, 납 파이프가 천장 위에 있는 벽장으로 올라간 것을 보았다. 그 벽장의 낮은 천장도 한 군데가 뚫어져 있었다.

하지만 그 위는 지붕뿐이었다.

경관들이 사다리를 가져다 창문에 걸쳤다. 포르메리 예심판사가 채광창으로 몸을 내밀고 지붕 위를 올려다보았다. 지붕은 금속판으로 덮여 있었다.

"자네는 무엇이 잘못되었는지 아직도 모른단 말인가!"

포르메리 예심판사가 그것 보라는 듯이 쏘아붙였다.

뤼팽이 어깨를 으쓱해 보였다.

"뭐가 잘못됐다는 거지요?"

"지금 농담하자는 건가? 자, 보게! 납 파이프는 지붕으로 빠져나가지 않았는가!"

"그것이 바로 벽장의 천장과 지붕 사이에 약간의 공간이 있어 그곳에 우리가 찾고 있는 사람이 있다는 증거지요."

"있을 수 없는 일이야!"

"틀림없을 테니 두고 보십시오. 우선 금속판을 벗기는 겁니다. 납 파이프의 출구는 거기가 아니라 이 근처일 겁니다……."

사람들이 지붕으로 올라갔고 세 명의 경관이 나서서 뤼팽의 말을 행동으로 옮겼다. 그러다 한 사람이 크게 소리를 질렀다.

"이야, 여기다!"

모든 사람이 소리를 따라 움직였다.

뤼팽의 예상이 적중했다. 지붕의 금속판과 그것을 떠받치고 있는 서까래 사이에 공간이 있었는데 가장 높은 곳이 1미터 정도 되었다.

맨 먼저 좁은 공간으로 내려간 경관은 몸무게에 의해 천장에 구멍이 나 벽장 안으로 떨어졌다.

스타인벡 노인의 모습이 보일 때까지 지붕 위의 금속판을 조심스럽게 벗겨나가는 방법 말고는 달리 뾰족한 수가 없었다.

작업을 하고 있는 곳 조금 앞부분에 굴뚝 하나가 솟아 있었다. 일하고 있는 경관들을 지켜보며 이리저리 살피던 뤼팽이 소리쳤다.

"저기다!"

굴뚝 옆의 금속판을 벗겨내니 한 남자가, 아니 산 사람이라기보다는 오히려 시체에 가까운 사람 하나가 누워 있었다. 밝은 햇볕에 비친, 고통으로 일그러진 창백한 얼굴이 보였다. 굴뚝에 박혀 있는 쇠고리에 연결된 사슬에 몸이 칭칭 감겨 있었다. 그 옆에는 빈 접시가 두 개 놓여 있었다.

“죽었군!”

포르메리 예심판사가 말했다.

“왜 그렇게 생각하시죠?”

뤼팽이 안으로 들어갔다. 그는 발끝으로 더듬어 가장 튼튼해 보이는 곳을 골라 밟아가며 노인에게 다가갔다.

포르메리 판사와 베르베르 차장도 뤼팽의 뒤를 따라 내려갔다.

노인을 잠시 살펴보고 난 뤼팽이 말했다.

“아직도 숨을 쉬고 있소.”

“그렇군. 희미하긴 하지만 아직 심장이 뛰고 있어. 살 수 있을까?”

“물론 살 수 있지요! 아직 죽지 않았으니…….”

뤼팽의 말투는 확신에 차 있었다. 뤼팽은 잠시도 머뭇거리지 않고 다시 외쳤다.

“빨리 우유를 가져오게, 빨리! 광천수를 섞은 우유를, 빨리! 내가 다 책임지겠다.”

20분 정도가 지나서 스타인벡 노인이 눈을 떴다.

옆에 무릎을 꿇고 있던 뤼팽이 천천히, 그러면서도 또박또박, 마치 병자의 머릿속에 각인이라도 시키듯 조용히 중얼거렸다.

“잘 들어요, 스타인벡 영감. 피에르 르뒤크의 비밀을 아무에게도 밝혀선 안 됩니다. 내가, 이 아르센 뤼팽이 당신이 원하는 값으로 살 테니 모든 일을 나에게 맡겨두시오.”

포르메리 예심판사가 뤼팽의 팔을 잡고 심각하게 말했다.

"내 아내는 어떻게 되었나?"

"포르메리 예심판사님, 부인은 이미 자유로운 몸이 되어 지금쯤 집에서 당신이 돌아오기를 기다리고 있을 것입니다."

"그건 또 어찌 된 건가?"

"뭐 길게 설명할 필요도 없습니다, 예심판사님. 저는 예심판사님이 제 말에 따르리라는 것을 이미 확신하고 있었으니까요. 예심판사님은 절대로 제 말을 거절할 수 없다는 것을 알고 있었죠……."

"어떻게 그런 확신을 가질 수 있었지?"

"부인이 너무나 미인이잖습니까."

근대사의 한 페이지

뤼팽은 두 주먹을 번갈아 힘껏 앞으로 내질렀다가 다시 가슴으로 끌어당겼다. 그는 이렇게 주먹을 내질렀다 끌어당기기를 반복했다. 이 운동을 30번 계속하더니, 이번에는 온몸을 구부렸다 폈다 하는 운동을 시작했다. 그 운동이 끝나자 다리를 번갈아 들어올리는 운동을 하고, 마지막으로 두 팔을 번갈아 공중에 힘껏 휘둘렀다.

뤼팽은 운동을 하는 데 15분을 소비했다. 그가 매일 아침 온몸의 근육을 단련시킬 목적으로 하는 스웨덴 체조였다.

운동이 끝나자 뤼팽은 테이블에 앉아 번호가 적혀 있는 백지 다발 한 뭉치를 꺼내더니 그중 한 장을 접기 시작했다. 눈 깜짝할 사이에 봉투가 만들어졌다. 그는 이 작업을 계속해 나아갔다.

이것이 뤼팽의 일과였다. 그는 매일 같은 일을 반복했다. 재소자들은 봉투에 풀칠하기, 종이부채 만들기, 금속제 지갑 만들기 등 몇 종류의 작업 중에서 마음대로 선택할 권리가 있었는데, 뤼팽이 고른 것은 이 봉투 붙이기였다.

이처럼 두 손을 빠르게 움직이며 기계적인 작업을 하고, 정한 운동으로 근육을 단련시키는 동안에도 뤼팽은 단 1초도 자신의 계획을 염두에 두지 않은 적이 없었다.

자물쇠가 열리는 소리, 빗장이 풀리는 소리…….

"아, 바로 당신이었군! 모범 교도관님이 와주었군. 드디어 마지막 몸치장을 할 때가 왔다는 건가? 목을 잘리기 전에 마지막으로 머리라도 깎으라는……?"

"아니, 그렇지 않소."

"그럼, 또 취조를 나가나? 재판소까지 또 멋진 산책을 한단 말인가? 하지만 좀 이상한데? 얼마 전 그 친절한 포르메리 예심판사가 조심하기 위해 앞으로는 취조를 내 감방에서 한다고 했었는데…… 사실 그런 방식은 내 계획에 불편하기 짝이 없는 일이지만."

"당신을 접견 온 사람이 있소."

교도관이 짧게 말했다.

'드디어 왔구나!'

뤼팽은 마음속으로 손뼉을 쳤다.

접견실로 가는 동안 그는 마음이 들떠 속으로 중얼거렸다.

‘이거 일이 굉장해지겠는데. 나의 생각이 들어맞는다면 말야. 나도 상당한 녀석이야! 겨우 나흘 동안에, 그것도 감방 안에 갇힌 몸으로 이런 계략을 꾸며냈다니, 꽤 쓸 만한 솜씨지!’

경찰청의 서명이 있는 정규 접견 허가증을 가지고 접견을 온 면회인은 접견실로 사용되는 좁은 감방 안으로 안내되었다. 접견실은 촘촘히 짜여진 두 개의 쇠창살 칸막이가 50센티미터 간격으로 평행하게 방을 가로질러 설치되어 있어 방을 2등분했다. 면회실의 입구는 두 곳인데, 각기 다른 복도와 이어져 있었다. 그 각각의 입구를 통해 재소자와 면회인이 안으로 들어왔다. 평행하게 설치되어 있는 두 개의 쇠창살 칸막이 때문에 재소자와 면회인은 서로 만져볼 수도 없고 작은 목소리로 대화를 나눌 수도 없었다. 또 아무리 작은 물건일지라도 주고받을 수 없었다. 말 그대로 접견(接見)이었다. 그리고 경우에 따라서는 교도관까지 한 사람 접견실에 입회하기도 했다.

뤼팽의 접견에 입회인으로 들어온 사람은 주임 교도관이었다.

“대체 어떤 사람이 나를 만나려고 허가를 받았지?”

뤼팽이 접견실로 들어서며 소리쳤다.

“오늘은 나의 접견일이 아닌데?”

교도관이 문을 닫고 있는 동안 뤼팽은 두 개의 쇠창살 너머 어두컴컴한 곳에 서 있는 어떤 인물의 얼굴을 살폈다.

“오! 당신이었군요, 스트리파니 씨! 이런 반가운 일이……”

“정말 오래간만입니다, 공작님!”

"아니, 공작님이라는 호칭은 사용하지 말아주십시오. 여기 있는 동안 나는 인간의 허영심이 만들어낸 그런 액세서리들은 모두 버리기로 마음먹었으니까. 제발 뤼팽이라고 불러주시오. 그러는 편이 더 어울립니다."

"그렇게 하는 것이 마음에 드신다면 그렇게 하겠습니다만, 그래도 제가 알고 있는 분은 세르닌 공작님입니다. 저를 암흑 속에서 구해주신 세르닌 공작님입니다. 저에게 행복과 재산을 되돌려주신 분입니다. 그러므로 저에게는 언제까지나 세르닌 공작님일 수밖에 없지요."

"듣고 보니, 그것도 그렇군요, 스트리파니 씨. 당신의 그 기분은 알겠지만…… 바쁜 주임 교도관의 시간도 귀중합니다. 잡담으로 시간을 낭비하게 해서는 안 되니까, 무슨 일로 오셨는지 빨리 말씀하시죠?"

"제가 찾아온 용건 말입니까? 간단한 겁니다. 당신이 시작하신 사업을 완성하는 데, 제가 당신 이외의 사람에게 그 이야기를 발설하게 되면 저에 대해 불만을 품을 수도 있다는 것을 깨달았죠. 그리고 당신만이 그 사업에 대한 정확한 상황을 파악할 수 있고, 또 저의 행복에 도움이 되는 요소들을 가지고 있다는 사실도 깨달았습니다. 한마디로, 오직 당신만이 저에게 닥쳐올 불운을 쫓아버릴 힘을 가지고 계시다는 겁니다. 저의 설명을 듣고 경찰청장님께서 양해해주신 것도 사실 그 때문이지요……."

"사실 나도 용케 면회 허락을 받아냈구나 하며 놀랐소……."

"허기를 내지 않으면 안 될 사정이 있었습니다, 공작님. 굉장한 이해관계, 그것도 단순히 저만의 이해관계가 아니라 아시는 바와 같이 세계 최고의 신분에 있는 분들의 이해관계가 얽혀 있는 사건이라 공작님께서 필히 알아두실 필요가 있었습니다……."

뤼팽은 곁눈질로 주임 교도관을 살폈다. 그는 두 사람이 주고받는 말에 담겨 있는 숨은 뜻을 알아내려고 자기도 모르게 윗몸을 앞으로 내밀고 온 신경을 귀에 집중하고 있었다.

"그러니까 그게……?"

뤼팽이 물었다.

"공작님, 4개국의 말로 기안된 그 문서, 인쇄된 그 기록에 대해 생각나는 것들을 모두 상기시켜 보십시오. 적어도 그 기록의 첫 부분은 그것과 상당한 관계가 있으니까요……."

느닷없이 뤼팽의 주먹이 주임 교도관의 귀와 턱 사이를 향해 날아들었다. 주임 교도관은 잠깐 비틀거리더니 마침내 통나무 쓰러지듯 신음소리 한 번 내지 못하고 뤼팽의 품 안으로 쓰러졌다.

"스타인벡 영감, 클로로포름을 가지고 있습니까?"

"설마 죽은 것은 아니겠지요?"

"죽어서야 쓰나! 길어야 몇 분 동안 기절해 있을 뿐이오. 하지만 그것으로는 모자라……."

독일인은 주머니에서 구리로 된 파이프 하나를 꺼내 낚싯대를 빼듯 그것을 잡아늘였다. 그 끝에는 작은 병이 하나 매달려 있었다.

뤼팽은 병을 집어 뚜껑을 열고 안에 들어 있는 액체를 손수건에 몇 방울 떨어뜨린 뒤 손수건을 주임 교도관의 코에 가져다 댔다.

"이제 됐소. 이 친구야, 좋은 꿈 꾸라고…… 이것으로 나는 한두 주일 독방 생활을 해야겠지만, 그 정도의 대가는 일을 하다 보면 으레 치러야 하기 마련이지."

"저는 어떻게 됩니까?"

"당신 말이오? 영감이 무슨 짓을 했다고……?"

"주먹을 휘두르는데 옆에 있었지 않았습니까?"

"당신은 이 일에 아무 관계도 없소."

"그럼 면회 허가증은 어떻게 되지요? 그것은 명백히 가짜란 말입니다."

"그것도 당신은 전혀 신경 쓸 필요가 없습니다."

"제가 그것을 이용했는데도요?"

"아니, 그렇지 않아요! 그저께 당신은 스트리파니라는 이름으로 정규 면회 허가원을 제출해 두었는데, 오늘 아침에야 당신은 그쪽에서 회답을 받은 거요. 그 이외의 일은 모두 당신과 관계없는 일이오. 그 회답을 만들어낸 나의 친구들이야말로 죄를 문책받을 자격이 있지."

"우리 면회를 중단시키지는 않을까요?"

"왜?"

"제가 뤼팽을 만나겠다는 면회 허가증을 내밀었더니 이곳 관리들이 몹시 놀라는 것 같았습니다. 소장이 저를 불러 허가증을 세밀하게 조사하기도 했습니다. 틀림없이 경찰청에 전화를 했을 겁니다."

"했을 겁니다가 아니라 틀림없이 했습니다."

"그럼 어떻게 됩니까?"

"이미 다 손을 써놓았소. 걱정하지 마시오. 당신은 당신이 이곳에 온 이유가 무엇인지 충분히 알고 있겠지요?"

"예, 친구분들이 설명해 주셨습니다."

"그래, 당신은 승낙하겠소?"

"당신은 저의 목숨을 구해주신 은인입니다. 그게 무엇이든 원하시는 대로 하겠습니다. 어떤 도움이 되어 드려도 그 큰 은혜에 대한 보답으로 부족할 겁니다."

"중대한 비밀을 밝히기 전에 다시 한 번 나의 신상을 생각해 보는 것이 좋을 거요…… 한낱 무력한 재소자라는 것은 알고 있겠지요?"

스타인벡은 웃기 시작했다.

"천만의 말씀입니다! 농담하지 마십시오. 앞서 나는 케셀바흐 씨에게 비밀을 밝혔는데 그 이유는, 그분은 상당한 부자인데다 누구보다도 그 비밀로 많은 이익을 끌어낼 수 있다고 생각했기 때문이었습니다. 당신은 지금 비록 갇힌 몸이고 무력하다 해도 억만장자인 케셀바흐 씨보다 백 배, 천 배 더 막강한 분이시라는 걸 전 알고 있습니다."

"오, 그렇게 생각해 주시다니, 매우 고맙소."

"잘 아시면서 그러시는군요! 재소자의 몸으로 내가 죽어가고 있던 그 작은 공간을 찾아내신 것이며, 당신 앞에 나를 불러내어 이렇게 오래도록 이야기를 시키는 것 등은 억만금으로도 할 수 없는 능력입니다. 당신은 돈으로 살 수 없는 능력을 가지고 계십니다."

"그렇게 생각하신다면 됐소. 그럼 차례대로 이야기 해보시오. 살인범은 누구요?"

"그것만은 말할 수 없습니다."

"말할 수 없다니, 어째서이지요? 당신은 알고 있을 것 아니오? 그리고 알고 있는 것은 모두 나에게 밝히기로 약속하지 않았소."

"물론 그렇습니다. 하지만 이것만은 문제가 다릅니다."

"문제가 다르다니……."

"훗날 말씀드리지요."

"아니, 약속이 틀리지 않소? 왜 약속을 지키지 않는 거요?"

"증거가 없기 때문입니다. 훗날 공작님께서 자유로운 몸이 되시면 함께 찾아보기로 하지요. 지금 말씀드려 봐야 헛일입니다. 나중에, 제가 말하고자 한 사람이 누군지 알고 나면 다 이해가 되실 겁니다. 하여튼 지금으로서는 말씀드릴 수가 없습니다."

"그 녀석이 무섭기 때문이오?"

"물론 그런 점도 있습니다."

"좋소! 그것이 가장 긴박한 문제는 아니니까 뒤로 돌리기로 하지요. 그런데 그 이외의 일은 다 밝힐 각오가 되어 있겠지요?"

"무엇이든지 다 말씀드리겠습니다."

"그럼 말씀해 보시오. 피에르 르뒤크의 본명은?"

"헤르만 4세. 듀 퐁 벨덴츠 대공작, 베른카스텔 피스틴겐 백작, 비스바덴 및 그 밖의 영지의 영주이십니다."

이 말을 듣고 뤼팽은 춤이라도 추고 싶을 정도로 기뻤다. 그가 보호하고 있는 그 사나이, 가짜 피에르 르뒤크는 돼지고기 장수의 아들이 아니었다.

"대단하군!"

뤼팽이 중얼거렸다.

"하여튼 대단한 집안이야……! 어렴풋이 생각나는데 그 듀 퐁 벨덴츠 대공작 령이라면 프러시아에 있었다고 생각되는데?"

"그렇습니다. 모젤 강변입니다. 벨덴츠 집안은 팔라틴 듀 퐁 집안에서 갈라져 나왔습니다. 대공작 령은 뤼네빌 조약의 결과로 프랑스에 귀속되어 몬-톤네르 현의 일부를 이루고 있는데, 1814년에 우리가 알고 있는 피에르 르뒤크 씨의 증조부인 헤르만 1세에게 반환되었던 것이지요. 그의 아들 헤르만 2세는 젊었을 때 방탕한 생활로 몸을 망치고 파산할 지경에 이르자 자기 나라의 공금까지 횡령했습니다. 백성들에게는 악정을 폈기 때문에 원한을 산데다 조상 때부터 전해 내려오는 벨덴츠 성을 반이나 불질러버렸다고 나라에서 쫓겨나기까지 하여, 대공작 령은 헤르만 2세의 이름으로 세 사람의 섭정에 의해 통치되었던 것입니다. 여기서 기묘한 것은 헤르만 2세가 퇴위하지 않고 끝까지 대공작으로서의 직위를 유지할 수 있었다는 일입니다. 베를린에서 몹시 가난한 생활을 하고 있었는데, 나중에 친구였던 비스마르크의 측근으로 프랑스 전쟁에 종군했지요. 파리 포위전에서 결국 포탄의 파편을 맞고 전사했는데, 임종 때 외아들 헤르만의 뒷일을 비스마르크에게 맡긴 것입니다…… 이것이 즉 헤르만 3세인 셈입니다.”

“그러니까 그가 바로 르뒤크의 아버지란 말이로군?”

“바로 그렇습니다. 맞습니다. 헤르만 3세는 마침내 비스마르크의 신뢰를 얻어 나중에는 이 대재상의 밀사가 되어 외국의 지체 높은 사람들에게 파견되곤 했습니다. 이 보호자가 실각하자 헤르만 3세는 베를린을 떠나 잠시 외지로 방랑을 했는데, 이윽고 다시 국내로 돌아와 드레스덴에 자리를 잡았습니다. 비스마르크가 죽었을 때도 드레스덴에 있었는데, 그 뒤 2년이 지나 그 사람도 세상을 떠났습니다. 여기까지는 독일인이라면 누구나 다 알고 있는 공공연한 사실입니다. 지금 말씀드린 것이 19세기, 3대에 걸친 듀 퐁 벨덴츠 대공작 헤르만 공의 이야기입니다.”

“그래, 네 번째의 헤르만, 즉 헤르만 4세, 우리와 상관이 있는 그 사람의 이야기는 어떻소?”

“그럼, 세상 사람들이 모르는 이야기를 하겠습니다.”

“그 이야기를 알고 있는 것은 당신뿐이오?”

“저와 그 밖에 다른 몇 사람이 알고 있을 뿐입니다.”

“아니, 다른 사람이 알고 있다고? 그럼 그 비밀은 지켜지지 않았단 말이오?”

"아닙니다. 그 비밀은 그것을 알고 있는 사람들 사이에서 굳게 지켜지고 있습니다. 안심하십시오. 그것을 남에게 알리지 않는 것이 그 사람들에게 이익이 되므로, 그 점은 문제없습니다. 제가 보증하겠습니다."

"그럼, 당신은 어떻게 알게 됐소?"

"헤르만 3세 이전에 그 집에서 일하던 하인이었던 사람에게서 들었습니다. 케이프타운에서 나의 팔에 안겨 숨을 거둔 그 사나이는 먼저 그의 주인이 어떤 여자와 비밀결혼을 했으며, 아들 하나를 남겼다고 말해주었습니다. 이어서 그는 저에게 그 비밀까지 털어놓았습니다."

"당신이 케셀바흐 씨에게 말한 것이 그 비밀이오?"

"그렇습니다."

"말해보시오."

그때 열쇠 구멍에 열쇠를 꽂는 소리가 들려왔다.

"쉿!"

노인에게 침묵을 지키게 하고 나서 뤼팽은 문 바로 옆의 벽에 몸을 바짝 밀착시켰다. 문이 열렸다. 뤼팽은 문을 힘껏 옆으로 밀어 닫은 뒤 교도관에게 달려들었다. 뤼팽에게 떠밀린 교도관이 크게 비명을 지르며 쓰러졌다.

뤼팽이 달려들어 교도관의 목을 눌렀다.

"조용히 해라. 시끄럽게 굴면 생명이 위험해. 얌전히 굴겠나? 이제 이곳 상황을 알았겠지? 어때? 알았으면 됐어…… 손수건을 꺼내! 그렇지. 양쪽 손목을 내밀어……."

뤼팽은 손수건으로 교도관의 손목을 단단히 묶었다.

"이제 됐군. 이만하면 됐어. 교도소 측에서는 조심하기 위해 너를 이곳으로 보낸 것이겠지? 필요한 경우에 주임 교도관을 도울 목적으로 말이야. 좋은 생각이긴 하지만 좀 늦었어. 자, 봐라. 저 사람은 이미 저렇게 죽었다! 너도 움직이거나 소리를 지르면 같은 꼴이 되는 거야."

뤼팽이 교도관이 가지고 있던 열쇠 하나를 집어 열쇠 구멍에 밀어넣고 돌렸다. 밖에서 문을 열지 못하게 하기 위해서였다.

"이제 우리는 안전하오."

"당신이 있는 쪽은 안전하지만…… 내가 있는 쪽은 그렇지 못합니다."

스타인벡 노인이 불안해하며 말했다.

"무엇 때문에 그쪽에 사람이 오겠소?"

"저 녀석이 지른 소리가 들렸을지도 모릅니다."

"염려 없소, 들리지 않았으니까. 그리고 당신은 나의 친구에게 열쇠를 받지 않았소?"

"예, 그랬습니다만……."

"그럼 그 열쇠로 잠그면 될 것 아니오…… 됐소? 좋아! 우리는 이제 직어도 10분 동안은 걱정이 없소. 이제 알았겠지요, 노인장? 언뜻 보기에는 아주 어려워 보이는 일도 실은 생각보다 쉽다는 것을 말이오. 무엇이든 약간의 침착성과 재치만 있으면 문제없이 헤쳐나갈 수가 있소. 자, 그렇게 겁만 먹고 있지 말고 이야기해 보시오. 독일어로 하는 것이 좋겠소. 이런 애송이 녀석에게 우리들이 의논하는 국가기밀을 누설할 필요는 없을 테니……."

스타인벡 노인은 독일어로 이야기를 시작했다.

"비스마르크가 죽은 그날 밤 곧 대공작 헤르만 3세와 그의 충실한 하인, 즉, 그 사람이 바로 내가 케이프타운에서 알게 된 그 친구입니다. 이 두 사람은 뮌헨 행 열차를 탔습니다. 비인 행 급행열차 시간에 맞추기 위해서였지요. 비인에서 두 사람은 콘스탄티노플로 갔습니다. 이어서 카이로로, 다음에는 나폴리로, 그리고 튀니지로, 거기서 다시 스페인으로, 파리로, 다음에는 런던으로, 성 페테르스부르크로, 바르샤바로…… 그들은 이런 여러 도시 어느 곳에서도 발길을 멈추지 않았습니다. 포장마차에 트렁크를 싣고 가까운 역이나 부둣가를 향해 달리고, 곧장 거기서 열차나 기선을 타곤 했습니다."

"그 두 사람은 추적을 당하고 있었고, 그 추적자들을 떼어버리려고 했던 모양이군."

아르센 뤼팽이 추측을 말했다.

"어느 날 밤, 두 사람은 직공들이 입는 작업복에 납작한 모자를 눌러쓴 차림새로 어깨에 멘 막대기 끝에 보따리를 동여매고 트레브 시를 떠나 그곳에서 35킬로미터나 떨어져 있는 벨덴츠

까지 걸어갔습니다. 이곳은 듀 퐁의 옛 성이라기보다는 그 옛
성의 폐허가 있는 곳이지요."

"시간이 없으니 묘사는 생략해 주시오."

"해가 질 때까지 두 사람은 가까운 숲속에 숨어 있었습니다.
밤이 되자 두 사람은 오래된 성벽으로 다가갔습니다. 그곳에 이
르자 헤르만 3세는 하인에게 그곳에서 기다리고 있으라고 명령
했습니다. 그리고 그는 성벽을, 흔히 '이리의 틈새'라고 불리는
개구멍을 통해 성벽을 넘어갔습니다. 한 시간 정도가 지나서 헤
르만 3세가 돌아왔습니다. 그들은 다시 여기저기를 돌아다닌 뒤
일 주일 후에야 드레스덴의 자택으로 돌아갔습니다. 이것으로
일단 장거리 여행은 끝난 셈이었지요."

"그 장거리 여행의 목적은?"

"대공작은 하인에게 아무 말도 하지 않았습니다. 다만 하인은
그 뒤에 일어난 갖가지 사건과 그 사건들의 교차점을 종합하여
일의 진상을, 아니 그 일부를 알게 된 것입니다."

"빨리빨리 말하시오, 스타인벡 씨. 시간이 없습니다. 빨리 듣
고 싶소."

"그 장거리 여행을 한 지 15일 뒤 황제 폐하의 근위 장교이며
폐하의 개인적인 친구 가운데 한 사람인 발데마르 백작이 여섯
명의 병사를 거느리고 대공작 저택에 나타났습니다. 백작은 공
작과 단둘이 하루 종일 서재에 틀어박혀 있었답니다. 수차례나
격론을 벌이는 목소리가 들렸다고 합니다. 창 밑의 뜰을 지나가
는 하인의 귀에 '폐하께선 그 서류가 당신에게 넘어간 것으로

확신하고 계십니다. 만일 그것을 나에게 자진해서 넘겨주시지 않는다면, 할 수 없이……’라는 격한 말까지 들렸답니다. 그 말의 뜻과 백작이 찾아온 목적이 무엇이었는지는 그 뒤 헤르만 3세의 저택이 철저한 가택 수색을 받은 것으로 명백해졌다고 합니다.”

“하지만 그것은 불법 행위가 아니오?”

“대공작이 그 일에 반대를 하셨다면 불법 행위였겠지만, 공작은 백작 앞에 서서 몸소 수색을 도왔다더군요.”

“그런데 무엇을 찾으려고 수색을 했단 말이오? 총통의 비망록인가?”

“더 귀중한 것입니다. 한 묶음의 비밀문서입니다. 그런 것이 있다는 것은 사소한 실언으로 세상에 알려져 있었고, 그것이 헤르만 대공작의 손에 넘어간 것도 모두가 알고 있는 사실이었습니다.”

뤼팽은 쇠창살에 팔꿈치를 댄 채 두 손으로 쇠창살을 움켜쥐고 있었다. 감회 어린 목소리로 뤼팽이 중얼거렸다.

“아마 굉장히 중요한 비밀문서였던 모양이군요.”

“무척이나 중요한 문서였습니다. 만일 그것이 공개되기라도 하는 날엔 국내뿐만이 아니라 국제관계에까지 얼마나 어마어마한 파장을 몰고 올지 짐작도 할 수 없는 정도의 것이었습니다.”

“오, 그래요! 그토록 굉장한 비밀문서였단 말인가! 당신에게 그 말을 뒷받침할 만한 증거라도 있소?”

“증거 말입니까? 암, 있고 말고요! 대공작이 죽은 뒤 부인이 하인에게 털어놓았다는 이야기가 그 증거입니다.”

“그래…… 그러면 대공작의 증언이나 다름없겠군.”

“아니, 그 이상입니다!”

스타인벡이 소리쳤다.

“뭐요?”

“문서가 남아 있습니다! 대공작이 자필로 서명한 문서가, 거기에는…….”

“거기에는 무엇이 적혀 있소?”

“그분이 맡은 비밀문서의 목록이 분명히 적혀 있습니다.”

“간단히 설명한다면……?”

“간단히 설명할 수는 없습니다. 긴 문서로, 주석이 있는가 하면 뜻 모를 말이 쓰여 있기도 했습니다. 두 다발의 비밀문서에 관한 표제만을 말씀드린다면 ‘황태자가 비스마르크에게 보낸 친서’라고 되어 있습니다. 날짜로 보아 그 친서는 프레데릭 3세 치하의 3개월 동안에 쓰여졌다는 것을 알 수 있습니다. 그 친서의 내용이 어떤 것인가를 상상하고 싶으시면 프레데릭 3세의 병과 황태자 사이의 알력을 생각해 보십시오…….”

“됐소, 됐어…… 알겠소. 그리고 또 하나의 표제는?”

“그것은 ‘프레데릭 3세와 빅토리아 황후가 영국 빅토리아 여왕에게 보낸 친서의 복사’라고 되어 있습니다.”

“그런 게 정말 있단 말이오? 그런 것이 있단 말이지……?”

뤼팽의 목소리는 감격에 젖어 있었다.

"대공작이 이렇게 써넣은 것도 있습니다. '영국-프랑스 조약
의 본문', 그리고 또 뜻이 애매한 '알사스-로렌…… 식민지……
해군력의 제한……'이라는 말도 있습니다."
"그런 것까지 쓰여 있단 말이오!"
뤼팽은 이제 말까지 더듬었다.
"당신은 그 뜻이 애매하다고 하지만, 천만의 말씀이오. 그보
다 더 뚜렷한 의미를 가진 낱말은 좀처럼 없을 거요. 용케도 그
런 것이 있었군……!"

문에서 소리가 났다. 누군가가 노크를 하고 있었다.
"들어오지 마시오. 일하는 중이니까……."
뤼팽이 대답했다.
이번에는 스타인벡 쪽의 문에서 누군가가 노크를 했다. 뤼팽
이 크게 소리쳤다.
"잠깐만 기다리게! 5분이면 끝날 테니."
그런 뒤 그는 명령조로 노인에게 말했다.
"침착하시오. 그리고 말을 계속해요…… 즉 당신의 추측으로
는 벨덴츠 성터를 찾아간 대공작과 하인의 그 장정은 그 문서를
감추기 위해서였다는 말이 아니오?"
"의심할 여지가 없는 일입니다."
"그렇겠지. 하지만 그 뒤 대공작이 그것을 다시 꺼내갔을 수
도 있잖소?"
"그럴 염려는 없습니다. 대공작은 마지막까지 드레스덴을 떠

나지 않았으니까요."

"그러나 대공작의 적, 즉 그 문서를 빼앗아 없애버리면 이익이 될 그 누군가가 그 문서가 있는 곳을 알아내어 찾아갔을 수도 있지 않겠소?"

"사실 그들의 손길은 거기까지 미쳤습니다."

"그런데 당신은 그것을 어떻게 알았소?"

"그야 뭐 당연하지 않습니까? 이 정도의 중대사를 안 제가 어떻게 멍청히 앉아 놀고만 있었겠습니까? 저는 곧 벨덴츠로 달려갔습니다. 그리고 인근 마을에서 알아보았습니다. 그 결과로 이미 두 번에 걸쳐 베를린에서 특파되었다는 섭정 직속 부하 열두세 명의 손에 의해 성터가 침해되었다는 것을 알았습니다."

"그 결과는?"

"결과는 아무 성과가 없었습니다. 아무것도 발견되지 않았지요. 그것은 그 뒤 성터의 출입이 금지된 것을 봐도 알 수 있습니다."

"어떤 자가 출입을 못하게 금지시켰소?"

"밤낮으로 50명의 병사들이 감시하고 있습니다."

"대공작 령의 병사들이오?"

"아닙니다. 황제의 친위대에서 파견된 병사들입니다."

복도에서 말소리가 들리기 시작했다. 그리고 또다시 문을 두드렸는데, 이번에는 주임 교도관을 자꾸만 불러댔다.

"그 친구는 지금 잠들어 있습니다."

보렐리 소장의 목소리를 알아듣고 뤼팽이 말했다.

"문 열어라! 소장의 명령이다. 못 열겠나!"

"무리입니다. 자물쇠가 망가졌습니다. 문제의 그 자물쇠 둘레를 잘라내셔야 할 겁니다."

"열어라!"

"문을 열어주면 지금 우리가 토론을 거듭하고 있는 유럽의 운명은 어떻게 하란 말입니까?"

뤼팽이 노인을 돌아보며 다시 말을 이었다.

"결국 당신은 그 옛 성터에는 못 들어간 모양이군요?"

"그렇습니다. 들어갈 수 없었습니다."

"그러나 당신은 그 문서가 아직도 그곳에 감추어져 있다고 확신하고 있군요?"

"그야 당연하지요! 이만한 증거를 들어가며 말씀을 드렸는데도 아직 못 믿겠습니까?"

"아니오, 믿고 있소. 그곳에 감추어져 있는 것이 틀림없소. 의심할 여지도 없소. 틀림없이 그곳에 감추어져 있을 것이오."

뤼팽의 시선이 공중에 머물렀다. 그의 눈에 그 옛 성터가 선명하게 떠오르는 것 같았다. 뤼팽은 그 신비스러운 장소를 머릿속에 그려보고 있었다. 아마도 그에게는 무진장의 보물이 쌓여 있는 보물창고의 환상이며 진귀한 보물과 보석으로 가득 찬 금고를 연상하는 것조차도, 황제의 군대가 지키고 있다는 그 한 다발의 종이조각을 생각하는 데서 생겨나는 감동에는 미치지 못했다. 한번 해볼 만한, 얼마나 멋진 일인가! 그야말로 그에게 어울리는 원정이었다.

접견실 밖에서는 교도관들이 자물쇠를 부수고 있었다.

뤼팽이 스타인벡 노인에게 물었다.

"대공작은 어떻게 돌아가셨소?"

"늑막염에 걸려 겨우 며칠 만에 세상을 뜨셨습니다. 마지막까지 거의 사람도 못 알아보는 상태가 계속되었는데, 헛소리와 헛소리 사이에 무리하게 정신을 집중하기도 하고, 말을 하려고 애쓰는 모습이 곁에서 지켜보기에 딱해서 견딜 수 없을 정도였답니다. 이따금 부인을 부르셔서 절망적인 표정으로 물끄러미 얼굴을 바라볼 뿐, 말이 나오지 않는지 입술만 헛되이 움직이셨답니다."

"그래서 어떻게 되었소? 무슨 남긴 말이라도 있었소?"

자물쇠를 부수는 작업이 신경 쓰이는지 뤼팽이 서둘러 말했다.

"아닙니다. 말은 하지 못하셨습니다. 그렇지만 정신이 드신 잠깐 사이에 젖 먹던 힘까지 발휘해 가까스로 부인께 내민 종이에 몇 개의 표시가 있었다고 합니다."

"그래, 그 표시란……?"

"대부분은 해독할 수 없는 것뿐입니다……."

"대부분은 그렇더라도…… 알 수 있는 건 없었소?"

뤼팽이 다급하게 말했다.

"읽을 수 있는 뚜렷한 숫자가 셋 있습니다. 8이 하나, 1이 하나, 3이 하나……."

"813이라…… 좋소, 알고 있소…… 그 다음은?"

"나머지는 글자입니다. 여러 글자가 쓰여 있는데, 그중에서 똑똑히 읽을 수 있는 것은, 세 개의 철자가 나란히 있는 한 무더기와, 두 개의 철자가 나란히 있는 한 무더기의 단어뿐입니다."

"'Apo-on'이겠지? 어떻소?"

"바로 그렇습니다. 알고 계셨군요!"

문에 박혀 있던 거의 모든 나사못이 뽑히고 자물쇠가 건들거리기 시작했다. 이야기가 꼬리 잘린 잠자리처럼 도중에서 끊어지지나 않을까 조급해하며 뤼팽이 다시 급히 물었다.

"즉 그 불완전한 'Apoon'이라는 낱말과, 813이라는 숫자는 그 비밀문서를 찾아내는 실마리라는 의미로 남겨놓은 것이겠군?"

"그렇습니다."

뤼팽은 두 손에 힘을 주고 눌러 떨어지려는 자물쇠를 받쳤다.

"소장님, 이러시면 주임 교도관이 깨어나겠습니다. 불쌍하지 않습니까? 앞으로 1분만 기다려 주십시오. 부탁입니다! 스타인벡 씨, 그래서 대공작의 부인은 어떻게 되었소?"

"대공작이 돌아가신 뒤 얼마 되지 않아 마치 뒤따르기라도 하려는 듯이 세상을 떠나셨습니다. 너무나 큰 슬픔에 잠겨 있었기 때문이지요."

"그래서 그 아이는 친척이 데려갔소?"

"그렇지 않습니다. 대공작에게는 형제도 누이동생도 없었습니다. 게다가 부인도 신분이 낮은 비천한 계급 출신으로 비밀리에 결혼했기 때문에 그쪽에서도 데려갈 만한 친척이 없었습니다. 하는 수 없이 헤르만의 늙은 하인이 보살피기 시작했습니다. 피에르 르뒤크라고 가명을 붙여 기르고 있었는데, 이 피에르는 굉장한 불량소년이어서 제멋대로 행동하는 문제아였지요. 보통 수단으로는 다루기 힘든 소년이었는데, 어느 날 훌쩍 집을 나가 다시는 돌아오지 않았다고 합니다."

"소년은 자신의 출생에 대한 비밀을 알고 있었소?"

"그렇습니다. 아버지인 헤르만 3세가 쓴 813과 다른 글자들이 적혀 있는 그 종이도 보여드렸다고 합니다."

"그리고 그 비밀은 그 뒤 당신 이외에는 아무에게도 발설되지 않았다는 말이지요?"

"그렇습니다."

"그리고 당신은 그 비밀을 케셀바흐 씨 이외에는 아무에게도 털어놓지 않았다는 말이고요?"

"그렇습니다. 단 한 분, 그분에게만 털어놓았습니다. 물론 조심하기 위해 숫자와 글자가 적힌 그 종이도, 앞서 말씀드린 그 목록도 케셀바흐 씨에게 보여드리기만 하고 원본은 제가 갖고 있습니다. 그 뒤에 일어난 사건이 그렇게 조심했던 것이 옳았다는 것을 입증해주고 있지요."

"그 서류는 지금도 갖고 있소?"

"예."

"안전한 장소에 놔뒀겠지요?"

"결단코 안전합니다."

"파리에 있소?"

“아닙니다.”

“그래요, 그게 좋소. 당신의 생명은 위험에 직면해 있고, 당신은 쫓기고 있다는 것을 명심해야 하오.”

“알고 있습니다. 한 발자국만 잘못 디뎌도 모든 것은 끝장입니다.”

“그렇소. 그 말이 맞소. 그러니까 충분히 주의해야 해요. 적을 따돌리고 그 서류를 가져와 내 지시를 기다리시오. 일은 틀림없이 성공할 거요. 늦어도 한 달 안에 함께 벨덴츠 성을 보러 갑시다.”

“그런데 제가 교도소에 갇히기라도 하면 어떻게 되는 겁니까?”

“그런 일이 생기면 내가 꺼내주겠소.”

“그렇게 할 수 있습니까?”

“내가 이곳에서 나가면 그 다음 날 반드시 당신을 꺼내주겠소. 아니, 이거 잘못 말했군요. 그날 밤 안으로 말이오. 한 시간이 지나기 전에 꺼내주겠소.”

“그런 일까지 하실 수 있습니까?”

“방금 전 이미 계산을 마쳤소. 절대로 실수할 리 없는 계획이오. 나에게 해줄 말은 더 없소?”

“없습니다.”

“그럼, 문을 열겠소.”

뤼팽이 문을 옆으로 잡아당겼다. 그리고 보렐리 소장에게 꾸뻑 인사를 했다.

“소장님, 엄청난 무례를 범했…….”

하지만 뤼팽은 끝까지 말하지 못했다. 소장과 세 명의 교도관이 우르르 몰려들었던 것이다.

보렐리 소장은 노여움으로 얼굴빛이 창백했다. 그리고 바닥에 쓰러져 있는 두 교도관을 발견하고 이번에는 기겁을 했다.

“죽었나?”

“천만에요. 죽을 리가 있습니까?”

뤼팽이 웃어 보였다.

“보십시오. 몸을 꿈틀거리지 않습니까? 이봐, 이봐, 말 좀 해봐, 정신차려!”

뤼팽이 손이 묶인 채 쓰러져 있는 교도관을 향해 말했다.

“그럼 저쪽 사람은 어떻게 된 건가?”

보렐리 소장이 주임 교도관에게 달려들며 말했다.

“잠이 들었을 뿐이라니까요, 소장님. 꽤 피곤한 듯하기에 제가 잠시 쉴 수 있게 배려를 했습니다. 사과는 제가 할 테니 부디 이 사람을 벌주거나 하는 그런 일은 말아주십시오…….”

“농담은 이제 그만 집어쳐!”

보렐리 소장이 거칠게 소리를 질렀다. 그런 뒤 그는 뒤에 있던 교도관들에게 지시를 내렸다.

“우선…… 이자를 감방으로 데려가라! 그리고 저 면회인은…….”

뤼팽은 밖으로 끌려나갔기 때문에 스타인벡 노인의 처분에 관한 보렐리 소장의 지시를 더 이상 들을 수 없었다. 그러나 그

처분이 어떤 것이든 그것은 뤼팽에게 별 문제가 되지 않는 하찮
은 일일 뿐이었다.

 그는 외로운 독방으로, 한 노인의 신상 따위와 비교도 되지
않을 만큼 중대한 문제를 가지고 돌아왔다. 바야흐로 그는 케셀
바흐의 그 비밀을 손에 쥐었던 것이다.

뤼팽의 대계획

　　의외였다. 뤼팽은 독방에는 들어가지 않아도 되었다. 뿐만 아니라 그 면회실 문을 잠갔던 사건이 있은 지 몇 시간 뒤 보렐리 소장이 일부러 뤼팽을 찾아와 그런 벌칙이 불필요하다는 의견까지 피력했다.

　　"그렇고 말고요, 소장님! 저를 독방에 가둘 필요가 없을 뿐만 아니라 그렇게 하면 오히려 매우 위험해집니다. 위험할 뿐만 아니라 문제만 더 골치 아프게 만드는 어리석은 방법이죠."

　　"뭐가 그토록 위험한가?"

　　재소자의 태도에 기분이 나빠진 보렐리 소장은 몹시 신경이 쓰이는 모양이었다. 그는 뤼팽의 앞으로 바짝 다가섰다.

"사실이 그렇지 않습니까, 소장님? 소장님은 조금 전 경찰청에 갔다 오셨을 테지요? 경찰청에서 소장님은 당국자에게 재소자 중 한 명인 뤼팽의 폭동을 자세히 보고하고, 스트리파니가 가지고 온 접견 허가증을 내보이기도 하셨을 텐데요? 소장님은 사실 크게 잘못한 것이 없습니다. 소장님은 스트리파니가 그 허가증을 보여드렸을 때 경찰청에 전화를 거는 조심성을 보이셨는데, 그에 대해 그 허가증은 틀림없이 유효하다는 대답까지 들으셨으니까요."

"아니! 어떻게 그런 것을……."

"그 정도가 아니지요. 경찰청에서 전화로 소장님에게 그 대답을 해준 사람이 내 부하였거든요. 곧 허가증을 발행한 책임자가 누구인지 당신의 요구에 의해 조사가 시작되었지요. 그 책임자는 허가증이 완전히 가짜라는 사실을 알고 있었을 테니까요…… 그래서 지금 누가 그 가짜를 발행했는지 수사 중입니다. 하지만 너무 기대는 하지 마십시오. 아무것도 발견하지 못할 테니까요……."

보렐리 소장이 씁쓸하게 웃었다.

"그래서 이번에는 제 친구인 스트리파니를 심문해 보았겠지요. 그러자 그는 자신이 스타인벡이라는 사실을 너무나 쉽게 자백하고 말았습니다. 여기서부터 문제가 심각해진 것이죠. 만일 그렇다면 죄인 뤼팽이 라 상테 교도소 안에 마음대로 사람을 불러들여 그와 함께 한 시간 이상이나 은밀한 대화를 나눴다는 말이 되니까요. 이거 굉장한 스캔들이 아닙니까! 좋은 게 좋다고,

그러니까, 이런 사실을 적당히 얼버무려 수습하는 게 여러 사람들에게 좋지 않겠습니까? 그래서 스타인벡을 풀어주고 보렐리 소장을 대사 자격으로 재소자 뤼팽에게 보내 입을 다물게 할 수 있는 모든 권한을 주었다…… 결국, 이렇게 된 이야기 아닙니까?"

"훌륭하군! 그대로일세."

당혹함을 감추기 위해 보렐리 소장이 농담처럼 대답하며 손뼉을 쳤다.

"참으로 자네는 천리안이라고 할 만하군. 그러니까 자네가 우리의 조건을 승낙하겠다는 의미로 받아들여도 되겠나?"

뤼팽은 소리내어 웃기 시작했다.

"결국 내가 당국의 무리한 부탁을 들어줘야 되는 셈이군요. 좋습니다, 소장님! 경찰청 여러분들께도 마음놓으셔도 좋다고 전해주십시오. 입을 굳게 다물고 있겠습니다. 입을 열면 쏟아져 나올 이야기가 얼마든지 있는데 이런 일쯤이야…… 이번 사건을 침묵에 붙이는 정도는 아무것도 아니지요. 적어도 이번 사건에 대해서는 신문에 아무런 정보도 흘리지 않겠습니다."

하지만 뤼팽의 말은 반대로, 다른 사건에 대한 정보는 얼마든지 내놓을 수도 있다는 의미이기도 했다. 그러니까 교도소에서 뤼팽의 활동은 그 전부가 동지들에 대한 연락과 신문을 이용한 선전에 집중되고 있었다. 그는 수감됨과 동시에 도드빌 형제에게 필요한 지시를 내리고 있었는데, 그 결과가 가까운 시일 안에 나타나리라 기대하고 있었다.

뤼팽은 날마다 성실히 봉투 붙이는 작업을 했다. 아침마다 번호가 붙여져 여러 개의 꾸러미로 배달되는 재료를 감방 안에서 접어 풀칠을 해놓으면 밤마다 담당자가 와서 가져갔다.

번호가 달린 재료 꾸러미는 이 작업을 선택한 재소자들에게 정해진 순서대로 수속을 밟아 배부되었으므로 뤼팽에게 오는 꾸러미는 언제나 똑같은 번호가 붙어 있었다.

주의 깊게 살펴보았더니 이 계산은 정확했다. 이것이 확인된 이상 남은 문제는 단지 이 작업을 관리하는 사람 중 한 사람을 매수하는 일뿐이었다.

일은 쉽게 해결되었다.

뤼팽은 자기 부하와 주고받는 암호의 표식이 꾸러미 속의 맨 첫번째 종이에 나타나기를 이제나저제나 기다릴 뿐이었다.

봉투를 붙이며 뤼팽은 바쁜 하루를 보냈다. 날마다 정오쯤에 포르메리 예심판사의 방문을 받았다. 조용한 변호사 큄벨 선생이 입회한 자리에서 그는 엄중한 취조를 받았다.

뤼팽은 이 취조가 즐거웠다. 그는 자신이 알텐하임 남작 살해 사건에 관여하지 않았다고 예심판사를 납득시킨 다음, 터무니없고 존재하지도 않는, 오로지 공상으로 만들어낸 범행을 자백하곤 했다. 예심판사가 정색을 하고 즉시 조사를 명령하면, 이것이 어이없는 결과를 낳기도 하고 예심판사의 터무니없는 실수가 되기도 하여, 뤼팽 특유의 짓궂은 명연출을 본 사람들은 마치 재미있는 연극이라도 본 것처럼 우레와 같은 박수를 보내곤 했다.

이런 장난을 그는 '악의 없는 농담'이라고 이야기했다. 어쩔 수 없이 죄인 생활을 하고 있는 이상, 때로는 농담도 해보고 싶어지지 않겠느냐는 말이었다.

그렇게 시간이 흘러가며 뤼팽에게 좀더 중대한 일을 할 시간이 다가오고 있었다.

감옥에 수감된 지 닷새째 되는 날이었다. 뤼팽은 배부된 재료 꾸러미에서 두 번째 종이에까지 뚜렷이 남아 있는 손톱자국을 발견했다. 그것을 보며 그는 '드디어 왔구나.' 하고 속으로 박수를 쳤다.

뤼팽은 그의 비밀 장소에 감춰놓았던 작은 약병을 꺼내 마개를 열고 검지 끝을 그 약물에 적셨다. 그런 뒤 그는 약물이 묻은 손가락으로 꾸러미 속의 세 번째 종이를 문질렀다.

잠시 뒤 흐릿한 어떤 무늬가 서서히 나타나기 시작했다. 글씨였다. 조금 뒤에는 낱말과 글귀가 또렷이 드러났다.

모든 일이 잘 되어감.

스타인벡은 자유의 몸이 되어 지방에 숨어 있음.

주느비에브 에르느몽은 건강함. 그녀는 브리스틀 호텔에서 요양 중인 케셀바흐 부인의 문병을 자주 감.

그때마다 그녀는 그곳에서 피에르 르뒤크와 만남.

같은 방법으로 답장 바람.

위험 요소는 없음.

이것으로 뤼팽은 외부와 연락하는 문제가 해결되었다. 이번에도 뤼팽의 노력이 성공의 열매를 맺은 것이다. 뤼팽은 스타인벡 노인이 털어놓은 이야기를 발판으로 그의 천재적인 지략을 발휘해 일을 성공시킬 준비를 차근차근 해나갔다.

사흘 뒤 그랑 주르날 지에 다음과 같은 기사가 실렸다.

정보에 밝은 많은 사람들이 모두 알고 있듯이, 비스마르크 대제상이 남긴 비망록은 수상으로서 그가 공식적으로 관여했던 숱한 사건들에 관련된 이야기들로 가득 차 있다. 그런데 그 외에도 엄청난 흥미를 불러일으킬 만한 왕복 비밀 편지가 존재한다는 것을 아는 이는 그리 많지 않을 것이다.
바로 그러한 편지들이 최근에 발견되었다. 믿을 만한 소식통으로부터의 보도에 의하면 머지않아 그 편지의 내용이 공개될 것이라고 한다.

수수께끼 같은 이 기사가 온 세계에 커다란 반향을 일으켰다. 사람들은 갖은 억측을 했고 이 일에 민감한 독일 측 신문의 논평도 가지각색이었다. 어떤 자가 이런 기사를 기고했는가? 문제의 편지란 대체 무엇인가? 누가 편지를 비스마르크에게 써보내고 비스마르크로부터 답장을 받은 인물은 대체 누구인가? 혹시 이 일은 어떤 자의 복수심 때문에 불거져 나온 사건일까? 아니면 비스마르크와 편지를 주고받았던 사람의 사소한 부주의에 의해서 불거진 사건인가? 등등의 의문이 끝없이 꼬리에 꼬리를 물었다.

두 번째 기사가 기고자에 대한 의문을 명백히 하며 세상의 여론을 가라앉힐 것처럼 보였으나 결과는 그와 정반대였다. 기고자의 이름이 밝혀지자 오히려 더 세상이 들끓기 시작했다.

라 상테 교도소, 제2동, 14호 감방으로부터
그랑 주르날 지 편집장께.

지난 화요일 귀사의 신문을 보니, 내가 라 상테 교도소 안에서 외정문제에 대한 강연 때 우연히 입 밖에 낸 몇 마디 말을 바탕으로 하여 쓴 기사가 실려 있었습니다. 그 짧은 기사는 주요한 부분에 있어서는 정확하였지만 끝머리의 보도는 얼마간 바로잡을 필요가 있다는 생각이 듭니다.

단연코 그 문제의 편지는 존재합니다. 그것이 매우 중요하다는 것은 그 편지를 입수하기 위해 지난 10년 동안 관계 정부가 끊임없는 수사를 계속해 왔다는 한 가지 사실만으로도 명백합니다. 다만 그것이 어디에 숨겨져 있으며, 어떤 글이 씌어졌는가를 아는 사람은 지금으로서는 한 사람도 없는 실정입니다……

독자 여러분은 내가 호기심을 즉시 만족시켜 주지 못하고 쓸데없이 호기심만 발동시키는 일이 없기를 바라고 있을 것입니다. 그러나 불행히도 나는 지금 이 일의 진상을 조사하는 데 필요한 수단이 전무한 상태이며, 지금과 같은 처지로는 충분한 시간을 이 사건에 쓸 수도 없는 입장임을 헤아려 주시기 바랍니다.

현재로서 말씀드릴 수 있는 것은, 이 편지가 죽음 직전에 놓인 어떤 사람의 손에서 그 친구인 누군가에게 맡겨진 것이라는 사실, 또 그 편지를 받아든 친구는 그 뒤 우정과 친구에 대한 헌신으로 인해 의혹을 받아 밀정에게 뒤를 밟히기도 하고, 가택을 수색당하기도 하는 등 엄청난 박해를 받아왔다는 사실입니다.

저는 이미 유능한 탐정 두 사람을 시켜 이 일을 처음부터 차근차근 조사하고 있습니다. 아마도 이틀이 지나기 전에 이 흥미진진한 수수께끼의 진상을 여러분들에게 알려드릴 수 있을 것으로 믿습니다.

_아르센 뤼팽

이 편지로 인해 사건의 배후 조종자가 뜻밖에도 아르센 뤼팽임이 밝혀졌다. 맨 처음 기사가 보도한 그 희극, 혹은 비극을 무대에 올려놓고 연출을 맡은 사람이 하필이면 감방 깊숙이 갇혀 살고 있는 재소자 뤼팽이었던 것이다. 이 얼마나 놀라운 사실인가! 사람들은 뛸 듯이 기뻐했다. 뤼팽의 연출이고 보면 일이 무척 흥미진진하고 기발하게 돌아갈 것임은 의심할 여지가 없었다.

그로부터 사흘 뒤 다음과 같은 기사가 또다시 그랑 주르날 지에 실렸다.

지난번에 조금 언급했던 비스마르크의 친한 벗이었다는 인물의 이름을 알아낼 수 있었던 것은 꽤 즐거운 일이다. 그 사람은 다름

94

아닌 듀 퐁 벨덴츠 대공국의 섭정 헤르만 3세 대공이었다. 그는 섭정의 자리에서 물러난 뒤에도 비스마르크로부터 절대적인 신임을 받아온 인물이다.

그 무렵 'W'로 시작되는 이름을 가진 백작이 열두세 명의 부하를 거느리고 대공의 저택을 샅샅이 수색했으나 끝내 아무것도 찾아낼 수 없었다고 알려져 있는데, 그 사실만으로도 대공이 그 비밀문서의 소유자였음을 입증하고도 남는다.

대공은 과연 그것을 어디에 숨겼을까? 이건 아마도 아직 어떤 사람도 대답할 수 없는 어려운 문제일 것이다.

이 문제에 명확한 대답을 하기 위해 아래에 서명한 이름은 24시간의 시간이 더 필요하다.

_아르센 뤼팽

다시 24시간 뒤에는 다음과 같은 기사가 실렸다.

하룻밤 사이에 온 세계의 관심거리가 된 그 편지는 듀 퐁 대공국의 수도 벨덴츠에 있는 봉건적인 고성 안에 숨겨졌다는 것까지 명백해졌다. 이 성의 일부는 19세기 중엽에 폐허가 되었다.

성 안의 어느 곳에 그것을 감춰놓았을까? 과연 그 편지는 무엇을 담고 있을까? 아래에 서명된 이름은 이 문제를 명백히 풀기 위해 현재 고심하고 있다. 아래의 이름은 앞으로 나흘 뒤에 이 문제에 대한 명확한 답을 속시원하게 밝혀드릴 것이다.

_아르센 뤼팽

예고한 그날이 오자 사람들은 그랑 주르날 지를 서로 먼저 차지하기 위해 각축을 벌였다. 그러나 약속한 기사는 나와 있지 않았다. 사람들은 크게 실망했다. 그리고 그 이튿날도 똑같은 침묵이 계속되었다.

대체 뤼팽은 어떻게 된 것일까?

곧 경찰청에 근무하는 어떤 사람의 입에서 뤼팽에 대한 이야기가 새어나와 사정이 명백해졌다. 그에 의하면 라 상테 교도소의 소장에게 밀고한 누군가의 투서에 의해, 뤼팽이 작업용 봉투를 이용하여 공범자들과 내통하고 있다는 사실이 드러났다는 것이다. 이렇다 할 만한 단서가 발견된 것은 아니었지만, 교도소 측에서는 이 귀찮은 재소자에게 일체의 작업을 금지하도록 조처했다.

이 조치가 취해지자 그 '귀찮은 재소자'는 이렇게 대답했다고 한다.

"이제 아무것도 할 일이 없어서 심심하니, 재판준비나 할까 생각합니다. 나의 변호인인 변호사협회 회장 쾀벨 선생을 불러 주십시오."

이것은 사실이었다. 지금까지 뤼팽은 쾀벨 변호사와는 한마디도 말을 하지 않았다. 그러나 이제 자진해서 재판준비를 해달라고 요청을 한 것이다.

이튿날 큄벨은 신속히 움직였다. 그는 몹시 기쁜 표정으로 뤼팽을 변호사 면회실로 불러내 달라는 신청을 했다.

큄벨은 꽤 나이가 든 노인이었다. 두꺼운 돋보기 안경을 쓰고 있었으므로 커다란 눈알이 번쩍번쩍 빛나 보였다.

뤼팽이 불려오자 큄벨은 모자를 벗어 탁자 위에 놓더니 가방을 열고 오래 전부터 정성스럽게 준비해 놓은 몇 가지 질문을 차례로 던졌다.

이상할 정도였다. 뤼팽은 매우 얌전하게 앉아 세세한 일까지 모두 대답했다. 큄벨 변호사는 뤼팽이 대답할 때마다 여러 장으로 된 두꺼운 카드에 대답을 받아 적었다.

"그러니까 그 무렵 당신은 그런 일을 하고 있었다는 말이죠?"

큄벨 변호사가 카드에 코가 닿을 만큼 몸을 숙인 채 물었다.

"그러니까 저는 그 무렵……."

말을 하며 뤼팽은 남들이 의식하지 못할 만큼 자연스러운 동작으로 어느 틈에 탁자에 한쪽 팔꿈치를 짚었다. 그는 팔을 조금씩 내려 손끝을 모자 속에 넣었다. 그는 손가락을 모자 안쪽에 둘러져 있는 가죽띠 뒤에 집어넣어, 모자가 너무 큰 경우 가죽띠 뒤에 찔러 넣는 가늘고 길게 접은 종이뭉치를 꺼냈다.

뤼팽이 큄벨 변호사의 모자에서 꺼낸 종이를 슬며시 펼쳤다. 그것은 도드빌에게서 온 편지로 미리 약속한 암호로 적혀 있었다.

　저는 퀴벨 선생의 시중을 들게 되었습니다. 같은 방법으로 답장 주십시오. 염려하지 않아도 됩니다.
　봉투 붙이기 통신법을 밀고한 사람은 살인범인 L. M. 입니다. 다행히 두목이 미리 알아차렸기 때문에 일이 크게 벌어지지 않아 다행입니다.

　이 편지에는 뤼팽이 투고한 기사가 몰고 온 여파가 어땠는지 자세하게 기록되어 있었다.
　뤼팽은 호주머니에서 모자 안에 들어 있던 것과 같은 모양의 종이뭉치를 꺼냈다. 거기에는 그의 지시가 자세하게 쓰여 있었다. 그는 그 편지를 모자 속의 가죽 테두리 안에 찔러넣고 살그머니 모자에서 손을 뗐다.
　그렇게, 뤼팽과 그랑 주르날 지와의 통신이 다시 재개되었던 것이다.

　아래 서명한 이름은 독자 여러분들에게 했던 약속을 지키지 못한 것을 진심으로 사과하는 바이다. 라 상테 교도소의 통신 업무는 한심할 정도로 불편하기 짝이 없었다.
　다행히, 아래의 이름이 발언한 그 일은 바야흐로 진실에 접근해 가고 있다. 진상을 밝히는 데 필요한 문서는 모두 본인의 손 안에 들어와 있다. 이것을 공개할 기회를 기다리고 있을 뿐이다. 다만 본인은 다음과 같은 사실을 먼저 독자에게 알려두고자 한다. 즉, 그 비밀문서 중에는 당시의 대재상 비스마르크를 우러러보며 그의 제자라고까지 말했던 인물이 비스마르크에게 써보낸 편지가 포함되어 있다는 사실 말이다. 그런데 그 인물은 몇 년 뒤 변절하여 과거의 은혜를 잊고 스스로 국가의 정권을 차지하고 말았다. 이 정도로만 말해도 독자들은 본인이 무엇을 말하고 있는지 이해하실 수 있을 것이다.

이어서 이튿날 다음과 같은 기사가 실렸다.

어제 지면을 통해 말한 그 편지는 선대의 황제께서 병중에 계실 때 쓰신 것이다. 그것만으로도 그 편지의 중요성을 짐작할 수 있을 것이리라.

침묵의 사흘이 지나고 마지막 기사가 실렸다.

조사가 드디어 끝났다. 바야흐로 본인은 모든 것을 알 수 있게 되었다. 오랜 고심 끝에 본인은 그 편지가 감춰져 있는 장소를 알아낼 수 있었다.

며칠 뒤에 본인의 부하 중 몇 명이 벨덴츠로 신속히 달려가 본인이 알아낸 개구멍을 통해 성 안으로 잠입하기로 되어 있다.

그 편지의 내용을 본인은 이미 알고 있지만, 본인은 그 편지가 발견되는 대로 편지의 전문을 사진으로 찍어 모든 신문지상에 공개할 생각이다.

틀림없이 실현될 본인의 이 약속은 오늘부터 2주일 뒤인 8월 22일에 실행될 것인데, 그때까지 본인은 입을 다물고 있겠다. 좋은 소식이 전해지길 기다리며…….

뤼팽의 투고는 이 기사를 마지막으로 끊겼다. 그러나 뤼팽은 이른바 '모자 우편'을 이용하여 부하들과의 연락은 계속했다. 그것은 매우 간단한 방법이었으며 어떤 위험도 없었다. 쿰벨 변호사의 모자가 뤼팽의 우편함 역할을 하고 있으리라고는 사람들은 꿈에도 생각하지 못했다.

이틀이나 사흘에 한 번 꼴로 아침마다 변호사계의 그 저명한 거물이 뤼팽을 위해 충실히 우편물을 전달하러 들렀다. 편지는 지방으로부터 온 것, 독일로부터 온 것 등 여러 가지였는데, 어느 것이나 모두 도드빌의 손을 거쳐 요약되고 암호화되어 전해졌다.

쿰벨 변호사는 그렇게 진지한 표정으로 편지를 전한 뒤 한 시간쯤 뒤에는 다시 뤼팽의 지시를 소중히 가지고 돌아가곤 했다.

그러던 어느 날, 라 상테 교도소 소장 앞으로 'L. M.'이라고 서명이 된 한 통의 전신이 배달되었다. 거기에는 '쿰벨 변호사가 본의 아니게 뤼팽을 위해 우편배달부 역할을 하고 있는 것 같다. 그 노인이 뤼팽을 면회할 때 충분한 감시가 필요할 것이다.' 라고 쓰여 있었다.

소장이 퀴벨 변호사에게 이러한 사실을 알렸고 변호사는 그 뒤 서기를 한 사람 동반하기로 했다.

또다시 뤼팽은 그 미지의 인물에 의해 바깥세계와의 연락이 끊어지게 되고 말았다. 그리하여 뤼팽은 이 중대한 시기에 의지할 곳 없는 고립 상태에 빠지고 말았다.

8월 13일, 이날도 뤼팽은 서기를 동반한 변호사와 마주앉아 있었는데, 그의 시선이 문득 퀴벨 변호사의 어떤 서류를 싸고 있는 신문지에 고정되었다. 거기에는 큰 활자로 된 '813'이라는 제목이 쓰여 있었다.

작은 표제에는 '새로운 살인 - 독일 국내의 대동요. Apoon의 비밀은 발견될 것인가?'라고 씌어 있었다.

뤼팽은 불안으로 얼굴이 창백해졌다.

뤼팽은 이어서 다음과 같은 기사를 읽었다.

본지의 마감 시간이 임박했을 무렵 실로 놀랄 만한 두 통의 외신이 들어왔다.

아우구스부르크 근교에서 단도에 목을 찔린 한 노인의 시체가 발견되었다. 죽은 사람의 신원은 케셀바흐 씨 사건과 관계가 있는 스타인벡 씨로 확인되었다.

또 다른 외신은 유명한 영국의 탐정 셜록 홈즈 씨가 전화를 받고 급히 콜로뉴 시로 출발했다고 전했다. 이 명탐정은 독일의 이 옛 도시에서 황제와 만난 다음 함께 벨덴츠의 옛 성을 찾아갈 예정이라는 것이다.

셜록 홈즈 씨는 Apoon의 비밀을 반드시 자신의 힘으로 알아내 겠다는 약속을 했다고 한다.

이 호언장담과 같이 그가 만일 이 일에 성공한다면 한 달 전부터 아르센 뤼팽이 기괴하기 이를 데 없는 방법으로 애써 선전해 온 그 알 수 없는 일이 뤼팽의 참담한 패배로 끝나는 결과가 될 것 이다.

홈즈와 뤼팽 사이에 예고된 이 대결만큼 대중의 호기심을 자 극한 사건은 일찍이 없었을 것이다. 지금 이 대결은 눈에 보이 지도 않고 두 사람이 직접 만나 이루어지는 것도 아니었지만, 이 사건이 사람들에게 불러일으킨 호기심의 파장과 불구대천지 적수가 하나밖에 없는 목표물을 놓고 또다시 맞서 다툰다는 점 에서 더없이 흥미를 끌었다.

더욱이 이것은 개인의 조그마한 이익이나 흔해 빠진 강도사 건, 개인의 치정 같은 것 따위와는 크게 달랐다. 이 사건은 그야 말로 세계적인 사건이었다. 서구 3대 강국의 외교정책에 직접적 으로 관계가 있었다. 일이 잘못되면 온 세계의 평화를 혼란에 빠뜨릴 수도 있는 사건이었다.

여기에 간과할 수 없는 사건 하나가 맞물려 있었다. 독일과 프랑스 사이에 모로코 분할을 둘러싸고 벌어진 '모로코 문제'가 위기를 내포하고 있어 대수롭지 않은 불티 하나로 큰 전쟁이 일어날지도 모르는 게 현재의 정세였다.

사람들은 불안한 마음으로 무엇인가를 기다리고 있었다. 하지만 사람들은 자신들이 과연 무엇을 기다리는지 정확하게 알지는 못했다. 만일 그 영국의 명탐정이 이 대결의 승리자가 되다면, 즉, 영국의 탐정이 그 편지를 먼저 찾아내 거머쥔다면 누가 그 편지의 내용을 알 수 있을 것인가? 승리의 어떤 증거가 과연 민중에게 주어질 것인가?

결국 사람들은 뤼팽에게 희망을 걸 수밖에 없었다. 자신의 행동 하나하나에 반드시 민중을 증인으로 세우지 않으면 직성이 풀리지 않는 예의 그 습관에 희망을 걸었던 것이다.

하지만 뤼팽은 독 안에 든 쥐 꼴로 무엇을 할 수 있을 것인가? 그의 신변을 위협하는 가공할 위험을 어떻게 헤쳐나갈 것인가?

두꺼운 벽으로 사방이 둘러싸인 감방에서 뤼팽이 스스로 자문해 보는 것도 대체로 이와 비슷한 문제였다. 다만 그의 경우는 터무니없는 호기심 따위에 자극되어서가 아니라, 현실의 불안과 시시각각 몰려드는 불안에 쫓겨 어쩔 수 없이 생각하지 않을 수 없었다.

뤼팽은 극도의 고독감을 느꼈다. 그가 가진 것이라고는 아무 쓸모 없는 두 손과 써먹을 곳 없는 의지, 헛된 두뇌뿐이었다. 그가 아무리 재주가 많고 창의력이 뛰어나고 물불 가리지 않을 정도로 용감하다 해도 이제 아무 소용이 없었다. 싸움은 교도소에 틀어박혀 있는 그를 제쳐놓고 진행되고 있었다. 그의 역할은 이미 끝나 있었다. 적은 그가 비밀을 발표하기로 정해놓은 그날 이전에 반드시 포문을 열 터였다. 하지만 뤼팽은 그와 같은 공격에 맞서 싸울 수단도 장애물을 제거할 방법도 전혀 없는 형편이었다.

뤼팽은 그의 일생에서 가장 괴로운 시간을 맛보고 있었다. 그는 자신의 힘을 의심하지 않을 수 없었다. 그는 이 상태로 나가다 자신의 일생이 이 음침한 감방 안에서 끝나는 것이 아닌가 하는 생각까지 들었다.

뤼팽은 생각했다.

'내가 계산을 잘못한 것은 아니었을까? 특정한 날에 나를 풀어줄 사건이 일어나리라 믿은 것이 어린아이들이나 가질 수 있는 헛된 믿음은 아니었을까?'

"바보 같은 짓이었다! 내 이론은 크게 잘못되어 있었다⋯⋯ 하지만 그때 이러한 상황 변화를 어떻게 미리 예상할 수 있었겠는가? 천 길이 넘는 둑도 개미구멍에 의해 허물어진다고 하는데, 이번의 경우가 정말 그렇다⋯⋯."

뤼팽에게 스타인벡의 죽음과 그가 전해주기로 되어 있던 비밀문서의 목록을 잃은 것은 오히려 아무렇지도 않은 일이었다. 그 문서라면 없어도 치명적이지는 않았다. 또 스타인벡이 자신에게 들려준 몇 가지 이야기를 바탕으로 추리를 하면 황제의 편지 내용을 알아내는 것이 불가능한 일도 아니었다. 또 그것을 바탕으로 자신에게 유리한 작전을 세울 수도 있었다.

하지만 셜록 홈즈를 생각하면 그는 담담한 심정일 수만은 없었다. 이 대단한 맞수는 거리낌없이 싸움터에 입장해 마음대로 휘젓고 돌아다닐 수 있는 여건이었다. 그 귀중한 편지는 그에 의해 머지않아 발견될 것이 틀림없다. 그렇게 되면 뤼팽이 오랫동안 고심해 만들어낸 계획도 순식간에 허물어지고 말 터였다.

뤼팽은 또, 그 알 수 없는 잔인한 녀석에 대해서도 생각했다. 그 감당하기 힘든 적……! 뤼팽이 교도소 안에서 비밀리에 진행하고 있는 계획을, 그것도 꽃을 피우기 직전 귀신같이 알아내 방해하는 그 녀석에 대해서.

8월 12일이 되었다. 이어서 8월 18일이 되었고, 8월 19일이 지나갔다. 이제 남은 것은 단 이틀뿐이었다. 뤼팽에게 있어 그 이틀은 2세기처럼 길게 느껴졌다. 1분이 끝없이 길게 느껴졌다. 보통 때는 그토록 조용하고 자제력이 있는 뤼팽이었지만, 보통 때는 혼자서도 얼마든지 즐길 수 있는 뤼팽이었지만, 지금은 몹시 초조해하며 실없이 떠들어대기도 하고 모든 대상에 적의를 품었다가도 곧 다시 풀이 죽어버리곤 했다.

8월 20일.

뤼팽은 행동을 하고 싶었다. 그러나 그로서는 불가능한 일이었다. 사건의 끝을 앞당긴다는 건 불가능했다. 과연 결말이 날 것인가 그렇지 않을 것인가조차도 알 수 없는 뤼팽으로서는 어떤 일도 도저히 가늠할 수 없었다. 뤼팽으로서는 그 최후의 순간이 지나버릴 때까지 절대로 마지막임을 확신할 수조차도 없었다. 그때가 와야 비로소 그는 자신의 구상이 결정적으로 실패했는지를 알 수 있을 터였다.

'실패는 피하기 힘든 일일 수도 있겠군.'

뤼팽은 마음속으로 이렇게 되풀이했다. 성공하기까지는 너무나도 미묘한 변수들이 줄줄이 늘어서 있었다. 뤼팽은 자신이 지닌 무기의 가치와 그 힘이 미치는 범위를 너무 과대평가했다는 것을 실감하지 않을 수 없었다. 그러나…… 그러나…….

희망이 뤼팽의 마음속에 다시 되살아났다. 그는 자기에게 남겨진 기회를 계산해보고 있었다. 그러자 순식간에 그것이 확실하고 견고한 것처럼 생각되었다.

'예상한 대로 그 일은 일어날 것이다. 그것도 내가 줄잡아 헤아려 생각하던 이유 때문에 일어날 것이다. 피할 수 없이 그 일은 반드시 일어날 것이다…… 그것은 틀림없이 이루어질 것이다. 다만, 셜록 홈즈가 그 편지를 감추어둔 장소를 발견하지 못할 경우에…….'

뤼팽의 생각에 다시 홈즈가 변수로 끼여들었다. 그러자 그는 다시금 깊은 무기력 상태에 빠지고 말았다.

드디어 최후의 때가 왔다.

뤼팽은 밤새도록 악몽에 시달리고 나서 늦게 잠을 깼다.

그날 뤼팽은 예심판사도 만나지 않았고 변호사도 만나지 않았다.

오후는 쓸쓸하면서도 느리게 지나갔다. 이윽고 밤이 되었다. 감방 안의 어두운 밤…… 뤼팽은 머리에서 열이 났다. 가슴속의 심장은 미친 듯이 두방망이질쳤다.

되돌릴 수 없는 시간이 자꾸만 지나갔다.

9시가 되었는데도 아무 일도 일어나지 않았다. 10시가 넘어가는데도 아무 일도 없었다.

힘껏 당긴 활처럼 온몸의 신경을 긴장시킨 채 그는 교도소 안의 아주 희미한 소리에도 귀를 기울였다. 그는 무정한 벽 너머의 바깥세상에서 일어나고 있는 사건을 알아내려고 온힘을 다했다.

뤼팽은 막을 수 있다면 흐르는 시간을 멈추게 하고 싶었다.

그러나 이미 아무 소용도 없었다. 모든 것은 이미 끝나버리지 않았던가.

"으악!"

뤼팽이 발악이라도 하듯 소리쳤다.

"정말 미칠 것 같군. 어떻게 되든 상관없으니 차라리 빨리 끝나버려라! 차라리 그것이 낫겠다. 나는 처음부터 모든 것을 다시 시작하리라…… 기회만 되면 언제든 다시 시도할 것이다. 하지만 지금은 더 이상 견딜 수가 없어. 지금은 도저히 견딜 수가 없어……."

그는 두 손을 관자놀이에 대고 힘껏 눌렀다. 그런 뒤 그는 그

터무니없는, 자신의 명예와 자유와 운명을 건 그 중대한 일에 정신을 집중했다.

"반드시 그것은 일어나야 한다! 그것은 일어나야만 하기 때문에 일어나는 것이지, 내가 바라기 때문에 일어나는 건 결코 아니다. 반드시 그것은 그렇게 될 것이다…… 그렇게 될 것이다……."

뤼팽은 주먹을 불끈 쥐고 자신의 머리를 때렸다. 그러면서 마치 주문이라도 외듯 반복해 중얼거렸다.

뤼팽은 미칠 듯이 흥분해 있었으므로 복도에서 나는 인기척을 감지하지 못했다. 그런데 갑자기 자물쇠가 철컥이는 소리가 들려오더니 뤼팽의 감방문이 열리며 불빛이 어두운 공간을 밝혔다.

세 명의 사나이가 감방 안으로 들어왔다.

뤼팽은 조금도 놀란 표정을 보이지 않았다.

드디어 그가 예상했던, 믿을 수 없는 기적이 일어난 것이었다. 아니, 기적이 아니라 너무나 자연스럽고 당연한 일이었다.

뤼팽은 자신에 대한 자부심의 물결이 가슴으로부터 넘쳐흘렀다. 지금 이 순간 그는 똑똑히 자신의 실력과 지력을 자각할 수 있었다.

"불을 켤까요?"

세 사람 중 한 명이 말했다. 귀에 익숙한 교도소 소장의 목소리였다.

"그럴 것 없소. 이 램프로도 충분하오."

몸집이 가장 큰 사람이 말했다. 외국인인 듯한 악센트였다.

"자리를 비켜 드릴까요?"

"당신 좋을 대로 하시오."

외국인인 듯한 사람이 다시 말했다.

"검찰총장님으로부터 당신이 희망하시는 대로 해드리라는 명령을 받았습니다."

"그렇다면, 자리를 좀 비켜주시오."

보렐리 소장이 출입문을 반쯤 열어놓고 밖으로 나갔다. 그는 감방 안에서 부르면 소리가 들릴 만한 거리의 복도에 서서 대기에 들어갔다.

찾아온 두 사람은 잠깐 동안 어떤 일을 놓고 서로 의논했다. 그동안 뤼팽은 어둠 속에서 두 사람의 인상착의를 확인하려 했으나 소용이 없었다. 그가 알아볼 수 있는 것은 자동차를 운전할 때 입는 헐렁한 외투에 납작 모자를 눌러쓴 두 사람의 윤곽뿐이었다.

"당신이 아르센 뤼팽이오?"

신체가 건장한 사내가 뤼팽의 얼굴에 똑바로 손전등의 불빛을 비추며 말했다.

뤼팽은 싱긋 웃고 나서 말했다.

"그렇습니다. 아르센 뤼팽, 현재 라 상테 교도소 제2동 14호실에 수감되어 있지요."

"바로 당신이었군. 그랑 주르날 지에 예의 그 엉터리 기사를 써서 어떤 편지에 대해 이야기하던 자가…….”

“실례입니다만, 나으리. 목적이 분명치 않은 이 면담을 더 계속하기 전에 제가 어떤 분과 이야기하고 있는지 가르쳐 주실 수 없겠습니까?”

“그건 불필요한 일이오.”

외국인이 잘라 말했다.

“저는 그렇다고 생각하지 않습니다만…….”

뤼팽의 말투에는 단호함이 배어 있었다.

“어째서?”

“예의이기 때문입니다. 귀하께선 제 이름을 아시지만, 저는 귀하의 이름을 모릅니다. 이것은 저에게 있어 참을 수 없는, 무례한 행동입니다.”

외국인은 초조해하는 것 같았다.

“소장이 우리를 이곳에 들여보냈다는 사실이 이미 우리의 신분을 증명해주고 있지 않소…….”

“보렐리 소장님이 예의를 모르시는 것 같습니다. 사실 보렐리 소장이 당신들 두 분과 저, 우리 세 사람을 소개시켜 주고 나갔어야만 했습니다. 그렇지 않습니까? 여기에 있는 우리 세 사람은 동등합니다. 신분의 상하도 없거니와, 하나가 죄인이고 한 사람이 그를 취조하러 온 것도 아닐 겁니다. 대등한 사나이가 함께 하고 있는 셈입니다. 그런데 이 사나이들 가운데 두 사람이 쓰고 있어서는 안 될 모자를 머리에 올려놓고 있습니다.”

“뭐라고? 무슨 말을 하는 건가…….”

외국인은 한 걸음 다가서며 말했다.

"모자 말입니다. 우선 모자부터 벗으시지요."

"지금 그게 중요한 문제는 아니지 않소. 우선 내 말을 들으시오!"

"싫습니다."

"들어!"

"싫소!"

사태는 아무것도 아닌 일로 악화되었다. 그때, 지금까지 잠자코 뒤에 서 있던 외국인이 동료의 어깨에 손을 얹으며 독일어로 말했다.

"나에게 맡겨두게. 더 이상 말하지 말고 밖으로 나가 보게."

"혼자 계시게 하고 나가란 말씀이십니까?"

"그래."

"그럼 문은……?"

"닫게."

"하지만 이 사나이는…… 아시겠지만…… 그 유명한 악당 아르센 뤼팽입니다. 그래도……."

"어허, 나가라니까……."

지시를 받은 사나이가 마지못해 밖으로 나갔다.

"좀더 문을 꼭 닫게. 좀더 꼭 닫아…… 그렇지, 이제 되었군!"

문이 꼭 닫히자 사나이가 뤼팽을 향해 뒤돌아섰다. 그리고 손전등을 번쩍 집어들더니 자신의 얼굴을 비췄다.

"자, 이래도 이름을 밝힐 필요가 있겠는가?"

외국인이 물었다.

"없습니다."

뤼팽이 좀 전과는 달리 공손히 대답했다.

"어떤 이유로?"

"이미 알고 있기 때문입니다."

"그런가?"

"오시기를 기다리고 있었습니다."

"내가 오기를 기다렸다고?"

"그렇습니다, 폐하!"

샤를마뉴 황제

"쉿, 그 단어는 더 이상 사용하지 말게!"

외국인이 다급하게 말했다.

"그 말을 입에 담아선 안 되네."

"그럼, 뭐라고 해야 되겠습니까?"

"아무 이름이나 부르고 싶은 대로……."

두 사람 사이에 한동안 침묵이 흘렀다. 그러나 이 침묵은 이제부터 싸움을 시작하려는 두 적수 사이에 흐르는 그런 것은 아니었다. 외국인은 언제나 지시하고 복종을 받는 데 익숙한 위엄 있는 자세로 감방 안을 왔다갔다하고 있었다. 뤼팽은 예의를 갖추고 부동자세로 꼿꼿이 서 있었다. 여느 때의 그 도전적인 태도나 짓궂은 미소는 조금도 보이지 않았다. 그는 엄숙한 표정을 한 채 무슨 말이 나오길 가만히 기다리고 있을 뿐이었다. 그러나 뤼팽은 마음속으로 지금 자신이 처해 있는 이 황당한 상황을 몹시 즐기고 있었다. 하필이면 장소가 없어 이런 좁은 감방 안에서, 하필이면 다른 사람도 아닌 재소자가, 하필이면 모험을 즐기는 사기꾼이며 도둑이, 하필이면 다른 사람도 아닌 아르센 뤼팽이…… 다른 사람도 아닌 게르만 민족에게 있어 신이나 다름없는 존재이며, 카에사르 대제와 샤를마뉴 황제의 전 유산을 손아귀에 넣으려고 꿈꾸는 야심만만한 독재군주 앞에 이렇게 서 있다니. 그는 자신이 처한 이 상황이 몹시도 즐거웠다.

뤼팽은 잠시 자기 자신의 힘에 도취되었다. 자신의 승리에 생각이 미치자 그는 눈시울이 뜨거워졌다.

이방인이 드디어 걸음을 멈췄다.

그리고 단도직입적으로 문제의 핵심을 입에 올렸다.

"내일이 8월 22일인데, 그 편지는 내일 발표할 예정이었지?"

"내일이라기보다 오늘 밤 안입니다. 제 부하가 앞으로 두 시간쯤 지나서 그랑 주르날 신문사에 제출할 겁니다. 하지만 이번에는 그 편지 자체는 아니고 헤르만 대공이 주석을 붙여 써놓은 편지 목록만을 전하기로 되어 있습니다."

"그 목록을 기고하지 않았으면 좋겠는데……."

"그렇습니까? 그렇다면 그걸 기고하지 않도록 하겠습니다."

"그리고 그걸 나에게 건네줬으면 좋겠네."

"폐…… 아니, 당신께서 원하신다면 당신의 손으로 넘어갈 것입니다.”

“마찬가지로 다른 모든 문서들도…….”

“다른 문서도 모두 넘겨 드리겠습니다.”

“어느 것 하나라도 사진 따위를 찍어서 사본을 만들지는 말게.”

“물론 그렇게 하겠습니다.”

외국인의 목소리는 매우 침착했다. 간청하는 것처럼 들리지도 않았지만, 그렇다고 위협하듯이 말하는 것도 아니었다. 또 그는 명령도 하지 않았지만 상대의 의향도 묻지 않았다. 무언의 약속은 이미 이루어져 있는 셈이었다. 아르센 뤼팽의 요구가 아무리 크더라도, 문서를 넘겨주는 대가가 아무리 비싸더라도 상관없었다는 이야기였다. 어차피 반드시 그렇게 되어야 할 일이었다. 그러니까 조건은 이미 타협이 되어 있는 것이나 마찬가지였다.

‘이거 참 황송한 상대로군. 그러나 인정에 끌려 마음이 약해지면 안 되지.’

뤼팽은 마음을 다시 가다듬었다. 힘겨운 큰일을 치르고 가까스로 손에 넣은 이 절호의 기회를 잃을 수는 없었다.

외국인의 말이 다시 이어졌다.

“그대는 그 편지들을 읽어보았는가?”

“아닙니다.”

“그대의 부하 가운데 누군가가 읽었는가?”

“아닙니다.”

"그렇다면 어떻게……?"

"제 손에 그 편지의 목록과 대공의 주석이 있기 때문입니다. 그리고 저는 대공이 그 비밀문서를 감춘 장소를 알고 있습니다."

"알고 있다면 어째서 아직 꺼내지 않았나?"

"편지의 은닉 장소를 안 것은 제가 여기에 수감된 뒤였기 때문입니다. 지금 제 부하가 그곳으로 가고 있는 중입니다."

"그 옛 성은 엄격히 통제되고 있네. 나의 심복 병사 200명이 물샐틈없이 지키고 있지."

"200명이 아니라 2000명의 병사가 지킨다고 해도 넉넉지 못할 것입니다."

잠깐 생각에 잠겼던 이방인이 다시 입을 열었다.

"그대는 어떻게 그 비밀을 알아냈는가?"

"그저 추측을 했습니다."

"신문에 발표한 것 말고 갖고 있는 다른 정보는 없는가?"

"그런 것은 아무것도 없습니다."

"하지만, 본인은 나흘 동안이나 그 옛 성을 샅샅이 수색하도록 했지만……."

"셜록 홈즈가 엉뚱한 곳을 뒤졌겠지요."

"그럴까……?"

외국인이 혼잣말처럼 중얼거렸다.

"그런데 이상하군…… 참으로 이상해…… 그대는 자신의 추측이 확실하다고 어떻게 믿을 수 있단 말인가?"

"그것은 이미 추측이 아닙니다. 분명한 사실입니다."

"그렇다면 오히려 다행이군."

방문자가 다시 중얼거리듯이 말했다.

"그 문서를 찾아내 찢어버리기 전까지는 마음을 놓을 수 없는 일이니까."

그렇게 말한 다음 그는 갑자기 아르센 뤼팽을 가로막듯이 그의 앞에 버티고 섰다.

"얼마면 되겠는가?"

"무슨 말씀이십니까?"

뤼팽이 영문을 모르겠다는 표정을 지어 보였다.

"그 문서를 넘기는 대가가 얼마인지, 그 비밀문서가 얼마인지 묻는 걸세."

외국인은 확실한 숫자를 요구하고 있었다. 그는 잠시 뒤 액수를 제시했다.

"5만…… 10만?"

뤼팽이 대답을 하지 않자 그는 조금 당황한 표정으로 다시 말을 이었다.

"부족한가? 그럼, 20만이면 어떤가? 괜찮지 않나? 이쪽은 그 정도면 괜찮을 것 같다는 생각이 드는데."

뤼팽이 빙긋 웃었다. 그리고 조그맣게 말했다.

"그 정도면 꽤 괜찮은 액수군요. 하지만 한 나라의 군주 정도라면, 이를테면 영국의 국왕 같은 분이었다면 백만 단위로 나가시지 않았을까요? 그렇지 않습니까?"

"그렇긴 하군."

"그 편지들이 당신에게 아무 가치도 없는 문서들일지 모르지만, 황제를 상대로 하는데 2백만이나 3백만 프랑 정도는 불러야 예의 아니겠습니까?"

"본인도 그렇게 생각하네."

"그렇다면 3백만 프랑을 주시겠다는 말씀이십니까?"

"그래, 주지."

"그렇다면 이야기가 이제 좀 수월해지겠군요."

"무슨 할 이야기가 더 있는가?"

외국인이 불안한 기색으로 물었다.

"아니, 돈을 더 받자는 게 아닙니다…… 실은 저는 돈을 바라지 않습니다. 제가 바라는 것은 다른 것입니다. 천만금보다 지금의 제게는 더 절실한 문제입니다."

"무엇인가?"

"저의 석방입니다."

외국인이 놀라서 펄쩍 뛰었다.

"뭐라고? 그대의 석방……? 그건 본인도 어쩔 수가 없는 일이네…… 그 일은 이 나라와 이 나라의 사법제도가 하는 일이지, 내 권한이 미칠 수 있는 일이 아니네."

뤼팽은 한 걸음 다가섰다. 그는 한층 더 소리를 낮추어 말했다.

"당신은 무엇이든지 하실 수 있습니다. 저의 석방은 그게 누구든 당신의 요청을 대놓고 거절할 만큼 유별난 것이 못 됩니다."

"그러니까 나더러 그것을 요구하라는 말인가?"

"그렇습니다."

"누구에게?"

"내무장관 겸 총리인 발랑글레 씨에게 말입니다."

"하지만 발랑글레 총리라 해도 본인과 마찬가지로 아무 뾰족한 수가 없을 것이라는 생각이 드는데……."

"그분은 이 교도소의 문을 여는 일쯤은 얼마든지 할 수 있습니다."

"그런 일을 하면 적잖은 소란이 일어날 텐데?"

"제가 '연다'고 말씀드린 것은…… 절반쯤 여는 것을 뜻합니다…… 탈옥인 것처럼 보이게 하는 거지요. 대중은 이미 그런 일을 예상하고 이제나저제나 저의 탈옥만을 기다리고 있습니다. 아무런 해명도 필요하지 않을 것입니다."

"어쩌면…… 그럴 수도 있겠군…… 하지만 그렇다 하더라도, 발랑글레 총리가 내 요청에 동의하지 않을 걸세."

"틀림없이 동의해 줍니다."

"어째서 그런가?"

"당신의 의지를 총리대신께 표명하시기만 하면 됩니다."

"본인의 의지가 그렇다고 해도 그게 총리대신에게 구속력이 되지는 못할 텐데……."

"물론 구속력이 될 수는 없을 겁니다. 하지만 정부와 정부 사이에서는 이따금 행해지는 거래가 있게 마련입니다. 발랑글레 총리대신은 너무나도 철저한 정치가입니다……."

"그럼 자네는 프랑스 정부가 단순히 나를 기쁘게 해주기 위해 그런 터무니없는 조치를 취할 것으로 생각하는가?"

"그게 전부는 아닙니다."

"그럼, 또 다른 뭔가가 있나?"

"저의 석방을 요구하면서 덧붙여 내놓을 제안을 프랑스가 받아들임으로써 프랑스의 이익을 지키는 기쁨이 그것입니다."

"그럼, 내가 무엇인가를 제안해야 한다는 얘긴가?"

"그렇습니다, 폐하!"

"무슨 제안인가?"

"그게 무엇인지 아직은 말씀드리기가 곤란합니다만, 나라와 나라 사이에는 언제라도 의논할 만한 문제가…… 그러니까, 서로 합의를 이룰 만한 문제가 있지 않겠습니까……?"

외국인은 영문을 모르겠다는 듯이 물끄러미 뤼팽을 쳐다봤다. 뤼팽은 고개를 갸웃거리고 있었다. 적당한 말을 찾는 것처럼 보이기도 하고, 뭔가 적당한 대안을 생각하는 것 같기도 했다.

"두 나라 사이에 하찮은 문제가 생겨 그 때문에 사이가 벌어져 있는 경우, 즉, 두 가지 의미를 가진 사건에 대하여 두 나라의 견해가 다른 경우…… 이를테면 어떤 식민지 때문에 문제가 일어났는데, 서로의 이익보다는 오히려 체면의 문제가 중요시되고 있는 그런 경우를 상상해 보십시오…… 그와 같은 경우에 한쪽 국가의 정상이 나서서 문제를 처리하고 새로운 관계를 모색하는 것이 있을 수 없는 일일까요? 어떤 적절한 조치를 먼저 취해준다거나……."

"말하자면 지금 프랑스와 독일 간에 문제가 되고 있는 모로코를 프랑스에 넘기기 위한 조치를 말하는 건가?"

외국인은 그렇게 말하고 나서 큰 소리로 웃었다.

외국인은 뤼팽이 암시한 발상이 세상에서 가장 우스꽝스러운 일로 여겨진 모양이었다. 그래서 그는 코미디를 보듯 크게 웃었던 것이다. 사실이 그랬다. 지향하는 목표와 수단을 놓고 보면 배보다 배꼽이 큰 경우였다. 웃음을 터뜨린 것도 무리는 아니었다.

"사실, 우습지 않은가……?"

외국인은 진지한 표정을 지으려고 애쓰는 데도 잘 되지 않는 것 같았다.

"그 착상은 정말 기발하긴 해. 아르센 뤼팽을 석방시키기 위해 유럽의 현대 정치를 뒤바꾸고, 아르센 뤼팽이 일을 계속하게 하기 위해 국가의 백년대계를 내던지라는 말이로군…… 어째서 자네는 프랑스와 독일 간의 더 민감한 문제인 알사스-로렌 지방을 프랑스에 돌려달라고 요구하지 않는가?"

"폐하, 그 일이라면 저도 이미 생각해 보았습니다."

뤼팽이 태연하게 말했다.

외국인은 한층 더 재미있어 했다.

"아니, 이거 참 훌륭하군! 생각해 보고도 요구하지 않았다는 말인가? 그럼 이번에는 나를 봐준 건가?"

"그렇다고도 볼 수 있습니다. 이번에는 그렇습니다."

뤼팽이 경직된 자세를 풀고 팔짱을 꼈다. 뤼팽은 자신의 역할을 과장되게 연기하고 있는 것이 재밌어지기 시작했다. 그러나 그는 일부러 정색을 하고 말을 이었다.

"언젠가 이와 유사한 일련의 사건이 다시 발생하여 제가 알 사스-로렌 두 주를 돌려 달라고 '요구'하고, 이것을 '접수'할 권리를 가질 기회가 올지도 모릅니다. 그렇게 되면 저는 결코 그 기회를 놓치지 않을 것입니다. 하지만 지금은 제가 가진 카드가 그리 변변치 못하여 참는 것입니다. 이번에는 모로코에 평화를 가져다줄 수 있는 것만으로 충분합니다."

"단지 그것뿐이오?"

"그렇습니다. 겨우 그것뿐입니다."

"모로코와 그대의 자유를 맞바꾸자는 말인가?"

"제가 원하는 것은 단지 그뿐입니다…… 그리고 이 대화의 초점이 무엇인가 하는 것을 결코 간과해서는 안 될 것입니다. 두 당사국 간에 어느 한쪽이 성의를 보이는 조건으로 저는 제 손 안에 있는 문제의 편지를 포기하겠다는 이야기죠."

"아……! 그 편지……! 편지가 자꾸 말썽이군…… 하지만 그 편지가 그 정도로 가치가 있을는진 의문이군……?"

이방인이 짜증난다는 듯이 중얼거렸다.

"폐하께서 손수 손으로 쓰신 것도, 이렇게 감방에 직접 왕림해주실 정도로 가치가 있습니다만……."

"그 외 뭐가 또 있단 말인가?"

"그렇습니다, 폐하! 폐하께서도 누가 보낸 것인지 발신자를 모르시는 편지가 여러 통 더 있습니다. 거기에 대해 대강 내용을 말씀드릴까요?"

"뭐라고? 그런 것이 있다고!"

이방인은 몹시 불안해하는 것 같았다.

"말해보게, 우물쭈물하지 말고! 분명하게 말해보게!"

이방인이 명령하듯 말했다.

뤼팽이 잠시 망설이다 입을 열었다.

"지금으로부터 불과 20년 전, 독일과 영국, 그리고 프랑스 세 나라 사이에 어떤 밀약의 체결 움직임이 있었습니다."

"거짓말! 그런 일은 결코 불가능해! 누가 감히 그런 일을……?"

"폐하의 부친과 그 외조모 되시는 영국 여왕, 그리고 이 두 분께 영향력을 행사했던 프랑스의 황후께서 계획한 일이었습니다."

"불가능해! 분명히 말하지만, 불가능한 일일세!"

"그 일과 관련된 편지가 엄연히 벨덴츠의 옛 성 안에 감추어져 있습니다. 그 비밀이 감추어진 장소를 아는 사람은 바로 저 혼자뿐입니다."

외국인이 초조한 표정으로 방 안을 서성거렸다. 잠시 뒤 우뚝 걸음을 멈추며 말했다.

"그 편지들 속에 그 조약 문서도 포함되어 있단 말인가?"

"그렇습니다, 폐하. 폐하의 부친께서 친히 쓰신 것입니다."

"그래, 그 조약 문건은 무슨 내용인가?"

"그 조약에 의하면 '독일은 온 유럽을 제패할 야망을 버린다.

그 대신 영국과 프랑스 두 나라는 복질이 대 식민제국으로 번영을 누릴 수 있도록 아프리카의 많은 식민지들을 넘겨준다'고 되어 있습니다. 하지만 현재의 상황은 그렇지 못하죠. 강대국으로 부상하기 위해서는 이 영토들이 필수적이니까요."

"그럼 영국은 무엇을 요구하고 있는가?"

"독일 해군력의 감축입니다."

"그럼 프랑스는?"

"알사스-로렌 두 주의 반환입니다."

황제는 깊은 생각에 잠긴 듯 테이블에 기대어 아무 말도 하지 않았다. 뤼팽이 계속 말을 이었다.

"당시 모든 것이 준비되어 있었습니다. 파리와 런던의 정부는 모두 동의하고 있었습니다. 그것은 이루어진 일이나 진배없는 기정사실이었습니다. 동맹 조약을 승인하여 조인 직전에 이르러 있었습니다. 세계평화가 막 이루어지려는 순간이었습니다. 그런데 폐하의 부친께서 갑자기 세상을 떠나시는 바람에 모든 게 아름다운 꿈이 되고 만 것입니다. 그런데, 여기서 신중히 생각해볼 문제가 있습니다. 폐하의 국민들과 온 세계가 존경하는, 1870년 보불전쟁의 영웅이신 프레데릭 3세가, 순수한 독일인 혈통을 지닌 바로 그분이 알사스-로렌 두 주를 되돌려줄 것을 약속하셨다면, 다시 말해, 되돌려주는 게 정당하다고 생각했다는 사실이 세상에 알려지게 된다면 사람들은 이 문제를 어떻게 생각할까요? 이 문제의 핵심은 바로 여기에 있습니다."

뤼팽은 잠시 침묵했다. 사태의 본질이 저 황제의 머릿속에,

즉 군주이자 아들이자 한 인간인 그의 의식 속에 차분히 자리잡기를 기다리고 있는 것이었다.

잠시 뒤 뤼팽은 이렇게 결론을 내렸다.

"이 조약을 역사에 기록하느냐 하지 않느냐 하는 것은 전적으로 폐하의 손에 달려 있습니다. 저같이 신분이 천한 사람은 그런 차원의 문제에 관여할 여지가 별로 없습니다."

뤼팽의 말이 끝나자 기나긴 침묵이 이어졌다. 뤼팽은 초조한 심정으로 기다릴 뿐이었다. 그의 운명이 결정되는 숨막히는 순간이었다. 이제까지 각고의 노력과 집념으로 일궈낸 일이 황제의 입에서 나올 한마디로 성패가 좌우되었다. 어쨌든 뤼팽의 두뇌가 낳은 역사적인 순간이었다. 황제가 뭐라고 하든 뤼팽의 '천한 신분'이 세계 강대국과 세계평화에 비중 있게 작용하고 있는 순간이었다.

뤼팽의 바로 눈앞 어둠 속에서 깊은 생각에 잠겨 있는 황제의 그림자가 어른거렸다.

과연 무슨 말을 꺼낼 것인가? 이 어려운 문제에 어떤 해답을 던질 것인가?

황제는 사실 잠깐 감방 안을 거닐고 있을 뿐이었지만 뤼팽에게는 끝이 없을 만큼 길게 느껴지는 시간이었다.

이윽고 걸음을 멈춘 황제가 말했다.

"그 밖에 다른 조건은 없는가?"

"예, 폐하, 하나 더 있습니다. 그렇지만 아주 사소한 것입니다.”

“뭔지 말해보게.”

“제가 듀 퐁 벨덴츠 대공의 아들을 찾아냈습니다. 대공의 영지를 그에게 돌려주시기 바랍니다.”

“그것뿐인가?”

“그는 한 처녀를 사랑하고 있습니다. 더없이 아름답고 정숙한 그 처녀도 역시 그를 사랑하고 있습니다. 그와 그 처녀의 결혼을 허락해 주십시오.”

“또 다른 조건은?”

“이제는 아무것도 없습니다.”

“조건은 그것뿐이란 말이지?”

“예, 그뿐입니다. 아, 그리고 폐하께서 그랑 주르날 지의 편집장에게 이 편지를 전해주셔야 합니다. 이 편지에는 편집장이 이 편지와 거의 동시에 받게 될 그 문서를 읽지 말고 찢어버리라는 내용이 쓰여 있습니다.”

뤼팽은 조마조마한 심정으로 떨리는 손끝에 들려 있는 한 통의 편지를 내밀었다. 황제가 편지를 받아든다면 승낙의 표시였다.

황제는 잠깐 망설이고 있다 신경질적인 행동으로 그 편지를 낚아채 듯 받아들었다. 그런 뒤 모자를 쓰고 외투 앞자락을 여몄다. 그는 더 이상 한마디도 하지 않고 그대로 감방을 나가버렸다.

뤼팽은 한동안 현기증이라도 난 것처럼 비틀거렸다.

잠시 뒤 그는 의자에 털썩 주저앉으며 환희와 자부심으로 가득 찬 탄성을 내질렀다.

◦◦◦

"예심판사님, 아쉽게도 드디어 오늘 작별을 고해야겠습니다."

"그게 무슨 말인가? 우리를 두고 어디 가기라도 한단 말인가?"

"섭섭한 마음 이루 말할 수가 없습니다, 예심판사님. 그동안 정이 많이 들었는데…… 그러나 이 세상의 즐거움은 반드시 끝이 있는 법, 라 상테 호텔, 라 상테 궁전에서의 휴양도 이제 끝이 나고 다른 임무가 저를 기다리고 있습니다. 오늘 밤 저는 부득불 탈옥을 할 수밖에 없을 듯합니다."

"그 얘기였나? 부디 행운을 빌겠네, 뤼팽……."

"고맙습니다, 예심판사님."

아르센 뤼팽은 자신의 탈옥 시간을 참을성 있게 기다렸다. 과연 독일과 프랑스 두 나라 정부가 어떠한 방법으로 이 일을 잡음 없이 해결할 것인지 궁금해하며 말이다.

오후에 들어서도 한참 뒤, 교도관이 뤼팽에게 와서 정원으로 나오라고 지시했다. 뤼팽은 서둘러 달려갔다. 소장이 기다리고 있다 그를 베르베르 차장에게 넘겨주었다. 베르베르 차장은 그를 누군가가 타고 있는 자동차에 서둘러 태웠다.

뤼팽은 자동차에 오르자마자 미친 사람처럼 웃음보부터 터뜨
렸다.

"이게 웬일인가, 베르베르 차장! 자네가 또 이런 골치 아픈 일
을 떠맡다니! 그럼 자네가 내 탈옥의 책임자가 되는 셈인가? 자
네도 정말 억세게 운이 없군. 나를 체포해서 조금 이름을 떨치
는가 싶더니, 이번에는 나의 탈옥으로 영원히 씻을 수 없는 명
성을 날리게 생겼군……."

뤼팽은 먼저 자리를 차지하고 있던 사람에게 고개를 돌렸다.

"아니, 경찰청장 나리가 아니십니까? 그럼 내가 나리까지 성
가시게 해드리는 겁니까. 정말 운들도 없으시군요. 내가 이쯤에
서 경찰청장님께 주제넘은 충고 한마디를 하도록 하지요. 제발
나서지 말고 그냥 뒷전에 물러앉아 계세요. 베르베르 차장에게
모든 일을 맡겨요. 그래야 모든 공을 베르베르 차장이 차지할
것이 아닙니까. 그건 저 사람의 당연한 권리지요. 얼마나 믿음
직합니까."

자동차는 세느 강변을 따라 달려 불로뉴 숲을 지났다. 자동차
는 생 클루에서 건너편 강변으로 건너갔다.

"옳거니!"

뤼팽이 소리쳤다.

"가르쉬로 가고 있구먼! 알텐하임의 죽음에 대해 나의 검증
이 필요하다는 명목이겠지. 셋이 함께 지하실로 내려간 뒤 거기
서 내가 모습을 감추면 되는 모양이군. 그렇게 되면 '뤼팽이 혼
자만이 알고 있는 비밀 통로를 통해 탈출했다'고 발표하면 될

테고…… 그거 참, 더러운 방법이군!"

뤼팽은 적잖이 실망한 것처럼 보였다.

"한심하군, 정말 멍청해! 창피해서 저절로 얼굴이 붉어지는 군…… 당신 같은 사람들이 정부의 고위 관리라니, 참으로 어이가 없어…… 이 한심한 사람들아, 나에게 의논이라도 좀 하지 그랬나. 고심하고 고심해서 멋진 탈출극을 선보일 수도 있었을 텐데 말야. 나는 그런 걸 서랍 속에 두세 가지쯤 항상 넣어놓고 있는데. 그렇게 되었으면 경이로운 일이 일어났다며, 일상에 지쳐 있는 사람들에게 상당한 활력을 불어넣어 줬을 텐데 말이지. 그런데 고작 이거라니! 당신들은 국민들의 즐거움은 안중에도 없는 모양이군. 물론 갑자기 닥친 일이라 찬찬히 생각할 시간이 없었겠지…… 아무리 그렇기로 하여 도대체 이게 뭐냔 말야!"

아닌게 아니라, 그들의 탈옥 계획은 뤼팽이 예상한 대로였다.

일행을 태운 자동차는 '은퇴한 부인의 정원' 출입문을 지나 오르탕스 장으로 직행했다. 뤼팽과 두 사람은 곧장 지하실로 내려가 비밀 통로를 가로질러갔다. 통로의 끝에 이르자 베르베르 차장이 입을 열었다.

"당신은 이제 자유요!"

"그런가! 그런데 고작 이게 다란 말인가? 뭔가 좀더 있었더라면 좋았을 텐데…… 베르베르 차장, 그동안 참으로 고마웠네. 내가 좀 성가시게 했지? 그리고 경찰청장님, 제가 시끄럽게 해드려 죄송합니다. 부인께도 꼭 안부 전해주십시오."

뤼팽은 농담을 던지고 나서 등나무 장으로 빠져나가는 계단을 올라갔다. 그는 비밀 통로의 뚜껑을 들어올린 뒤 방 안으로 올라갔다.

바로 그 순간이었다. 누군가의 억센 손 하나가 그의 어깨를 붙잡았다.

고개를 들어보니 어젯밤 황제와 함께 왔던 남자가 버티고 서 있는 것이 보였다. 곧장 네 명의 사나이가 뤼팽의 옆구리에 달라붙었다.

"아니, 이런! 당신들은 뭐요? 지금 장난을 하자는 거요? 나는 자유로운 몸이 아니었나?"

뤼팽이 소리쳤다.

"그렇지 않소. 당신은 분명 자유요. 싫지 않다면 우리 다섯 명과 함께 여행을 해줬으면 고맙겠는데……?"

독일인이 으르렁거리듯이 거친 목소리로 말했다.

뤼팽은 잠시 동안 그의 얼굴을 응시했다. 달갑지 않게 구는 독일인에게 따끔한 맛을 보여주고 싶었다. 그런데 그를 둘러싸고 있는 사람들은 모두 호의 같은 것과는 별로 친해 보이지 않았다. 그 우두머리 역시도 인정머리 같은 것이 전혀 없어 보였다. 마음만 먹으면 어떤 거친 일이라도 기꺼이 할 것 같은 사람들이었다. 자유의 몸이 된 이상 위험을 무릅쓸 필요는 없었다. 어차피 오십보백보라는 생각이 들었다.

뤼팽이 비웃음 섞인 말투로 말했다.

"싫지 않느냐고? 싫기는커녕 마음에 아주 꼭 들었소!"

마당으로 나가자 견고해 보이는 리무진이 한 대 기다리고 있었다. 두 사람이 앞에 탔고, 다른 두 사람은 가운데에, 뤼팽과 우두머리는 맨 뒷좌석에 앉았다.

"자, 가자! 벨덴츠로 가자!"

뤼팽이 독일어로 소리쳤다.

"아무 말도 하지 마시오!"

어젯밤에 왔던 백작이 프랑스어로 급히 뤼팽에게 소리쳤다.

"이 사람들에게까지 알릴 필요는 없는 일이니까. 프랑스어로 말하시오. 이 사람들은 프랑스어를 모릅니다. 이들에게 굳이 이야기할 필요는 없지 않겠소?"

'그렇지. 그럴 필요야 없지.'

뤼팽이 속으로 중얼거렸다.

자동차는 아무 일도 없이 하루 밤낮을 달리고 또 달렸다. 조용히 잠들어 있는 작은 마을에서 두 번 연료를 보충했을 뿐이었다.

독일인들은 번갈아 잠을 자며 포로를 감시했지만 정작 포로는 새벽이 되어서야 잠에서 깼다.

그들은 작은 산 뒤쪽에 자리잡은 시골 여관 앞에 이르러서야 아침식사를 하기 위해 차에서 내렸다. 바로 옆에 도로 표지판이 서 있었는데 그것을 보고 뤼팽은 자신이 있는 위치가 메츠와 룩셈부르크의 중간쯤 되는 지점이라는 것을 알 수 있었다. 거기서부터 자동차는 북동쪽으로 방향을 틀어 트리에르 시로 향하는 비스듬한 길을 달렸다.

뤼팽은 자신의 옆에 앉아 있는 길동무에게 은근슬쩍 말을 걸
었다.

"당신은 황제 폐하의 측근이며, 언젠가 드레스덴에 있는 헤르
만 3세의 저택으로 가택 수색을 나가 쑥대밭을 만들었다는 발
데마르 백작…… 맞죠?"

독일인은 입을 굳게 다문 채 대답하지 않았다. 그 순간 뤼팽
은 실수했다는 생각이 들었다.

'이런 바보! 대체 머리가 어떻게 된 것 아냐, 뤼팽! 왜 그런 쓸
데없는 말을 했지? 조만간 대가를 톡톡히 치르겠구만. 어휴, 멍
청이!'

하지만 뤼팽은 겉으로는 보다 더 당당히 나갔다.

"대답을 안 하다니 꽤 섭섭한데요. 백작을 위해 한 말인데 말
이오. 실은 아까 이 길을 거슬러 올 때, 뒤쪽 아득히 먼 지평선
위에 자동차 한 대가 쫓아오고 있는 것을 봤소. 못 봤습니까?"

"아니, 못 봤는데요. 수상했습니까?"

"별일 아닐 겁니다."

"그렇지만……."

"아무 일도 아닐 겁니다. 잠깐 보였을 뿐입니다…… 게다가
우리는 10분 이상이나 앞서 있고…… 이 차는 적어도 40마력은
되지 않습니까……?"

"60마력이오."

불안스러운 표정으로 곁눈질을 하며 독일인이 말했다.

"아하, 그렇습니까? 그렇다면 더욱더 안심이지요."

자동차는 가파르지 않은 언덕길을 올라갔다. 자동차가 꼭대기에 이르렀을 때 백작이 창문으로 고개를 내밀고 주위를 살펴봤다.

"이런 젠장!"

"왜 그러십니까?"

뤼팽이 물었다.

백작이 느닷없이 상대를 돌아보며 위협적인 목소리로 말했다.

"행동을 조심하시오. 당신의 신상에 어떤 불상사가 벌어져도 나는 책임 못 져요!"

"아니, 저런! 저 차가 꽤 가까이 따라왔는데요. 그런데 백작, 뭘 그리 걱정하십니까? 그냥 지나가는 여행자겠지요…… 어쩌면 당신을 위해 보낸 원군일지도 모르겠군요."

"내게는 원군 따위는 필요 없소."

독일인이 불쾌하다는 듯이 말했다.

독일인이 또다시 창문으로 고개를 내밀었다. 뒤따라오는 자동차는 이제 이삼백 미터밖에 떨어져 있지 않았다.

백작이 뤼팽을 가리키면서 부하들에게 명령했다.

"이자를 단단히 묶어라! 만일 저항하거든……."

그는 대뜸 권총을 꺼내들었다.

"나 참, 내가 왜 저항을 하겠소, 상냥하신 독일 나으리?"

뤼팽은 손이 묶이며 계속 빈정거렸다.

"세상 사람들은 필요치 않을 때는 조심하고 필요할 때에는 조심하지 않으니 그게 참 묘해. 저 자동차가 당신들에게 무슨 짓이라도 할 것 같아 그러는 거요? 아니면 저 자동차에 나의 부하들이라도 타고 있을 것 같아서? 걱정도 팔자셔!"

독일인은 뤼팽의 말에 대답하는 대신 운전기사에게 지시를 내렸다.

"오른쪽으로 비켜 서! 속력을 늦추고 저 차가 앞질러 가게 해! 저 차 역시 속력을 늦추거든 차를 세워!"

그러나 독일인의 예상과는 달리 그 자동차는 속도를 배로 높이는 것 같았다. 덕분에 뤼팽이 탄 자동차는 뽀얀 먼지 구름을 뒤집어썼다.

그런데 자세히 보니 추월해 지나가는 자동차의 뒷문이 조금 열려 있었다. 거기에 검은 옷을 입은 한 사나이의 모습이 보였다.

그 사나이가 팔을 쳐드는가 싶더니 귀청이 떨어질 것 같은 총소리가 두 방 울려 퍼졌다.

순간, 왼쪽 문에 바짝 붙어 서서 고개를 내밀고 있던 백작이 힘없이 차 안으로 쓰러졌다.

두 명의 독일인은 백작을 돌보는 것보다도 먼저 뤼팽에게 덤벼들어 더욱 단단히 묶어버렸다.

"이 얼빠진 녀석들! 이 멍청한 놈들!"

뤼팽은 흥분해서 날뛰었다.

"이런 때일수록 나를 자유롭게 해줘야 한단 말이다, 이 바보 같은 놈들아! 아니, 이게 뭐야? 이제는 차까지 세워버리네! 이 멍텅구리 바보들아, 빨리 저 차를 쫓아가! 뒤쫓아가서 저자를 붙잡아야 해! 저 검은 옷의 사나이…… 저놈이 바로 살인범이란 말야……! 이 머저리 같은 놈들아!”

그러나 이제 그들은 뤼팽에게 재갈까지 물렸다. 그런 다음에야 그들은 백작을 치료하기 시작했다. 상처는 대단치 않은 듯했다. 붕대를 금방 감았다. 다만 부상자는 극도로 흥분해 있었고 열이 심해 자꾸만 헛소리를 했다.

아침 8시였다. 자동차는 마을에서 멀리 떨어진 들판 한가운데에 서 있었다. 무사한 독일인들은 이 여행의 성격이나 목적을 전혀 알고 있지 못했다. 어디로 가야 되는지? 누구에게 알려야 될 것인지……?

그들은 자동차를 숲속의 나무그늘에 세우고 그대로 기다렸다.

그날 하루는 이렇게 지나갔다. 해가 저문 뒤에야 트레브 시에서 온 기병 일개 소대가 자동차를 찾아냈다.

그로부터 두 시간이 지나서야 뤼팽은 자동차에서 내릴 수 있었다. 그는 여전히 두 독일인의 감시를 받으며 램프의 불빛을 따라 어떤 계단을 올라갔다. 뤼팽을 기다리고 있는 것은 창문에 쇠창살이 쳐진 작은 방이었다.

뤼팽은 그곳에서 하룻밤을 지냈다.

이튿날 아침, 한 장교의 안내를 받으며 뤼팽은 병사들이 우글거리는 병영 뜰을 지나갔다. 장교는 거대한 폐허로 변해버린 작은 언덕 기슭에 빙 둘러 늘어서 있는 건물들 중 제일 가운데 건물로 그를 데려갔다.

뤼팽은 가구가 몇 개 놓여 있는 넓은 방으로 안내되었다. 그저께 밤에 갑자기 찾아왔던 그 지체 높은 방문자가 사무 책상에

앉아 신문과 보고서를 검토하며 붉은 연필로 굵은 표시를 하고
있었다.

"풀어줘라."

그가 뤼팽을 데리고 온 장교에게 명령했다.

그리고는 뤼팽에게 가까이 다가서며 물었다.

"서류는?"

말의 어조가 전과는 판이하게 달랐다. 자기 집에 앉아 하인에
게 명령하는 듯한 위압적이고도 메마른 목소리였다. 더욱이 지
금 그의 앞에 있는 사람은 악랄한 사기꾼이며 거짓말쟁이였는
데, 이틀 전 그런 자 앞에서 비굴하게 수모를 당했으니 얼마나
얄밉겠는가!

"그 서류는 어딨지?"

그가 거듭 물었다.

"서류라면 벨덴츠의 성 안에 있습니다."

뤼팽은 두려워하는 기색 없이 침착하게 말했다.

"여기가 그 벨덴츠의 부속 건물이다."

"그렇다면 그 서류는 이 폐허 속에 있을 것입니다."

"그럼, 가자! 안내해라."

뤼팽은 움직이지 않았다.

"왜 그러지?"

"폐하, 일은 그렇게 간단하지 않습니다. 그 비밀스런 장소를
발굴하기 위해서는 몇 가지 불가피한 문제들부터 해결해야 하
는데 그러자면 얼마간의 시간이 필요합니다."

"시간이 얼마나 필요한가?"

"24시간입니다."

그는 뭔가 치밀어 오르는 듯했지만 자제하는 기색이 역력했다.

"우리들 사이에 그런 이야기는 없었던 걸로 기억하는데?"

"물론 그렇습니다, 폐하! 폐하께서 다섯 명씩이나 붙여 저를 감시하며 데려온 그런 여행 따위도 폐하와 저 사이에 오고간 이야기는 아닙니다. 어쨌든 저는 그 서류를 내드리겠다는 약속만을 했을 뿐입니다."

"나 역시 그 서류를 인도받기 위해 그대를 자유롭게 해준 것일 뿐이다."

"폐하, 신용이 가장 큰 문제입니다. 만일 제가 교도소에서 나와 곧장 자유로운 몸이 되었다고 하더라도 저는 교도소에서 나오자마자 서류부터 찾아 폐하께 전해드리기 위해 노력했을 겁니다. 결코 그것을 제 것으로 만들어 도망치는 일은 없었을 겁니다. 만약 제가 자유로웠다면 지금쯤 그 서류가 폐하의 손에 들어가 있었을 것입니다. 왜냐하면 우리는 오던 길에서 하루를 헛되게 보내버렸으니까요. 이 사건에 있어 하루라는 것은 사소한 시간은 아니지요…… 그래서 신용이 필요하다는 이야기입니다."

황제는 한동안 어이없다는 듯이 뤼팽을 바라보았다. 일개 도적이며 사기꾼인 주제에 자신의 신용을 의심했다는 이유로 기분 나빠한다는 것이 아이러니였다.

황제는 뤼팽의 말에 대꾸를 하지 않고 곧장 초인종을 눌렀다.

"당직 장교 있나?"

발데마르 백작이 창백한 얼굴로 모습을 드러냈다.

"아니, 발데마르 자넨가? 어때, 몸은 좀 좋아졌는가?"

"무슨 일이든 분부만 내리십시오, 폐하!"

"병사를 다섯 명 데리고…… 같은 그 다섯 명이 좋겠지. 자네가 특별히 신뢰하는 사람들인 것 같으니. 그들을 데리고 내일 아침까지 이 신사분을 책임지고 경호하게……."

황제가 시계를 보며 덧붙였다.

"내일 아침 10시까지…… 아니, 정오까지로 하지. 이 신사분이 가고 싶다고 말하는 곳은 어디든 데려가고 해달라는 일은 모두 해주게. 다시 말해 자네가 이분의 시종 역할을 하는 것이지. 정오가 되면 내가 다시 부르겠네. 정오를 알리는 종이 마지막 한 번까지 울린 뒤에도 그 서류 꾸러미를 내 앞에 가져오지 못하면, 자네는 즉시 이분을 자동차에 태워 곧장 라 상테 교도소로 모시게."

"만일 도망이라도 치려고 하면……."

"그땐 자네가 알아서 처리해."

말을 마치고 난 황제는 그대로 뒤돌아나갔다.

뤼팽은 테이블 위에 있는 잎담배를 하나 집어들고 안락의자에 털썩 앉았다.

"이제 좀 마음에 드는군! 진작 이런 식으로 나왔어야지. 솔직하고 분명하잖아."

백작이 부하들을 불러왔다. 그런 뒤 뤼팽에게 말했다.

“자, 갑시다!”

뤼팽은 잎담배에 불을 붙였다. 그는 조금도 움직이려 하지 않았다.

“이자의 두 손을 묶어라!”

백작의 명령이 시행된 다음 백작이 다시 말했다.

“자아, 갑시다!”

“싫소.”

“뭐라고? 싫다고?”

“이제부터 머리를 좀 굴려봐야겠소.”

“머리를 굴리다니, 무엇을?”

“문제의 그 편지를 감춰둔 장소가 어딘지 말이오.”

백작이 놀라 펄쩍 뛰었다.

“아니 그럼 당신은 그걸 모르고 있단 말이오?”

“당연하지!”

뤼팽이 웃으면서 말했다.

“바로 이런 게 모험의 묘미란 거요. 나는 그 중요한 은닉 장소에 대해서도 전혀 아는 바가 없고, 그곳을 찾아낼 방법도 전혀 모르고 있소. 어떻소, 발데마르 백작? 정말 재밌지 않소……? 내가 아는 게 하나도 없다는 게…….”

황제의 편지

　벨덴츠 폐허는 라인 강과 모젤 강 양쪽 유역을 방문하는 사람들에게 꽤 잘 알려진 명소였다. 그곳에는 1277년 피스틴겐 대주교가 건립한 봉건시대 고성의 폐허가 남아 있었고, 튜렌 원수의 군대가 파헤쳐 놓은 거대한 망루 옆으로 300년 동안이나 듀 퐁 대공작들이 영화를 누렸던 르네상스 시대의 웅장한 성곽이 온전한 상태 그대로 돌담에 둘러싸인 채 보존되어 있었다.

　헤르만 2세에게 반기를 들었던 난민들이 노략질을 했던 곳도 바로 이 성곽이었다. 성곽 사면에는 유리가 빠진 채 입을 벌리고 있는 200개의 창문이 있었다. 벽지와 나무로 만들어진 장식들, 그리고 가구들은 대부분 불타서 사라진 상태였다. 사람들은 마룻바닥의 타다 남은 나뭇조각들을 밟고 걸어다녀야 했고, 군데군데 찢어진 천장을 통해 푸른 하늘을 볼 수도 있었다.

뤼팽은 호위병들과 함께 두 시간에 걸쳐서 성곽을 한 바퀴 돌아봤다.

"백작, 나는 당신에게 아주 만족하고 있소. 이처럼 해박하고, 이처럼 조용한 관광 안내원의 안내를 받아, 이처럼 좋은 구경거리를 구경하리라고는 꿈에도 생각하지 못했소. 자 이제, 괜찮다면 이쯤에서 점심이나 먹으러 가는 것이 어떻습니까?"

여유 있게 말은 했지만 사실 뤼팽은 이곳에 처음 왔을 때 이상으로 알아낸 것이 없었다. 그는 갈수록 더 초조해하고 있었다. 교도소에서 나오기 위해, 그리고 찾아온 방문자의 상상력을 자극하기 위해 그는 이미 모든 것을 다 알고 있는 것처럼 허풍을 떨었는데, 막상 현장에 와보니 어디서부터 어떻게 손을 대야 할지 그것조차도 막막한 형편이었다.

'좋지 않아. 모든 것이 몹시 안 좋아.'

그는 자신도 모르는 사이 이따금 그렇게 중얼거렸다. 게다가 그는 보통 때의 혜안마저도 상실한 상태였다. 어떤 한 가지 생각이 끊임없이 그를 괴롭혔다. 그것은 그 미지의 살인마, 지금도 틀림없이 자기를 뒤쫓고 있을 그 악마에 대한 생각이었다.

어떻게 그놈은 자신의 뒤를 쫓을 수 있었을까? 감옥에서 나온 것은 어떻게 알았고, 룩셈부르크를 거쳐 독일로 여행한다는 것은 또 어떻게 알았을까? 기적과도 같은 직관력이라도 가진 것일까? 아니면 어디서 정확한 정보라도 얻어들은 것일까? 그렇다면 도대체 어떤 대가를 치르고, 어떤 약속을 하고, 어떤 협박을 해서 그런 정보를 입수했을까?

이러한 갖가지 의문이 뤼팽의 머리에서 떠나지 않았다.

오후 4시경, 뤼팽은 다시 한 번 돌무더기를 살펴보기도 하고, 돌담의 두께를 재어보기도 하고, 흩어져 있는 조각상들을 살펴보기도 하며 폐허 속을 어슬렁거리다가 백작에게 물었다.

"이곳에 마지막으로 살았던 대공작의 하인 중 누군가는 남아 있지 않습니까?"

"그 무렵의 하인들은 모두 사방으로 흩어져 버렸는데, 딱 한 사람이 이 지역에 남아 있었다는 말을 듣긴 했소."

"그래요?"

"하지만 그 사람도 이미 2년 전에 죽었소."

"자식은 없습니까?"

"아들이 하나 있어 결혼을 했는데, 파렴치한 짓을 많이 하여 아내와 함께 이 고장에서 쫓겨난 모양이오. 이질다던가? 그 부부가 낳은 자식 중 막내인 한 소녀만이 남겨졌다고 들었소."

"어디에 살고 있습니까?"

"바로 이곳의 부속 건물 중 한 채에 살고 있소. 그 애의 늙은 할아버지가 성곽 구경이 가능하던 시절 안내인으로 일했었소. 성곽이 봉쇄된 뒤에도 불쌍하다는 이유로 이질다는 줄곧 이 폐허 속에서 살도록 허락되었소. 말을 제대로 하지 못하는 불쌍한 소녀요."

"처음부터 그랬습니까?"

"그렇지는 않았던 모양이오. 열 살 무렵부터 서서히 상태가 안 좋아졌다고 합디다."

"어떤 슬픔이나 공포 때문에 그렇게 된 겁니까?"

"아니오. 사람들의 말을 들어보면 그럴 만한 이유가 없는 것 같았소. 단지 아버지가 알코올 중독 환자였고, 어머니는 미쳐서 자살을 했다지 아마."

뤼팽은 잠시 생각한 다음 입을 열었다.

"그 소녀를 만나봐야겠습니다."

백작이 무엇인지 모를 묘한 미소를 지어 보였다.

"당연히 그래야겠지요."

소녀는 방치된 여러 방들 중 하나에 머물고 있었다.

몸이 몹시 여위고 얼굴빛이 창백했지만, 금발머리와 섬세한 얼굴 윤곽이 품위 있게 느껴지는 미소녀여서 뤼팽은 새삼 놀랐다. 그녀의 파란 물빛 눈에는 장님의 눈에서 흔히 볼 수 있는 꿈꾸는 듯한 분위기가 담겨 있었다.

뤼팽이 차분히 몇 가지 질문을 해보았지만, 이질다는 그 질문에 대답하지 않았다. 질문에 대답을 하는 경우도 있긴 했으나 소녀는 질문의 의미는 물론 자신의 말조차도 무슨 뜻인지 이해하지 못하는 것 같았다.

뤼팽은 단념하지 않고 참을성 있게 질문을 계속했다. 다정하게 그녀의 손을 잡고 따뜻한 정이 담긴 목소리로, 그녀에게 이성이 있었던 당시의 일과 할아버지에 관한 일, 웅장한 성곽의 폐허 속을 자유로이 뛰어다니며 지낸 어린 시절의 일들을 화제로 질문을 했다.

그녀는 약간 흥분한 것 같기도 했지만 가만히 한 군데를 뚫어지게 바라보며 계속 말이 없었다. 비록 얼마쯤 감동을 받았다 해도 그런 감동이 그녀의 내면 깊숙이 잠들어 있는 지능을 눈뜨게 할 만큼은 아닌 모양이었다.

뤼팽이 하얀 종이 위에 크레용으로 '813'이라고 썼다.

백작이 그것을 보고 또다시 빙그레 웃었다.

"뭐가 그렇게 우습소?"

성가신 듯이 뤼팽이 소리쳤다.

"아니오, 아무것도 아니오…… 그냥…… 재미가 있어서…….."

어린 소녀는 뤼팽이 내민 종이쪽지를 가만히 들여다보더니 곧 관심 없다는 듯 얼굴을 돌렸다.

"잘 안 되는 것 같군."

백작이 다시 빈정거렸다.

이번에는 뤼팽이 'Apoon'이라고 써서 소녀에게 내보였다.

이질다는 여전히 관심이 없어 보였다.

그렇다고 포기할 뤼팽이 아니었다. 뤼팽은 몇 번이나 되풀이하여 같은 글씨를 썼다. 그는 글씨를 쓸 때마다 글자 사이에 다른 여백을 뒀다. 그리고 그때마다 뤼팽은 소녀의 표정을 주의 깊게 살펴보았다.

그러나 소녀는 무관심함이 엿보이는 눈길로 물끄러미 종이를 바라볼 뿐, 꿈쩍도 하지 않았다.

그런데 어느 순간 소녀가 갑자기 크레용을 집어들었다. 그녀는 뤼팽의 손에 들려 있던, 마지막으로 보여준 종이를 낚아채더니 갑자기 어떤 영감이라도 받은 것처럼 뤼팽이 써놓은 글자 사이의 여백 한가운데에 L이라는 글자를 두 개 써넣었다.

뤼팽은 온몸에 전율을 느끼며 손을 부르르 떨었다.

소녀가 만들어낸 것은 바로 그리스로마신화에 나오는 아폴론 신의 이름, 'Apollon'이라는 고유명사였다.

다 쓴 뒤에도 그녀는 크레용과 종이를 놓으려고 하지 않았다. 손가락이 경련을 일으켰고, 얼굴이 긴장으로 뒤틀려 있었다. 뇌의 의식을 손끝에 전하기 위해 온갖 애를 쓰고 있는 것 같았다.

뤼팽은 들뜬 마음으로 기다렸다.

마침내 소녀는 무슨 환각에 사로잡힌 사람처럼 'Diane'라는 한 낱말을 단번에 갈겨썼다. 달의 여신 이름이었다.

"하나만 더! 계속 더 써봐!"

뤼팽은 성급하게 소리쳤다.

크레용을 돌리느라 소녀의 손가락이 비틀렸다. 크레용이 부러졌다. 부러진 크레용 끝으로 소녀는 대문자 'J'를 썼다. 그러고는 힘이 다해 크레용을 떨어트렸다.

"한마디만 더, 제발……!"

뤼팽은 소녀의 한 팔을 와락 움켜쥐고 다그쳤다.

그러나 소녀의 눈빛은 이미 조금 전과 같이 흐리멍덩해져 있었다. 뤼팽은 그녀의 눈에서 순간적인 이성의 번쩍임이 이미 나타날 수 없는 상태임을 알아차렸다.

“이제 그만 갑시다.”

뤼팽이 말했다.

뤼팽이 몇 걸음 옮겼을 때 소녀가 달려와 앞을 가로막았다.

“왜 그러니?”

소녀가 한 손을 펴서 뤼팽 앞으로 내밀었다.

“뭐야? 돈을 달라는 거니? 구걸하는 습관이 있는 모양이군.”

뤼팽이 백작을 돌아보며 말했다.

“아니오, 그런 행동은 처음이오. 좀 이상한데…….”

그때 이질다가 주머니에서 금화 두 개를 꺼냈다. 그리고 즐거운 듯이 그것을 만지작거렸다.

뤼팽이 금화를 살펴보았다.

그것은 갓 제조된, 주조년도가 새겨져 있는 프랑스의 새 금화였다.

“이거 어디서 났지?”

뤼팽은 몹시 당황해하며 큰 소리로 물었다. 다른 것도 아닌 프랑스 금화라니!

“누가 이 소녀에게 이런 것을 주었을까? 너, 언제 이걸 얻었니? 오늘이니? 말해봐! 속시원하게 대답을 해보란 말야!”

질문을 하던 뤼팽이 어깨를 으쓱하며 중얼거렸다.

“내가 참 멍청한 놈이지. 이 아이가 대답할 수 없다는 걸 알면서도…… 이보쇼, 백작! 나에게 40마르크만 빌려주시오…… 고맙소이다…… 자아, 이질다, 이것을 받아…….”

소녀는 금화 두 닢을 새로 받아들었다. 소녀는 그것을 다른 두 닢과 합쳐 손바닥 위에서 짤랑짤랑 소리를 냈다. 그러던 소녀는 한 손을 뻗어 르네상스 풍 궁전의 폐허를 가리켰다. 자세히 보니 그녀가 가리키는 것은 성곽 왼쪽 익랑의 꼭대기 부분이었다.

그냥 하는 단순한 행동일까? 아니면 두 닢의 금화에 대한 감사의 표시일까?

뤼팽은 백작을 힐끔 쳐다봤다. 백작은 여전히 알듯 모를 듯한 미소를 얼굴에 띠고 있었다.

'뭐가 우스워서 이 녀석은 그렇게 실실 웃고 있는 것일까. 나를 조롱하는 거야 뭐야?'

그런 생각을 하며 뤼팽은 호위병을 거느리고 성곽 쪽으로 향했다. 그러나 대단한 기대는 하지 않았다.

성의 1층은 서로 통하는 몇 개의 넓고 큰 접견실로 이루어져 있었다. 거기에는 타다 남은 가구가 몇 개 놓여 있었다.

2층은 북쪽으로 긴 복도가 나 있었고, 복도를 따라 똑같은 모양의 방이 12개 늘어서 있었다.

3층에도 같은 쪽으로 복도가 나 있었으며 역시 같은 모양의 방이 24개 늘어서 있었다. 어느 방이나 텅 비어 있었고 처참할 정도로 손상되어 있었다.

그 위로는 지붕 전체가 전소되어서 아무것도 남아 있지 않았다.

무려 두 시간 동안이나 뤼팽은 천천히 걸어다니기도 하고 뛰어다니기도 하며 이리저리 살펴보았다. 눈에 불을 켠 채 어떤 법칙도 없이.

어두워지기 시작할 무렵 그는 2층에 있는 12개의 방 가운데 하나를 향해 달려갔다. 그 방을 고른 데는 그럴 만한 이유가 있었다.

방에 들어선 뤼팽은 깜짝 놀라지 않을 수 없었다. 황제가 어디선가 가져온 안락의자에 앉아 담배를 피우고 있었기 때문이었다.

그러나 뤼팽은 황제에게는 신경 쓰지 않고 평소 자신의 방식대로 방을 몇 개의 구획으로 나누어 한 구획씩 꼼꼼히 살피기 시작했다.

20분쯤 지났을 무렵 뤼팽이 고개를 들며 말했다.

"죄송합니다만, 폐하. 자리를 비켜주셨으면 합니다. 그곳에 벽난로가 있어서……."

황제가 고개를 가로저었다.

"내가 꼭 움직여야 하는 이유가 있나?"

"예, 폐하. 그 벽난로를 좀……."

"이 벽난로는 다른 벽난로와 똑같은 것이네. 이 방 또한 이 옆의 방들과 다를 게 없고."

뤼팽은 자기가 한 말의 뜻을 이해하지 못하는 황제를 가만히 쳐다봤다. 그러자 황제가 웃으며 말했다.

"뤼팽, 아무래도 그대는 나를 기만하고 있는 것 같군."

"폐하, 무슨 말씀입니까?"

"뭐 그리 대수로울 건 없지만…… 그대는 내가 흥미 있어 하는 문서를 건네주는 조건으로 교도소에서 풀려나 자유로운 몸이 되었지. 그런데도 그대는 그 문서가 어디에 있는지조차도 전혀 모르고 있지 않은가? 다시 말해서 나는 철두철미…… 프랑스어로는 그걸 뭐라고 하더라……? 하여튼 내가 농락당하고 있는 것 아닌가."

"그렇게 생각하십니까, 폐하?"

"그렇게 생각할 수밖에 없지 않은가! 알고 있는 것을 찾는 바보는 없을 테니까. 그런데 그대는 벌써 열 시간이나 찾아다녔네. 이만했으면 이제 교도소로 돌아가는 게 좋을 것 같은데, 어떤가?"

뤼팽은 몹시 당황하는 표정을 지었다.

"하지만 폐하께서는 내일 12시까지 시간을 주시지 않았습니까?"

"내가 왜 그때까지 기다려야 하지?"

"왜라니요? 제가 작업을 마무리해야 할 것 아닙니까?"

"작업이라고? 뤼팽이라는 사람은 아직 작업은 시작도 하지 않았을 텐데?"

"그것은 폐하께서 잘못 알고 계십니다."

"그럼, 시작되었다는 증거를 보여주게…… 그러면 내일 정오까지 기다리지."

뤼팽은 잠시 생각한 다음 진지하게 말하기 시작했다.

"폐하께서 저를 신용하시는 데 증거가 필요하시다니 말씀드리겠습니다. 이 복도에 면한 12개의 방에는 저마다 다른 이름이 붙어 있고 그 머리글자가 문에 씌어 있습니다. 화재가 났을 때 불길을 피해 남겨진 머리글자 하나가 복도를 걷고 있는 저의 눈에 띄었습니다. 그래서 다른 문을 조사해 보고, 문의 박공 위에 새겨진 여러 가지의 머리글자를 꽤 많이 찾아냈습니다. 희미하게나마 읽을 수 있었죠. 그런데 머리글자의 하나가 'Diane'라는 명사의 첫 글자로 추정되는 D였습니다. 다른 또 하나는 'Apollon'이라는 낱말의 첫 글자로 추정되는 A였습니다. 이 두 개의 이름은 모두 신화에 나오는 신들의 이름입니다. 나머지 머리글자도 이와 똑같은 성격을 띠고 있지 않을까 생각하고 찾아보니, 'Jupiter'의 머리글자인 J가 하나, 'Venus'의 머리글자인 V가 하나, 'Mercure'의 머리글자인 M이 하나, 'Saturne'의 머리글자인 S가 하나 발견되었습니다. 다시 말해서 이것으로 12개의 방은 각각 올림포스 신들의 이름을 붙여놓았다는 것, 그리고 또 이질다가 'Apoon'에다 두 개의 철자를 써넣어 만든 명사 'Apollon'이 'Apollon'의 방을 의미하는 것이리라 추정할 수 있음으로, 그 문제는 해결된 셈입니다. 이걸로 봐서 결국 그 편지가 감추어져 있는 곳은 지금 우리가 있는 이 방이 아닐까 생각합니다. 어쩌면 그것을 찾아내는 데 앞으로 몇 분이면 충분할 수도 있습니다."

"몇 분인가, 아니면 몇 년인가? 그보다 더 걸리는 건 아니겠지?"

황제가 히죽히죽 웃으며 말했다.

황제는 몹시 재밌다는 표정이었다. 백작까지도 재밌어 죽겠다는 표정이었다.

"폐하, 뭐가 그리 우스운지 설명을 해주실 수 없겠습니까?"

"뤼팽, 그대가 지금 빛나는 성과를 거두었다고 자신만만해하는 그 일이라면 나도 이미 해보았네. 그대의 친구인 셜록 홈즈 씨에게 의뢰하여 2주일 전에 이미 해봤지. 나는 홈즈 씨와 함께 이질다라는 소녀를 그대와 같은 방법으로 심문도 해보았고. 또 복도에 있는 머리글자의 의미도 알아차려, 이 'Apollon'의 방까지 이미 왔었다네."

"아니! 홈즈가…… 여기까지…… 왔었습니까?"

새파랗게 질린 뤼팽이 더듬거리면서 말했다.

"그렇다네. 나흘 동안 수사를 한 결과 여기까지 왔었네. 그러나 아무것도 발견하지 못했기 때문에 모든 게 헛일이었지. 이른바 그것은 그 편지가 이 방에 없다는 것을 나에게 가르쳐 주었을 뿐이네."

크게 자존심이 상한 뤼팽은 치미는 분노로 와들와들 떨면서 말채찍으로 얻어맞기라도 한 것처럼 숨을 헐떡였다. 그가 이처럼 수치스러웠던 일은 이제껏 한 번도 없었다. 하마터면 그는 치밀어 오르는 분노를 이기지 못해 시끄럽게 자꾸만 웃어대는 그 뚱뚱한 발데마르 백작에게 달려들어 목을 조를 뻔했으나 가까스로 참았다.

"폐하, 홈즈는 나흘이 걸렸습니다만 저는 몇 시간 만에 여기까지 왔습니다. 만일 제가 수사에 방해만 받지 않았어도 좀더 빨리 해냈을 것입니다."

"방해라니, 그게 무슨 말인가? 설마 나의 충실한 백작이 방해를 한 것은 아니겠지?"

"아닙니다, 폐하. 그렇지 않습니다. 저의 적 가운데 가장 무서운 녀석, 가장 힘센 녀석, 자기 동료인 알텐하임 백작마저도 아무렇지도 않게 살해한 무도한 놈이 한 명 있습니다."

"그 녀석이 여기에 와 있다는 말인가?"

황제가 외쳤다. 당황하는 모습으로 보아 뤼팽의 이야기가 귀에 낯설지만은 않은 것 같았다.

"그 녀석은 제가 가는 곳이면 어디든지 따라다닙니다. 그 녀석은 끊임없이 저를 노리고 있습니다. 치안국장 르노르망이 뤼팽이라는 사실을 알아차린 것도 그 녀석이었고, 저를 교도소에 처넣은 것도 그 녀석이었으며, 제가 교도소에서 풀려났을 때 재빨리 뒤를 밟아 온 자도 그 녀석이었습니다. 어제 자동차 안의 저를 죽이려다 잘못하여 백작에게 상처를 입힌 것도 바로 그 녀석이었고요."

"그런데 그가 벨덴츠에 와 있다는 사실을 자네는 어떻게 알고 있나?"

"이질다가 놈으로부터 프랑스 금화 두 닢을 받은 것이 그 증거입니다!"

"그가 이곳에 무엇 하러 왔을까? 무엇이 목적일까?"

"그건 저도 모릅니다, 폐하. 아무튼 그 녀석은 말 그대로 악마입니다. 폐하께서도 주의를 하시는 게 좋을 겁니다! 놈이 무슨 짓을 저지를지 모르니까요."

"그건 불가능해! 이 폐허에는 나의 부하가 2백 명이나 배치되어 있네. 그 녀석이 기어 들어올 구멍이 있을 리 없지! 들어오면 반드시 눈에 띌 테니까."

"맞는 말씀입니다만, 놈을 본 사람이 있습니다."

"그게 누군가?"

"이질다입니다."

"그럼 빨리 그 소녀를 조사하도록 하라! 발데마르, 이 재소자를 빨리 그 소녀에게 데리고 가게!"

그 순간 뤼팽은 꽁꽁 묶인 두 손을 앞으로 내밀어 보였다.

"놈과 겨루려면 힘든 싸움이 될 겁니다. 이런 상태로 제가 어떻게 제대로 해낼 수 있겠습니까?"

황제가 즉시 백작에게 명령을 내렸다.

"풀어줘라…… 그리고 수시로 내게 보고하도록……."

뤼팽은 살인마의 참혹한 이미지를 순발력 있게 대화에 끌어들임으로써 시간을 벌었고 또 수색의 주도권을 되찾을 수 있었다.

'아직 16시간이 남아 있다. 시간은 아직도 넉넉하다.'

뤼팽이 속으로 중얼거렸다.

뤼팽은 이질다가 살고 있는 곳으로 향했다. 그곳은 폐허를 수비하고 있는 2백 명의 병사들이 숙소로 쓰고 있는 부속 건물의 끄트머리에 위치해 있었다. 왼쪽의 한 채는 장교들의 숙소였다.

이질다는 숙소에 없었다.

백작이 부하 두 명을 보내어 이질다를 찾아오게 했다. 그런데 그들은 돌아와서 소녀의 모습을 본 사람이 아무도 없다고 보고했다.

소녀가 그 누구의 눈에도 뜨이지 않고 이 폐허 밖으로 나갔을 리는 만무했다. 그리고 르네상스 풍의 성곽은 2백 명의 병사들 가운데 거의 절반이 투입되어 지키고 있었음으로 그곳으로 들어갔을 리도 없었다.

더구나 소녀의 옆방에 살고 있는 한 중위의 부인이 자기 방 창문에서 한시도 눈을 떼지 않았는데, 소녀가 나가는 것을 보지 못했다고 자신 있게 말했다.

"그 소녀가 밖으로 나가지 않았다면 분명 자기 방에 있어야 할 게 아닌가? 그런데 없다니, 이게 어찌 된 일이지?"

답답하다는 듯 발데마르가 소리쳤다.

"이 방 위에 2층이 있소?"

뤼팽이 물었다.

"있기는 있지만, 여기서는 2층으로 올라가는 계단이 없소."

"아니, 있을 거요."

뤼팽은 어두운 구석에 살짝 열려져 있는 쪽문 하나를 가리켰다. 어둠 속에서 계단이라기보다는 사닥다리처럼 가파른 층계의 아랫부분의 조금 보였다.

"안 되오, 백작. 나를 먼저 올라가게 해주시오."

뤼팽이 쪽문으로 들어가려는 발데마르에게 말했다.

“어째서요?”

“위험할 수도 있소.”

뤼팽은 발데마르가 대답도 하기 전에 번개같이, 비좁고 지붕이 낮은 다락방으로 올라갔다.

그리고 다음 순간 뤼팽이 외마디 소리를 질렀다.

“아니!”

“왜 그러시오?”

뒤이어 올라온 백작이 물었다.

“여기 마룻바닥에…… 이질다가 쓰러져 있소…….”

뤼팽이 몸을 웅크리고 앉아 소녀를 살폈다. 잠깐 동안 살펴본 것만으로 그는 소녀가 정신을 잃었을 뿐이라는 것을 알았다. 소녀는 다른 외상은 없었고 손목과 팔에 긁힌 듯한 상처가 나 있었다.

그런데 소녀의 입에 재갈처럼 물려 있는 손수건이 예사롭지 않게 보였다.

“역시 그랬었군. 그 살인마가 방금 전까지 여기에 있었소. 이질다와 함께 말입니다. 우리가 왔기 때문에 그 녀석은 이 소녀를 주먹으로 쳐서 기절시킨 뒤 신음소리가 새나가지 않도록 손수건으로 재갈을 물려놓은 겁니다.”

“그렇다면 놈은 어디로 도망쳤을까요?”

“저 …… 그렇지, 저기…… 2층 전체의 다락방을 연결하는 통로가 보이죠?”

“그 다음에는 어디로……?”

"아마 그 다음에는 여러 개의 숙소 가운데 어느 한 계단을 통해 아래로 내려갔을 거요."

"그랬으면 누군가의 눈에 띄었을 텐데요?"

"글쎄요. 알 수 없는 일이죠. 놈은 그림자처럼 소리 없이 움직이는 재주를 가지고 있으니. 아무튼 당신의 부하를 풀어서 조사해보는 게 좋겠소! 1층 숙소와 다락방들을 샅샅이 뒤져야 할 거요."

뤼팽은 자신도 그 살인마를 뒤쫓는 일에 참가해야 할지 잠시 망설였다.

그런데 어떤 소리가 뤼팽의 주의를 소녀 쪽으로 다시 이끌었다. 소녀가 반쯤 일어나 앉아 있었고 한 다스 정도의 금화가 그녀의 손에서 쏟아져 내리고 있었다.

뤼팽이 금화를 집어들고 살펴보았다. 모두 프랑스 금화였다.

"이거 보시오. 내 생각이 틀리지 않다는 증거요. 그런데 놈은 왜 이렇게 많은 금화를 이 소녀에게 주었을까? 무엇을 얻어내려고?"

바로 그때 뤼팽의 눈에 마룻바닥에 떨어져 있는 한 권의 책이 들어왔다. 그는 몸을 굽혀 책을 주우려 했다. 그러나 그보다 조금 더 재빠른 동작으로 소녀가 그 책을 움켜쥐더니 품에 꽉 끌어안았다. 그 책은 어떤 힘으로도 빼앗을 수 없을 것같이 느껴졌다. 소녀는 책을 끌어안고 있는 팔에 온힘을 다 주고 있었다.

'그렇다, 바로 이거다! 이 금화는 저 책 때문에 준 거다. 그러나 소녀가 책과 금화를 맞바꾸길 거부했겠지. 팔과 손목의 긁힌 듯한 상처는 그 때문에 생겼으리라. 책을 강제로 빼앗으려 했을 때 말이다. ……그런데 그 살인마는 어째서 이 책을 갖고 싶어 했을까? 놈이 전에 본 적이 있는 책일까?'

뤼팽이 발데마르를 돌아보며 말했다.

"백작, 당신 부하들의 손 좀 빌립시다……."

발데마르가 신호를 했다. 세 병사가 소녀에게 덤벼들었다. 가련한 소녀가 울음을 터뜨리며 책을 빼앗기지 않기 위해 길길이 날뛰었다. 병사들은 소녀로부터 그 책을 겨우 빼앗을 수 있었다.

"진정하거라, 이질다. 우리는 나쁜 사람들이 아니란다…… 모두 다 너를 생각하고 있단다…… 백작, 소녀를 잘 붙들고 있으시오, 책을 살펴봐야 하니……."

뤼팽이 말했다.

그것은 적어도 100년은 된 것 같은 낡은 가죽표지의 책이었다. 몽테스키외 전집 가운데 한 권으로, 제목은 《그니드 신전 순례》였다.

책장을 펼쳐보던 뤼팽이 소리쳤다.

"아니, 이게 어떻게 된 일이지? 이거 참, 이상하군."

홀수 페이지마다 양피지가 발라져 있었고 그 위에 자잘한 글씨가 촘촘히 쓰여 있었다.

뤼팽이 처음 부분을 읽어보았다.

"1794년에 기록하기 시작한, 듀 퐁 벨덴츠 대공 전하의 충복인 프랑스인 질 드 말레히 경의 일기……."

"뭐라고! 그런 게 거기 쓰여 있소?"

백작이 놀라 소리쳤다.

"왜 그렇게 놀라시오?"

"2년 전에 죽은 이질다의 늙은 할아버지가 말라이히였는데, 그 이름을 독일식으로 고친 것이잖소."

"정말 그렇군요! 즉 이질다의 할아버지가 몽테스키외의 책에 일기를 쓴 프랑스 출신 가신의 아들이나 손자쯤 된다는 이야기군요. 그러니 이 일기가 이질다의 손에 있었겠지."

뤼팽이 손에 잡히는 대로 책을 떠들어 보았다.

"1796년 9월 15일, 전하께서 사냥을 하셨다. 1796년 9월 20일, 전하께서 말을 타고 외출을 하셨다. 타신 말은 큐피드."

"젠장. 시시껄렁한 이야기들뿐이로군. 흥미 있는 이야기는 아닌데."

뤼팽이 투덜거리며 다른 곳을 펼쳤다.

"1803년 3월 12일, 헤르만에게 프랑스 금화 10에퀴를 송금하다. 그는 현재 런던에서 요리사로 신분을 위장하고 숨어 있다."

뤼팽이 갑자기 웃음을 터뜨렸다.

"어허! 헤르만이 자리에서 쫓겨난 모양이군. 존칭이 이름으로 바뀌어버렸는데 그래."

"섭정이었던 대공작은 프랑스군에 의해 나라에서 쫓겨난 일이 있었소. 그때였던 모양이오."

발데마르가 설명을 덧붙였다.

뤼팽이 계속해서 글을 읽었다.

"1809년 화요일, 나폴레옹이 벨덴츠에서 숙박을 했다. 내가 황제 폐하의 잠자리를 봐드렸고, 이튿날 아침 요강도 비웠다…… 허어, 나폴레옹이 벨덴츠에 와서 머물렀군?"

"그렇소. 나폴레옹은 바그람까지 가는 오스트리아 원정 때 군대를 따라가던 중 여기서 하룻밤 머물렀던 적이 있소. 대공 일가는 나폴레옹을 모신 것을 매우 영광으로 생각하고 그 뒤 두고두고 자랑으로 삼았소."

뤼팽이 다시 책을 읽었다.

"1814년 10월 28일, 대공 전하께서 다시 돌아오셨다. 10월 29일, 오늘 밤 나는 전하를 은신처로 안내했다. 아무도 알아챌 수 없는 곳을 보여드려 나는 기뻤다. 누가 그런 은닉 장소가 있으리라고 상상이나 할 수 있겠는가……."

바로 그때, 뤼팽은 더 이상 책을 읽을 수가 없었다. 병사들이 방심한 틈을 타서 이질다가 뤼팽에게 달려들어 책을 잽싸게 빼앗아 달아났던 것이다.

"빨리 뒤쫓아라! 내가 여기서 뒤쫓을 테니, 아래로 내려가 도망갈 길을 차단해라……."

그러나 뤼팽의 외침이 끝나기도 전에 이질다가 문을 닫고 곧장 빗장을 질러버렸다. 뤼팽은 하는 수 없이 병사들처럼 아래로 내려가 부속 건물 바깥쪽을 돌아 2층으로 통하는 다른 통로를 찾아야 했다.

네 번째 숙소의 문만이 열려 있었다. 사람들은 그곳을 통해 2층으로 올라갈 수가 있었다. 그러나 복도에는 사람의 그림자조차도 찾아볼 수 없었다. 하는 수 없이 문을 하나하나 노크하고,

자물쇠를 비틀어 열어 텅 빈 방 안으로 뛰어들어야 했다. 발데마르도 화가 났는지 뽑아든 장검으로 커튼과 벽지를 이리저리 찔러댔다.

어디선가 부르는 소리가 메아리쳤다. 오른쪽 아래층으로부터 들리는 소리였다. 그들은 그곳을 향해 달려갔다. 복도의 한쪽 끝에서 한 장교의 부인이 그 소녀가 자기 방에 있다고 소리를 지르고 있었다.

"그 소녀가 안에 있다는 것을 어떻게 알았습니까?"

뤼팽이 물었다.

"내가 집안으로 들어가려는데 문이 닫혀 있었고 안에서 어떤 소리가 났어요."

과연 문이 굳게 잠겨 있었다.

"창문이 어디에 있지? 창문을 찾아라!"

뤼팽이 소리쳤다.

그러자 사람들이 뤼팽을 창문 밖으로 안내했다. 뤼팽은 재빨리 백작의 손에서 군도를 빼앗아 단번에 유리를 깼다.

뤼팽은 병사 두 명이 받쳐든 손을 밟고 올라가 깨진 유리창으로 손을 집어넣어 창문의 걸쇠를 벗기고 방 안으로 뛰어들었다.

이질다는 활활 타오르는 벽난로 앞에 웅크리고 앉아 있었다.

"아니, 지금 무슨 짓을 하는 거지! 불 속에 책을 집어넣어 버렸잖아!"

뤼팽은 소녀를 떠밀고 책을 꺼내기 위해 불속에 손을 집어넣었지만 뜨거워 견딜 수가 없었다. 그는 하는 수 없이 부젓가락으로 불속의 책을 꺼내 식탁보로 둘둘 말아 불을 껐다.

그러나 이미 늦어버렸다. 완전히 타버린 그 낡은 책은 이미 재가 되어 힘없이 잿빛 가루로 부서져 버렸다.

❧

뤼팽은 허망한 표정으로 재로 변한 책을 하염없이 바라볼 뿐이었다. 그때 백작이 입을 열었다.

"자신의 행동이 무슨 짓인지 알고 한 것 같지 않소?"

"아니, 그렇지 않습니다. 무의식적으로 한 행동일 겁니다. 이 아이의 할아버지가 이 책이 매우 소중한 가보이므로 아무에게나 보여서는 안 된다는 말을 했을 테고, 이 소녀의 무의식 속에 그 말이 자리잡고 있다 본능적으로 행동을 하게 만들었을 겁니다. 다른 사람들에게 내주느니 차라리 불에 태우는 것이 낫겠다는 판단이 섰겠죠."

"그럼 이제 어떻게 하죠?"

"어떻게 하다니요?"

"은닉 장소를 알 수 있는 방법이 사라져버렸지 않았소?"

"아 참, 그랬던가! 그런데 백작은 내가 마치 한순간이나마 성공하리라고 믿었던 것같이 말씀하시는군요? 당신은 이 뤼팽이 허풍쟁이에 거짓말쟁이라고 여기고 계시지 않았던가요? 걱정하지 마시오, 발데마르 백작. 뤼팽의 활에는 화살이 여러 개 있으니까요. 곧 그 문서를 반드시 찾아내 보여드리겠습니다.”

“내일 12시까지 말이오?”

“오늘 밤 12시까지로 하죠. 하지만 우선은 뭔가를 좀 먹어야 될 것 같소. 배가 고파 죽을 지경이오. 그렇게 다그치지만 말고 호의를 좀 베풀어주실 순 없겠소?”

뤼팽은 하사관 전용 식당으로 개조된 부속 건물 안으로 안내되었다. 거기서 뤼팽은 푸짐한 식사를 즐겼다. 그 사이 백작은 황제에게 상황을 보고하러 갔다. 20분 뒤 발데마르가 돌아왔다. 두 사람은 얼굴을 마주보고 자리에 앉아 깊은 생각에 빠져들었다.

“발데마르 백작, 맛 좋은 시가가 있으면 한 대 부탁합니다…… 고맙소. 아바나 산 고급 시가답게 조금만 눌러도 빠는 데가 터지는군.”

뤼팽이 시가에 불을 붙이고 담배를 즐기다 입을 열었다.

“백작, 내 앞이라고 참는 거요? 한 대 피우지 그러쇼?”

한 시간이 흘러갔다. 발데마르가 졸기 시작했다. 그는 졸음을 쫓으려는 듯 가끔 샴페인을 홀짝거렸다.

병사들이 시중을 들기 위해 부지런히 드나들었다.

“이봐, 커피 좀 갖다주게.”

뤼팽의 말이 떨어지자마자 커피가 날라져왔다.

“별로 맛이 없군.”

한 모금을 마시고 난 뤼팽이 중얼거렸다.

“황제나 되는 사람이 이런 맛없는 커피를 마시다니…… 백작도 한 잔 드시구려. 오늘 밤은 좀 길 겁니다. 커피맛 정말 형편없군!"

뤼팽이 다시 시가에 불을 붙여 아무 말도 없이 담배를 피우기 시작했다.

시간이 흘러갔다. 뤼팽은 움직이지도 않았고 말도 하지 않았다.

"자, 일어서시오!"

갑자기 발데마르가 벌떡 일어나더니 버럭 소리를 질렀다.

그때 뤼팽은 천천히 휘파람을 불고 있었는데 발데마르의 외침에도 불구하고 계속 휘파람을 불었다.

"일어서시오! 빨리 일어나요!"

그제야 뤼팽은 뒤를 돌아보았다. 황제가 뒤에 서 있었다.

뤼팽이 천천히 자리에서 일어섰다.

"어떤가, 잘 되어가고 있나?"

황제가 물었다.

"폐하, 곧 폐하의 마음을 충족시켜 드릴 수 있을 것 같습니다."

"그럼 드디어 알아냈나……?"

"은닉 장소 말씀입니까? 거의 그렇습니다. 아직 세부적인 것까지 완전히 알지는 못했습니다만…… 당장이라도 알게 될 것으로 확신하고 있습니다."

"이곳에 있다는 이야긴가?"

"아닙니다, 폐하. 저 르네상스 풍의 성곽까지 저와 함께 동행해 주셔야겠습니다. 하지만 아직 시간적 여유가 있으니, 폐하께서 허락해 주신다면 저는 지금부터 두어 가지를 생각해 봤으면 합니다.”

뤼팽은 대답도 기다리지 않고, 발데마르가 몹시 기분 나빠하는 것도 아랑곳하지 않고 그대로 털썩 자리에 앉았다.

잠시 뒤 멀리 떨어져서 백작과 이야기를 나누고 난 황제가 다시 돌아왔다.

“뤼팽, 이제 준비가 되었는가?”

뤼팽은 아무 대답도 하지 않았다. 황제가 다시 한 번 물었을 때, 뤼팽이 스르르 머리를 떨궜다.

“아니 이런! 이자가 잠이 든 모양이군!”

벌컥 화를 내며 발데마르가 뤼팽의 어깨를 세게 흔들었다. 그러자 뤼팽이 의자에서 굴러 떨어졌다. 뤼팽은 그대로 마룻바닥에 널브러져 두어 번 경련을 일으키더니 더 이상 움직이지 않았다.

“어찌 된 일이지?”

황제가 소리쳤다.

“설마 죽은 것은 아니겠지?”

황제가 직접 램프를 쳐들고 뤼팽을 들여다봤다.

“얼굴빛이 창백하군! 마치 밀랍처럼…… 발데마르, 확인해 보게…… 심장이 뛰고 있나……? 죽은 건 아니겠지?”

“폐하, 심장은 규칙적으로 뛰고 있습니다.”

맥박을 확인하고 난 백작이 대답했다.

"그렇다면 대체 뭐가 잘못된 거지? 도무지 알 수가 없군……
무슨 일이 일어난 거지?"

"의사를 불러올까요?"

"그래, 빨리 다녀오게."

의사가 도착했을 때도 뤼팽은 여전히 정신을 잃은 채 움직이
지 않았다. 의사는 뤼팽을 침대 위에 눕히고 오래 진찰을 한 끝
에 뤼팽이 먹은 음식에 대해 물었다.

"식중독이라고 생각되는가?"

"아닙니다, 폐하. 그런 징후는 없습니다. 그런데, 이 쟁반과 컵
은 무엇입니까?"

"커피를 먹었습니다."

백작이 대답했다.

"당신도 먹었습니까?"

"아닙니다. 이 사람 혼자서 마셨습니다. 저는 마시지 않았습
니다."

의사가 잔을 들어 입에 대고 입맛을 다셨다.

"역시 그렇군요. 이 사람은 수면제를 먹고 잠이 든 것입니다."

"어떤 자가 수면제를 탔지?"

황제가 불안한 표정으로 소리쳤다.

"어찌 된 일인가, 발데마르? 무슨 일을 이렇게 하지?"

"폐하……."

"그만 됐소! 이 사람 말대로 정말 이 성 안에 누군가가 숨어
든 것이 분명해. 그 금화며 이젠 수면제까지……."

"그러나 폐하, 만일 누군가가 이 성 안에 숨어들었다면 틀림없이 발각되었을 겁니다. 벌써 세 시간 동안이나 구석구석 수색하는 중이니까요."

"이 커피를 준비한 것은 분명 나는 아니야…… 그대가 한 짓일 리도 없을 테고……."

"폐하!"

"그러니 어서 샅샅이 찾아보게…… 쥐구멍을 뒤져서라도 찾아야 해…… 그대에게 2백 명의 병사가 맡겨져 있지 않은가? 병사의 수에 비하면 이 성은 그다지 넓지 않아. 아무래도 괴한은 이 건물의 주변, 어쩌면 취사장 부근을 어슬렁거리고 있을지도 모르지. 가서 빨리 찾아보게!"

뚱뚱한 발데마르는 밤새도록 눈을 부릅뜨고 돌아다녀야 했다. 황제의 명령이니 어쩔 수 없었지만 이토록 감시가 철저한 폐허 속에 수상한 사나이가 숨어 있다는 것은 불가능하다고 생각했다. 그러니 당연히 의욕이 있을 리 없었다. 아니나다를까, 수색은 헛되이 끝났고, 수면제가 들어 있는 커피를 준비한 사람도 여전히 오리무중이었다.

밤새도록 뤼팽은 침대 위에 누워 꼼짝도 하지 않았다. 환자의 옆을 밤새도록 지키고 있던 의사는 아침에 황제가 보낸 사자에게 환자는 여전히 의식이 없다고 알렸다.

9시쯤 환자는 처음으로 몸을 움직였다. 애써 의식을 찾으려는 노력 같아 보였다.

그 뒤 한참이 지나서 뤼팽이 중얼거리듯 말했다.

"지금이…… 몇 시요?"

"9시 35분입니다."

뤼팽이 다시 몸을 꼼지락거렸다. 반수면 상태에서 생기를 되찾아가고 있는 것이 느껴졌다.

시계가 10시를 쳤다.

뤼팽이 몸을 부르르 떨며 말했다.

"데려다 주시오…… 나를 성곽으로 데려다 주시오!"

의사가 동의를 하자 발데마르가 부하들을 불러모으기도 하고, 황제에게 보고를 하기도 했다.

뤼팽은 들것에 실렸다. 모두들 성곽을 향해 걷기 시작했다.

"2층으로!"

뤼팽이 중얼거리자 들것이 2층으로 옮겨졌다.

"복도 끝의 왼쪽 마지막 방으로……."

병사들이 뤼팽을 마지막 방으로 데리고 들어갔다. 그것은 12번째 방이었다. 의자가 한 개 날라져 왔다. 뤼팽은 그 위에 힘없이 앉혀졌다.

곧이어 황제가 도착했다. 그래도 뤼팽은 넋 나간 표정을 한 채 움직이지 않았다.

얼마나 지났을까. 뤼팽은 서서히 정신이 드는 모양이었다. 그는 주위의 벽과 천장, 사람들을 둘러보고 나서 말했다.

"수면제였소?"

"그렇습니다."

의사가 대답했다.

"범인은…… 잡았소?"

"아니오."

뤼팽은 무엇인가 생각하는 표정을 지었다. 깊이 생각하는 것처럼 고개를 숙인 채 몇 번을 끄덕였다. 그러나 잠시 뒤 사람들은 그가 또 잠들었다는 것을 깨달았다.

"발데마르, 자동차를 준비하게나."

"예? 그렇다면 결국……?"

"그래…… 나는 바보 취급을 당하고 있다는 생각이 들기 시작했네. 이자가 우리를 농락하고 있는 것 같아. 아무래도 이 모든 게 시간을 벌기 위한 수작인 것 같아."

"어쩌면…… 그럴지도 모릅니다, 폐하."

발데마르가 황제의 의견에 동의했다.

"틀림없어! 단순히 보면 몇 가지 흥미로운 우연의 일치를 밝혀내긴 했지만, 정작 아는 게 하나도 없어. 그 프랑스 금화와 관련된 얘기나 수면제 소동은 모두 이자가 만들어낸 장난에 불과해! 우리가 이자의 장난에 이렇게 끌려 다니다가는 머지않아 이자까지도 놓치고 말게 될 거야. 빨리 자동차를 부르는 것이 좋겠네, 발데마르."

백작이 자동차를 부르라는 지시를 하달하고 돌아왔다. 뤼팽은 아직까지도 잠들어 있었다. 방 안을 둘러보던 황제가 발데마르에게 물었다.

"이곳이 그리스신화에 나오는 전쟁과 지혜의 여신, 미네르바의 방이었지?"

"그렇습니다, 폐하."

"그런데 왜 여기 두 군데에 'N'이라는 글자가 쓰여 있는 것일까?"

발데마르가 방 안을 둘러봤다. 정말 'N'자가 두 개 있었다. 하나는 난로 위에, 다른 하나는 벽에 박혀 있는 고풍스러운 괘종시계 위에. 괘종시계는 절반 정도 망가져 복잡한 기계 부속들이 들여다보였다.

"저 두 개의 N은……."

발데마르가 무슨 말을 하려고 했을 때 뤼팽이 조금 몸을 움직이는가 싶더니 눈을 번쩍 뜨고 알아들을 수 없는 무슨 말을 중얼거렸다. 그리고 곧바로 뤼팽은 자리에서 벌떡 일어섰다. 그는 방을 가로질러 가더니 힘에 부쳐 또다시 쓰러졌다.

그것은 싸움이었다. 그의 의지가 마비되어 있는 신체와 두뇌와 신경에 대항하여 필사적으로 싸우고 있었다. 죽음에 직면해 있는 인간이 죽음에 대항하여, 삶이 끝없는 허무에 대항하여 싸우는 그런 싸움이었다.

뤼팽은 보기에도 몹시 고통스러워 보였다.

"몹시 괴로운가 봅니다."

발데마르가 중얼거리듯 말했다.

"아니면 고통을 연기하고 있는 거거나…… 정말 훌륭한 연기야. 대단한 희극배우로군!"

황제의 표정은 꽤 단호했다.

그때 뤼팽이 혀가 잘 움직이지 않는지 부정확한 발음으로 말했다.

"의사, 주사를 한 대 부탁하오. 카페인 주사…… 빨리…….”

"폐하, 어떻게 할까요?”

의사가 물었다.

"그렇게 하시오…… 정오까지는 저 사나이가 하자는 대로 해 주게. 그렇게 약속을 했으니까.”

"정오까지…… 몇 분 남았습니까?”

뤼팽이 신음소리 같은 질문을 던졌다.

"40분 남았소.”

"40분이라……? 가능할 것 같군…… 넉넉할 것 같아…… 반드시 하지 않으면 안 되지…….”

그는 두 손으로 머리를 감싸안았다.

"아아, 내 머리가, 집중만 할 수 있다면, 단 몇 초만이라도 제대로 생각할 수 있다면 곧장 끝날 텐데! 풀리지 않은 것은 딱 한 가지밖에 없는데…… 그것이 잘 풀리지 않아…… 집중을 할 수가 없어…… 도무지 정신을 붙잡을 수가 없어…… 아아, 괴롭다!”

뤼팽의 어깨가 크게 들먹거렸다. 흐느끼기라도 하는 것일까? 그러나 그는 되풀이해 중얼거리고 있었다.

"813…… 813…….”

뤼팽의 목소리가 조금 더 낮아졌다.

"813…… 8이 하나…… 1이 하나…… 3이 하나…… 그렇지! 맞아! ……그런데 왜……? 이것만으로는 아직 부족해…….”

황제가 그 모습을 보고 있다 중얼거렸다.

"보고 있는 것도 정말 괴롭군. 대단한 연기력이야. 저렇게 연기를 잘하는 배우는 처음 보는 것 같아."

시계가 30분을 가리키고…… 45분을 가리켰다. 곧 정각 12시였다.

뤼팽은 움직이지 않고 두 주먹으로 관자놀이를 누른 채 앉아 있었다.

황제는 정오가 되기만을 기다리고 있었다.

발데마르는 들고 있는 시계를 뚫어지게 들여다보며 시간을 중계했다.

"앞으로 10분…… 앞으로 5분……."

"발데마르, 자동차 준비는 됐는가? 그대의 부하들도 와 있겠지?"

"예, 폐하!"

"그대의 그 정밀한 시계는 종이 울리는가?"

"예, 울립니다, 폐하."

"그럼, 정오의 마지막 종이 울리거든 이자를 곧장 데려가게."

"하지만……."

"정오의 마지막 종이네, 발데마르!"

분위기는 일종의 엄숙함과 비장함까지 감돌았다. 최후의 순간에 과연 기적이라도 일어날 것인가. 마지막 종소리는 운명의 목소리가 틀림없었다.

황제도 초조함을 감추지 않았다.

황제는 이자가 아르센 뤼팽이라는 것도, 처세술에 능통한 거짓말쟁이라는 것도, 놀라운 사기꾼이라는 것도 알고 있었지만 마음이 흔들렸다. 수상한 작태에 대해 단호하게 종지부를 찍어야 한다는 결심이 서 있기는 했지만 혹시나 하며 어찌 기대하는 마음이 없을까.

앞으로 2분…… 앞으로 1분…… 사람들은 이미 초를 세고 있었다.

뤼팽은 여전히 움직이지 않았다. 잠들어 있는 것처럼 보였다.

"자, 준비를 하게."

황제가 백작에게 명령하자 발데마르가 뤼팽에게 다가가 어깨에 손을 얹었다. 그리고 그 순간 백작의 정밀 시계가 맑은 종소리를 내기 시작했다…… 하나, 둘, 셋, 넷, 다섯…….

"발데마르 백작, 낡아빠진 저 시계의 추를 당기시오."

갑자기 들려온 목소리에 사람들이 깜짝 놀랐다. 태연하고 침착하게 말한 사람은 다름 아닌 뤼팽이었다.

발데마르는 명령조의 말투에 어찌 할 바를 몰라 하며 어깨를 한 번 으쓱해 보였다.

"하라는 대로 하게."

황제가 말했다.

"그래, 그대로 하시오, 백작!"

뤼팽 특유의 빈정거리는 듯한 어조였다.

"하라면 하라는 대로 해야지. 어려운 일도 아닌데 뭐. 시계의 추를 잡아당기기만 하면 돼…… 번갈아…… 하나, 둘…… 그렇지. 옛날에는 바로 그렇게 태엽을 감았었소."

시계추가 흔들리기 시작했다. 규칙적으로 똑딱똑딱 소리가 들려왔다.

"이번에는 바늘이오. 바늘을 12시 조금 전으로 돌려놓으시오…… 그래, 거기서 멈춰요. 나머지는 나에게 맡겨두시오……."

뤼팽이 자리에서 일어나 천천히 시계를 향해 걸어갔다. 시계 앞에서 걸음을 멈춘 뤼팽이 뚫어지게 시계를 쳐다봤다.

다음 순간 열두 시를 알리는 종소리가 무겁게 울려 퍼졌다.

긴 침묵이 이어졌다. 그러나 아무 일도 일어나지 않았다. 그런데도 황제는 마냥 기다리고 있었다. 무슨 일인가가 반드시 일어날 것이라고 믿는 사람처럼. 발데마르 역시 큰 눈을 부릅뜬 채 움직이지 않았다.

문자판 앞에 코를 대고 들여다보고 있던 뤼팽이 고개를 들며 중얼거렸다.

"됐어…… 역시 그랬었군……."

다시 자기 자리로 돌아와 앉은 뤼팽이 지시를 내렸다.

"발데마르 백작, 다시 한 번 바늘을 12시 2분 전으로 만드시오. 아니, 그러면 안 되오! 바늘을 거꾸로 돌려서는 안 되오. 바늘이 움직이는 방향으로 돌리시오…… 그렇지! 좀 시간은 걸리겠지만 천천히…… 별수 없잖소."

그렇게 해서 모든 시간, 모든 30분마다, 11시 30분까지의 모든 종소리가 울려 퍼졌다.

"발데마르 백작, 잘 들으시오. 당신도 보일 거요. 문자판 위에서 1시를 나타내는 작고 동그란 점 말이오. 그 점에 오른손 집게 손가락을 대고 눌러보시오. 됐소. 이번에는 3시를 나타내는 점을 엄지손가락으로 누르시오. 됐소…… 이번에는 왼손으로 8시를 나타내는 점을 누르시오. 됐소, 고맙소. 이제 가서 앉아도 좋소."

잠시 뒤, 시계의 큰바늘이 덜컥 움직여 12시의 점에 가서 닿았다. 그러자 다시 12시의 종소리가 울려 퍼지기 시작했다.

뤼팽은 창백한 얼굴로 아무 말도 없었다. 침묵을 가르며 열두 번의 종이 차례로 울려 퍼질 뿐이었다.

열두 번째의 종이 울릴 때 무엇인가 걸리는 듯한 어떤 금속음 같은 것이 들렸다. 그리고 동시에 시계가 딱 멈췄다. 추도 몇 번 흔들리다 멈춰 더 이상 움직이지 않았다.

그 순간 문자판 위에 올라앉아 있던 구리로 된 숫산양의 머리가 아래로 미끄러지며, 그 뒤에서 돌을 깎아 만든 작은 벽장이 나타났다.

그 벽장 속에 섬세하게 세공한 장식이 있는 문제의 작은 상자가 들어 있었다.

"아…… 그대가 옳았소!"

황제가 외쳤다.

"이제야 믿으시겠습니까, 폐하?"

뤼팽이 작은 상자를 집어들어 황제에게 공손히 바쳤다.

"폐하, 직접 열어보시기 바랍니다. 저에게 찾으라고 지시하신 그 편지는 이 속에 있습니다.”

황제가 뚜껑을 열었고…… 곧바로 몹시 놀란 표정을 지었다.

상자는 텅 비어 있었던 것이다!

상자는 텅 비어 있었다!

누구도 예기치 못했던 사건의 대반전이었다. 뤼팽의 추리가 맞아떨어졌고, 또 괘종시계의 기발한 비밀 장치까지 알아낸 뒤였으므로 최후의 성공을 믿어 의심치 않았던 황제는 몹시 혼란스러웠다.

황제의 앞에 서 있던 뤼팽도 핏기를 잃고 턱을 덜덜 떨고 있었다. 그의 눈은 무기력한 분노와 증오로 불타고 있었다. 잠시 뒤 뤼팽이 이마의 땀을 닦으며 그 작은 상자를 조사하기 시작했다. 뒤집어보기도 하고 또 밑바닥이 두 겹은 아닌지 살폈다. 뤼팽은 몇 번씩 거듭 조사를 하다 모두 쓸모 없는 일임을 깨닫고 마침내 무서운 괴력을 발휘해 작은 상자를 부셔버렸다.

그것으로 좀 분이 풀렸는지 뤼팽이 긴 한숨을 쉬었다.

황제가 입을 열었다.

“어떤 자의 짓 같은가?”

“범인은 언제나 똑같습니다, 폐하. 저와 같은 목표를 가지고 같은 길을 걷고 있는 바로 그 녀석, 케셀바흐를 암살한 바로 그

녀석입니다."

"언제 이런 짓을……?"

"바로 어젯밤입니다. 아, 폐하께서 저를 교도소에서 자유롭게 내보내주시지 않은 것이 한스러울 뿐입니다! 제가 자유로웠다면, 저는 이곳으로 곧장 달려왔을 겁니다. 그 녀석보다 먼저 왔을 겁니다. 제가 그자보다 먼저 이질다에게 금화를 주었을 것이고, 그 녀석보다 먼저 프랑스 출신의 가신인 말라이히의 일기를 읽었을 것입니다."

"그렇다면 그대는 그자가 그 일기를 단서로……?"

"그렇습니다, 폐하! 그 녀석에게는 그 일기를 충분히 검토할 시간이 있었습니다. 그 뒤 놈은 제가 알지 못하는 어둠 속에 숨어 우리들의 모든 행동을 감시하다, 제가 알지 못하는 어떤 자를 시켜 저를 잠들게 한 것입니다!"

"하지만 성곽은 철저히 경비를 하고 있었네."

"물론 폐하의 병사들이 경비를 하고 있었습니다. 하지만 그 녀석에게 그 정도의 경비가 무슨 소용이 있었을지 의문입니다. 게다가 발데마르 백작은 수색의 목표를 부속 건물에 집중시키고 있었음으로 성곽의 문이나 입구는 오히려 감시가 소홀했을 게 틀림없습니다."

"그렇다면 저 시계의 종소리는? 한밤중에 이 비밀 벽장을 열었다면 조금 전과 같은 시끄러운 종소리가 울려 퍼지지 않았겠나?"

"그건 어려운 일이 아닙니다, 폐하! 시계의 종소리가 나지 않게 하는 일이 뭐 그리 어렵겠습니까!"

"내가 보기에는 불가능한 일이야."

"폐하, 제가 보기에는 모든 것이 아주 명백합니다. 지금 곧 폐하의 병사들 주머니를 조사할 수만 있다면…… 아니, 그들이 앞으로 1년 동안 사용하는 금전을 파악할 수 있다면…… 틀림없이 폐하의 병사들 가운데 두세 명은 프랑스 지폐 다발을 소지하고 있을 것입니다."

"설마, 그럴 리가요!"

발데마르가 이의를 제기했다.

"백작, 아무 말 마시오. 문제는 오직 돈의 액수일 뿐이오. 그녀석은 돈이 문제가 아닙니다. 그 녀석이 마음만 먹으면 아마당신까지도 매수를……."

황제는 깊은 생각에 빠져 뤼팽의 말을 듣고 있지 않았다. 그는 방 안을 왔다갔다했다. 그러다 복도를 지키고 있던 한 장교에게 말했다.

"내 자동차를 준비하라…… 모두 떠날 준비를 하도록…… 출발이다!"

황제가 걸음을 멈추고 잠시 뤼팽을 바라봤다. 잠시 뒤 황제가 백작에게 말했다.

"발데마르, 그대도 곧 출발하게…… 곧장 파리로 가는 걸세……."

뤼팽은 곧이어 발데마르가 조그만 목소리로 다음과 같이 대답하는 것을 들었다.

"감시병을 한 10명쯤 더 늘려주셨으면 합니다. 워낙 다루기 힘든 친구라서……."

"몇 명이건 마음대로 데리고 가게. 빨리 움직여야 하네. 무슨 일이 있더라도 오늘 밤 안에는 당도하도록……."

뤼팽이 어깨를 으쓱해 보이며 중얼거렸다.

"다 쓸데없는 짓이오……."

황제가 뤼팽을 돌아다보았다. 뤼팽이 다음 말을 이었다.

"사실이 그렇습니다, 폐하. 모두 쓸데없는 일일 뿐입니다. 발데마르 백작은 저를 지킬 수 없습니다. 제가 도망친다는 것은 기정사실입니다. 그리고……."

뤼팽이 힘을 주어 발을 쿵 소리가 나도록 굴렀다.

"폐하, 앞으로 저는 더 이상 시간을 낭비하지 않겠습니다. 폐하께서는 이 싸움을 단념하셨는지 모르겠지만, 저는 결코 아닙니다. 저는 이제 막 시작했습니다. 시작한 이상 저는 반드시 해내지 않으면 못 견디는 성격입니다."

"나도 아직 단념하지는 않았네. 다만 이 일을 나의 경찰력에 맡기려는 것뿐이지."

뤼팽이 큰 소리로 웃기 시작했다.

"폐하의 말씀에 웃음을 터트려 죄송합니다. 하지만 웃지 않을 수 없군요…… 폐하의 경찰력을 생각하니 웃음을 터뜨리지 않을 수가 없었습니다. 폐하의 경찰도 다른 경찰들과 무엇이 틀리겠습니까? 있으나 없으나 마찬가지일 겁니다. 그리 큰 도움은 되지 못할 것입니다. 폐하, 그리고 저는 라 상테 교도소로 돌아가지 않습니다. 교도소 생활 따위는 아무렇지도 않습니다만, 지금 제가 이 일을 하기 위해서는 자유가 절실합니다. 그 미지의 인물과 싸우기 위해 저는 제 자신의 자유를 확보하겠습니다."

황제는 초조한 표정이었다.

"그 사나이가 어떤 자인지조차도 그대는 모르고 있지 않은가?"

"폐하, 틀림없이 알아내겠습니다. 그것은 저만이 할 수 있는 일입니다. 녀석도 저만이 그것을 알 힘이 있다는 것을 알고 있습니다. 제가 그 녀석의 유일한 적입니다. 그 녀석이 공격하는 것은 오직 저 한 사람뿐입니다. 그자가 상처를 입히려고 노리는 것은 저 하나뿐입니다. 전날 그 녀석이 총으로 노린 것도 저였습니다. 어젯밤 그 녀석이 자유롭게 돌아다니기 위해서도 저 하나만 잠들게 하면 되었습니다. 싸움은 우리 둘 사이에서 행해지고 있습니다. 다른 분들과는 전혀 관계가 없는 일입니다. 그 누구도 저에게 도움이 되지 않고 그 녀석에게도 도움이 되지 않습니다. 녀석과 저는 오로지 자신들뿐입니다. 이제까지는 행운이 녀석의 편이었습니다. 하지만 최후의 승자는 바로 제가 될 것입니다."

"어째서?"

"제가 그자보다 강하기 때문입니다."

"그자가 그대를 죽이려고 하면?"

"그자는 저를 죽일 수 없습니다. 제가 그자의 발톱과 이빨을 뽑아 무력하게 만들 것입니다. 반드시 그 편지를 손에 넣겠습니다. 제가 그것을 되찾는 것을 방해할 사람은 이 세상에 존재하지 않습니다.”

뤼팽의 말 속에 어찌나 강한 신념이 배어 있던지, 그는 이미 이루어진 것을 말하는 듯싶었다.

황제는 그렇게 자신의 신념을 당당하게 이야기하는 뤼팽 앞에서 조금씩 마음이 흔들리고 있었다. 그것은 일종의 경외감이었으며, 당당한 신념이 만들어내는 믿음이었다. 이 사내 대장부와 손잡는 것을 주저하는 이유는 단순히 자신의 소심함 때문이라는 것을 황제도 인식하고 있었다.

황제는 어떻게 해야 좋을지 몰라 복도에서 창가 사이를 계속 왔다갔다했다.

마침내 황제의 입이 열렸다.

“그런데, 그 편지가 어젯밤에 도난당했다는 것을 그대는 어떻게 아는가?”

“날짜가 적혀 있습니다, 폐하.”

“뭐라고?”

“저 은닉 장소를 감추고 있는 청동상의 안쪽 부분을 살펴보십시오. ‘8월 24일 한밤중’이라고 백묵으로 씌어져 있습니다.”

“과연…… 그렇군…… 어째서 저걸 보지 못했을까.”

황제가 다음 궁금증을 물었다.

“벽에 씌어 있는 그 두 개의 ‘N’자 말야…… 그것이 뭔지 잘 모르겠어. 이곳은 미네르바의 방인데 말일세…….”

“그런 의미가 아니라, 이곳은 프랑스의 황제 나폴레옹이 하룻

밤 머무르신 방입니다.”

“자네가 그걸 어떻게 아는가?”

“폐하, 발데마르 백작에게 물어 보십시오. 그 늙은 가신의 일기를 주워 읽다 문득 깨달은 일입니다. 셜록 홈즈도 저도 잘못 짐작하고 있었습니다. 헤르만 대공이 임종 때에 남긴 그 불완전한 단어 ‘Apoon’은 아폴론(Apollon)의 약자가 아니라 나폴레옹(Napoleon)에서 철자가 몇 개 빠진 것이었습니다.”

“과연…… 그렇군.”

황제가 감탄하며 말했다.

“같은 철자가 그 두 낱말에 똑같은 순서로 배열되어 있군. 그대 말대로 분명 대공작이 나폴레옹이라고 쓰려고 했다는 생각이 드네. 그렇다면 그 ‘813’이라는 숫자는 무슨 의미인가……?”

“아, 그건 제가 해석하기 가장 어려웠던 부분입니다. 저는 처음부터 813이라는 이 세 개의 숫자를 서로 더해야 한다고 생각했었습니다. 그렇게 하여 나온 숫자 ‘12’는 복도를 따라 늘어서 있는 열두 번째의 방을 뜻한다는 생각이 들었습니다. 그러나 이것만으로는 충분하지 못했습니다. 뭔가 아직 모자란다는 생각이 들었습니다. 그 모자라는 것이 무엇인지 수면제에 의해 둔해진 제 머리로는 쉽게 감이 잡히지 않았습니다. 그런데 괘종시계를 보는 순간 12라는 숫자가 정각 12시를 뜻한다는 것을 깨달았습니다. 그렇다면 정오인가? 자정인가? 12시라는 시간은 끝과 시작, 시작과 끝의 기점임으로 둘 다 의미를 부여할 만한 시간이어서 사람들이 즐겨 선택하는 시간입니다. 그런데 어째서 그 세 개의 숫자 8, 1, 3이 선택된 것일까요? 그 많고 많은 숫자의 조합 중에서 말입니다. 세 개를 더해서 12를 만들 수 있는 숫자는 그 밖에도 얼마든지 있는데 말입니다. 그 때문입니다. 제가 시험삼아 시계가 울리도록 한 이유 말입니다. 그 결과 1시와 3시와 8시를 의미하는 점이 조금씩 흔들거리는 것이 보였습니다. 결국 1, 3, 8 이라는 세 개의 숫자에 해당되는 점을 누르면 비밀장치가 움직이게 한 것입니다. 그 다음 일은 폐하께서 아시는 바와 같습니다……."

황제의 얼굴에 감탄하는 빛이 역력했다.

"폐하, 이것이 그 수수께끼의 단어와 세 개의 숫자가 가진 의미입니다. 죽음에 직면한 대공작이, 뒷날 자신의 후손이 벨덴츠의 비밀을 발견하고 자신이 손수 감추어 둔 귀중한 문서를 소유할 수 있도록, 자유롭지 못한 손끝으로 남겨놓은 기록인 것입니다."

황제는 열심히 뤼팽의 설명을 경청했다. 황제는 뤼팽의 재치와 통찰력과 섬세함이 놀라울 뿐이었다.

"발데마르!"

"예, 폐하?"

그러나 황제가 입을 열려는 순간 복도에서 날카로운 외침소리가 들려왔다. 발데마르가 급히 달려나갔다 돌아왔다.

"그 정신나간 소녀입니다. 지금 못 들어오게 막고 있습니다, 폐하."

“들여보내 주시오!”

뤼팽이 명령이라도 하듯 소리쳤다.

“빨리 그 소녀를 이리로 들여보내도록 하십시오, 폐하!”

황제가 눈짓하자 발데마르가 이질다를 데리러 나갔다.

들어오는 소녀를 보고 사람들이 모두 놀랐다. 여느 때의 핏기 없고 창백하던 얼굴이 검은 반점으로 뒤덮여 있었다. 경련을 일으키고 있는 눈과 코가 말할 수 없이 고통스러워 보였다. 그녀는 숨이 막히는 듯 뒤틀리는 두 손으로 가슴을 쥐어뜯었다.

“아니, 이런!”

뤼팽이 몹시 놀라 소리쳤다.

“대체 무슨 일이 벌어진 건가?”

황제가 물었다.

“폐하, 의사를 불러주십시오! 1초가 급합니다!”

뤼팽이 그렇게 외치고 나서 소녀에게 다가갔다.

“말해보거라, 이질다…… 너는 뭔가 보았지? 무슨 할 말이 있지?”

소녀의 깜박이지 않는 두 눈에 고통의 불길이 타오르고 있었다. 그녀는 무슨 말인가를 하려 했으나 입 밖으로 소리가 되어 나오지 못했다.

“이질다, 내가 물어보면 그냥 ‘예’라든가 ‘아니오’라고 고개를 흔들어. 너는 그를 보았지? 그가 어디에 있는지 알지? 그가 누구인지 알고 있지? ……이질다, 네가 대답을 하지 않으면…….”

뤼팽은 답답해서 자신의 가슴을 쳤다. 그러다 그는 문득 어제의 일을 생각해냈다. 그는 소녀가 이성을 잃지 않았던 시절의 기억을 보다 많이 하고 있음을 깨닫고 흰 벽 위에 커다랗게 'L' 과 'M'을 썼다.

소녀는 두 개의 글자를 향해 두 손을 들어 올렸다. 그리고는 긍정하는 것처럼 고개를 끄덕여 보였다.

"그래 잘했어! 그리고……? 이번에는 네가 한 번 써보렴."

그러나 그 순간 소녀는 끔찍스러운 신음소리를 내질렀다. 그리고 곧바로 마룻바닥에 쓰러져 나뒹굴었다.

갑자기 적막이 이어졌고 소녀가 몸을 한 번 부르르 떨었다. 그것뿐, 소녀는 더 이상 꼼짝도 하지 않았다.

"죽었는가?"

황제가 물었다.

"독살된 것 같습니다, 폐하."

"이런! 가엾게도…… 대체 어떤 자의 짓인가?"

"이번에도 그 녀석의 짓입니다. 폐하, 아마도 이 소녀가 그자를 알고 있기 때문일 겁니다. 이 소녀가 입을 열까봐 두려웠던 것이 틀림없습니다."

의사가 달려왔다. 황제는 이질다를 손가락으로 가리킨 다음 발데마르를 향해 말했다.

"비상이다! 모든 곳에 병력을 배치하고 이 건물을 이 잡듯이 수색해! 국경의 각 역에는 전보를 띄우도록……."

황제가 뤼팽에게 다가갔다.

"그 편지를 되찾는 데 얼마쯤 걸리겠나?"

"한 달입니다, 폐하."

"좋네. 여기에 발데마르 백작을 대기시키도록 하겠네. 백작에게 그대를 지원하도록 나의 모든 권한을 위임하도록 하겠네."

"제가 바라는 것은 단지 저의 자유입니다."

"지금부터 그대는 자유일세……."

황제는 그렇게 말하고 자리에서 일어났다. 뤼팽은 떠나가는 황제를 물끄러미 바라보았다. 그러면서 속으로 중얼거렸다.

"그래, 우선 자유다…… 오래지 않아 그 편지를 넘겨줄 때는, 그때는 황제가 나에게 악수를 청하게 될 것이다. 황제와 도둑의 악수…… 황제, 그 악수를 통해 그동안 까다롭게 군 것을 뉘우치도록 할 것이외다. 사실이, 그렇지 않소? 황제, 생각해 보시오. 좀 심하긴 굴긴 했지. 내가 라 상테 호텔의 그 편안함을 버리면서까지 봉사했는데, 그렇게 거드름을 피우며 까탈을 부리다니…… 다음에 만날 때는 후회하도록 해드리리다. 머지않아서 말이오!"

일곱 도둑

"마님, 손님이 오셨는데요?"

돌로레스 케셀바흐는 하인이 건네준 명함을 한 장 받아들었다. '앙드레 보니'라고 적혀 있었다.

"모르는 사람인데……."

케셀바흐 부인이 고개를 갸웃거리며 말했다.

"손님이 꼭 뵙고 싶다고 하십니다. 그분의 말씀이, 마님께서 오시기를 기다리고 계신다고……."

"아, 그렇다면…… 그럴지도 모르겠군…… 이리로 모시도록 하세요."

생애 최악의 순간이었던 그 비참한 사건이 있은 후 돌로레스 케셀바흐 부인은 잠시 브리스톨 호텔에서 기거하다 얼마 전 파시 비뉴 가에 있는 조용한 저택에 보금자리를 잡았다.

집 뒤에는 아름다운 정원이 있었다. 이 정원은 무성한 나무들에 의해 다른 집 정원과 자연스럽게 경계가 나누어져 있었다. 심한 발작이 그녀에게 덧문을 내리고 남의 눈을 피해 자기 방에 틀어박혀 있게 만들곤 했다. 그러나 그녀는 가끔 나무그늘에 누워 슬픈 운명에 저항할 힘조차 없는 자신의 팔자를 위로하곤 했다.

오솔길의 모래를 밟는 발소리가 들려왔다. 곧 하인의 안내를 받아 한 젊은이가 나타났다. 맵시 있는 몸집에 산뜻한 옷차림을 하고 있었지만, 옛날 화가의 옷차림을 생각나게 하는 깃이 접힌 셔츠와 감색 바탕에 흰 물방울 무늬가 듬성듬성한 넥타이를 매고 있었다.

하인이 손님을 남겨두고 물러갔다.

"앙드레 보니 씨라고 하셨지요?"

돌로레스 케셀바흐 부인이 물었다.

"예, 그렇습니다. 부인."

"저는 누구신지 잘 모르겠는데요……."

"아니, 아실 것입니다. 제가 주느비에브의 할머니이신 에르느몽 부인의 친구라는 것을 아시고, 부인께서는 가르쉬에 사시는 그 노부인께 저를 한 번 만나고 싶다고 편지를 보내시지 않았습니까. 그래서 이렇게 찾아뵙게 된 것입니다."

돌로레스 부인이 자리에서 일어섰다.

"아아, 당신이 바로 그……."

“예, 그렇습니다.”

그녀는 벌린 입을 다물지 못했다.

“정말로 당신인가요? 전혀 다른 분으로 보이는데요.”

“정말 폴 세르닌 공작을 못 알아보시겠다는 말씀인가요?”

“정말…… 아무데도 닮은 데가 없어요. 이마도…… 눈도……
그리고…….”

“그리고 신문에 실린 라 샹테 형무소의 재소자도 이런 얼굴
이 아니었다고 말씀하고 싶은 거죠? 하지만 틀림없이 맞습니
다.”

젊은이가 빙긋 웃으면서 말했다.

두 사람 사이에 어색하고 거북한 침묵이 흘렀다.

“어떤 용건인지 들어볼까요……?”

그가 침묵을 깨며 말했다.

“주느비에브가 말씀드리지 않았습니까?”

“저는 아직 만나지 못했어요…… 그녀의 할머니가 부인께서
뭔가를 저에게 부탁하고 싶은 일이 있다고 하셨을 뿐입니다.”

“그렇습니다…… 바로 그렇습니다.”

“뭔데요? 도움이 된다면 좋겠습니다만…….”

돌로레스 케셀바흐 부인이 잠시 머뭇거리더니 이윽고 중얼거
리듯 말했다.

“저는 무서워요.”

“무섭다고요?”

“예.”

그녀의 대답에는 힘이 없었다.

"저는 무서워요. 모든 것이 다 무서워요. 현재도, 내일도, 모레도…… 살아 있는 일 자체가 무서워요. 너무나도 괴로워요…… 더 이상 참을 수가 없어요."

깊은 동정이 닮긴 눈길로 젊은이가 그녀를 뚫어지게 바라보았다. 전부터 이 부인에게 끌려온 그 복잡한 감정이 부인의 심경 고백에 한층 더 연민이 느껴지며 분명해지는 것 같았다. 그것은 어떤 조건도 없이 그녀를 위해 온 정성을 쏟고 싶은 심정이었다.

"지금 저는 외톨이에요. 임시로 고용한 하인들에게 둘러싸여 사는 외톨이에요. 그것이 저는 무서워요…… 제 주변에서 나쁜 흉계가 꾸며지고 있는 것 같은 생각이 들어서 무서워요."

"그럴 만한 이유라도……?"

"모르겠어요. 적이 제 주변을 어슬렁거리기도 하고, 가까이 다가오고 있는 것 같은 느낌이 들어요."

"누굴 보았습니까? 뭔가 수상쩍은 것을 보기라도 했습니까?"

"예. 이삼 일 전이었어요. 집 앞을 두 사나이가 계속 왔다갔다 했어요. 한참 동안 집 앞에서 걸음을 멈추고 서 있기도 했어요."

"어떻게 생긴 남자들이었습니까?"

"그중 한 사람은 자세히 봤어요. 몸집이 크고 수염이 없는 얼굴이었는데 잘생긴 사나이였어요. 검은 빛깔의 아주 짧은 웃옷을 입고 있었고요."

"그 옷차림이 카페의 종업원 같지 않았습니까?"

"예, 맞아요. 호텔의 지배인 같은 차림이었어요. 하인에게 뒤를 밟게 했는데 그 사나이는 퐁프 가(街)로 접어들어 그곳의 왼쪽 첫번째 집, 아래층이 술집인 어느 지저분한 집으로 들어갔다는 거였어요. 그리고 또 어젯밤에도……."

"어젯밤에는 어땠습니까?"

"저의 방 창문을 통해 정원에서 서성이는 사람 그림자를 보았어요."

"그뿐입니까?"

"예."

그는 생각에 잠겼다가 이렇게 말했다.

"제 친구를 두 명쯤 아래층에 머물게 하는 것이 어떻겠습니까?"

"두 사람씩이나 말인가요?"

"걱정하실 건 없습니다. 샤롤레 영감과 그의 아들인데, 아주 선량한 사람들이지요. 겉으로 보기에도 절대 불량배 같지는 않습니다. 그 두 사람이 있으면 안심이 되실 겁니다. 그런데……."

그는 잠시 망설였다. 그는 그녀가 얘기를 계속해 달라고 하기를 바랐다. 그러나 그녀가 아무 말도 하지 않으므로 하는 수 없이 그가 다시 머쓱하게 말을 꺼냈다.

"그런데 말입니다. 저는 여기서 남의 눈에 띄지 않는 편이 좋을 것 같군요…… 그래요. 그 편이 부인에게도 좋을 듯싶고요…… 이쪽 상황은 제 친구들을 통해 신속히 보고를 받도록 하겠습니다."

그는 돌로레스 부인과 천천히 좀더 여러 가지 이야기도 나누고 그녀 곁에 앉아서 그녀를 위로도 해주고 싶었다. 그러나 그는 부인의 태도에서 이제 볼일이 모두 끝났다는 인상을 받았다. 더 이상 말하면 실례가 될 거라는 생각이 들었다. 그래서 그는 공손히 인사를 하고 그대로 물러 나왔다.

밖에는 비가 내리고 있었다. 그는 빠른 걸음으로 정원을 가로질렀다. 빨리 밖으로 나가 자신의 격한 감정을 가라앉힐 생각이었다. 하인이 입구에서 그를 기다리고 있었다. 그가 막 문을 나가려는데, 웬 아가씨가 초인종을 누르는 것이 보였다.

그는 깜짝 놀라지 않을 수 없었다.

"주느비에브!"

주느비에브가 놀란 눈을 하고 그를 뚫어지게 쳐다보았다. 그녀는 곧 너무나 젊어진 남자의 눈빛을 알아본 것 같았다. 그녀의 눈동자가 흔들렸다. 그녀가 비틀거리며 손으로 문을 짚었다.

그는 얼른 모자를 벗었다. 그리고 손을 내밀어 악수를 청하려다 다시 손을 거두며 그녀를 물끄러미 바라보았다. 그녀가 악수를 받아줄 것인가? 이미 그는 세르닌 공작이 아니라 아르센 뤼팽일 뿐이었다. 게다가 그녀는 그가 교도소에서 막 나왔다는 것도 알고 있었다.

그녀가 들고 있던 우산을 하인에게 건네며 떨리는 목소리로 말했다.

"이것을 펴서 말려주세요……."

그녀는 젊은 남자를 그대로 지나쳐 성큼성큼 안으로 들어갔다.

뤼팽은 그대로 자리를 뜰 수밖에 없었다.

'아, 이런 딱한 친구 같으니…… 신경이 예민한 자네 같은 사람에게 이런 일은 상당한 충격이 아닐 수 없지. 마음을 굳게 먹어야 돼, 뤼팽. 흔들리지 말아야 돼…… 제기랄, 눈시울이 젖기 시작하는군! 좋지 않아. 자네도 이젠 늙은 모양이군!'

뮈에트 가에서 뤼팽은 비뉴 가로 가기 위해 큰길을 가로지르는 젊은이의 어깨를 손으로 툭 쳤다. 젊은이가 걸음을 멈추고 뤼팽을 살폈다.

"죄송합니다. 누구시더라……?"

"르뒤크, 정신차리게. 그새 기억력이 형편없어졌나 보군? 생각 안 나나, 베르사이유에 있는 '두 황제 호텔'의 그 좁은 자네의 방에서 있었던 일이……?"

"당신이군요!"

젊은이는 깜짝 놀라 한 걸음 뒤로 물러섰다.

"그래 바로 날세. 세르닌 공작, 아니지…… 이미 자네도 알고 있는 바와 같이 뤼팽일세. 혹시 자네, 뤼팽이 죽어버렸을 것이라고 생각하고 있었나? 아, 그것도 무리는 아니지. 그런데 자네는 내가 교도소에 들어간 것을 기뻐했던 것 같군…… 아직도 여전히 생각이 짧아!"

뤼팽이 다정하게 젊은이의 어깨를 토닥거렸다.

"마음놓게, 젊은이. 아직도 한동안 마음놓고 시를 지을 수 있는 평온한 나날이 계속될 테니까. 아직도 때가 되지 않았어. 계속 시를 쓰게, 시인 친구!"

뤼팽이 갑자기 젊은이의 팔을 힘껏 움켜쥐더니 얼굴을 들여다보며 말했다.

"하지만 시인 친구, 점점 때가 가까워져오고 있다네. 자네의 몸과 영혼은 내 소유물이라는 것을 잊지 말게. 그러니 자네의 역할을 다할 준비를 해놓고 있게. 어렵지만, 아주 멋진 역할일세. 자네는 그 역할에 아주 잘 어울려!"

뤼팽이 큰 소리로 웃었다. 그러면서 그는 발길을 돌려 당황해하는 르뒤크를 뒤로하고 자리를 떴다.

조금 더 가자 퐁프 가 모퉁이에 위치해 있는, 케셀바흐 부인이 말한 그 술 파는 가게가 나타났다. 뤼팽은 선뜻 가게 안으로 들어갔다. 그는 그곳에서 주인과 느긋하게 이야기를 나눴다. 술 가게에서 나온 그는 택시를 잡아타고 '앙드레 보니'라는 이름으로 묵고 있는 그랜드 호텔로 향했다.

호텔에서 도드빌 형제가 그를 기다리고 있었다.

뤼팽은 자신의 비위를 맞추기 위해 남발되는 칭찬에 꽤 익숙해져 있었지만, 충실한 두 부하의 칭찬과 칭송이 그리 나쁘지 않았다.

"대체 어떻게 된 겁니까, 두목? 두목에게는 매번 놀라지 않을 수 없습니다만…… 놀라는 일에 꽤 익숙해져 있는데도 이번의 경우는 몹시 놀랐습니다…… 두목은 이제 자유입니까? 파리에 거의 변장도 하지 않고 나타나다니……."

"시가 한 대 피우겠나?"

뤼팽이 시가를 내밀었다.

"아니, 됐습니다."

"한 대 피우지 그래, 도드빌. 아주 맛이 좋은 시가야. 나와 친구가 되었다고 자랑스러워하며 어떤 시가 애호가가 선물로 준 거야."

"예? 그게 누굽니까?"

"황제일세…… 어허, 그런 얼빠진 표정은 그만두게. 그간 세상 돌아간 이야기나 좀 들려주게. 요즘에는 신문도 제대로 읽지 못했네. 내가 탈옥한 일 때문에 무척 시끄럽겠지?"

"난리가 났습니다, 두목!"

"경찰은 뭐라고 발표했나?"

"가르쉬에서 알텐하임이 살해된 현장 검증을 하던 중 두목이 탈주했다고 발표했습니다. 그런데 신문기자들은 그것이 있을 수 없는 일이라고 주장하고 있습니다."

"그래서?"

"그래서 사람들은 신기해하고 있습니다. 갖은 추측을 하며 웃고 떠들고 무척 재미있어 합니다."

"베르베르는?"

"베르베르 차장은 궁지에 몰려 있습니다. 모가지가 날아갈지도 모릅니다."

"그 외에…… 치안국에 관련된 새로운 소식은 없는가? 그 살인마에 대한 수사는? 알텐하임의 본명을 알아낼 단서라든가……?"

"없습니다."

"좀 심하군! 경찰력을 유지하기 위해 해마다 수백만 프랑을 쏟아 붓고 있는데, 그 얼간이들은 하는 일이 하나도 없으니……. 앞으로도 계속 이런 식이면 나는 이제부터 세금을 내지 않을 작정이네. 거기 앉아서 펜을 집어들게. 이 편지를 오늘 밤 그랑 주르날 지에 전하는 걸세. 세상이 오랫동안 내 소식을 궁금해하고 있었을 테니까 말야. 아마 안달이 나 있을 거야. 자, 받아쓰게."

편집장 귀하.

우선 먼저 독자 여러분의 호기심을 충족시켜 드리지 못한 점에 대해 깊이 사과를 드립니다.

저는 탈옥을 했습니다만, 어떤 방법으로 탈옥했는지에 대해서는 아직은 부득이 말씀드릴 수가 없습니다. 마찬가지로 탈옥한 이후, 그 유명한 수수께끼를 풀었지만 그것 역시 어떻게 풀었는지, 그 내용이 무엇인지는 말씀드릴 수 없는 사정에 놓여 있습니다.

이 모든 일은 가까운 시일 안에 저의 기록을 바탕으로 저의 전기작가가 집필, 출간하게 될 매우 독특한 이야기에서 모두 밝혀질 것입니다. 그것은 우리 자손들이 굉장한 흥미를 가지고 읽게 될 프랑스 전기의 멋진 한 페이지가 될 것입니다.

저는 우선 먼저 해야 할 일이 있습니다. 전에 제가 수행해왔던 일들이 얼마나 무능력한 인물에게 인계되었는가를 알고 나서 실망을 금치 않을 수 없었습니다. 또 케셀바흐와 알텐하임 살해사건의 수사가 한 걸음도 진전되지 않은 사실에 대해서도 실망을 금할 길이 없습니다. 그래서 저는 이 시간부로 베르베르 씨를 면직하는 바이며, 이전에 르노르망이라는 이름으로 온 시민을 만족시키며 훌륭히 소임을 다했던 그 명예로운 직책을 다시 떠맡기로 결심했음을 지면을 통해 알려드립니다.

_치안국장 아르센 뤼팽

그날 밤 8시, 아르센 뤼팽과 도드빌은 꽤 이름이 나 있는 레스토랑 카이야르로 들어섰다. 뤼팽은 몸에 딱 맞는 프록코트에 느슨한 넥타이, 약간 헐렁한 바지 차림이었다. 도드빌은 프록코트를 입고 있는 모습이 재판관처럼 엄숙해 보였다.

두 사람은 둥근 기둥 두 개로 넓은 레스토랑과 차단되어 있는, 깊숙한 곳에 위치해 있는 레스토랑의 별실에 자리를 잡았다.

겉으로 보기에 예의는 바르지만 사람을 얕잡아보는 것 같은 태도의 지배인이 주문표를 한 손에 들고 주문하기를 기다렸다. 뤼팽은 미식가다운 취향으로 꼼꼼하고 세세하게 주문을 했다.

"감방 안에서 먹는 음식도 나쁘지는 않았어. 하지만 이런 고급 요리를 먹는 즐거움에는 비교할 수 없겠지."

뤼팽은 이따금 짤막한 말로 자신의 생각을 말하는 것 이외에는 줄곧 침묵을 지키고 먹는 데에만 열중했다.

"물론 잘될 거야…… 좀 힘이 들긴 하겠지만. 상대가 결코 만만치 않다 보니 말이야…… 놀라운 것은 싸움을 시작한 지 6개

196

월이나 지났는데도 나는 그 녀석의 목표가 무엇인지조차도 모르고 있다는 거야! 그 녀석의 가장 중요한 공범이 죽어 싸움이 쉽게 끝나나보다 했는데 여전히 놈의 속셈도 모른 채 농간에 놀아나고 있으니 원. 대체 그 녀석은 무엇을 원하는 걸까? 내 계획은 간단한데 말야. 대공작 령을 손에 넣어 내가 만들어낸 대공 전하를 권좌에 앉히고, 주느비에브를 그의 아내로 만들면 되는 거지…… 그런 다음 내가 실권을 쥐는 거야. 어떤가, 분명하고 단순하고 명료하지 않은가? 그런데 어둠 속에 숨은 그 구더기 같은 놈은 대체 무엇을 바라고 있는 거냐고?"

뤼팽이 말을 마치고 종업원을 부르자 조금 전의 그 지배인이 달려왔다.

"무슨 일이십니까?"

"시가를 가져다 주시오."

지배인이 돌아와 몇 개의 시가 상자를 열어 보였다.

"어떤 것이 필 만합니까?"

"이 우프만이 좋습니다만."

뤼팽이 우프만 한 대를 도드빌에게 권하고, 자기도 한 대를 집어 연기가 잘 빨리도록 입에 무는 부분을 잘라냈다.

지배인이 성냥을 그어 내밀었다. 그때 뤼팽이 재빨리 그의 손목을 움켜쥐었다.

"조용히 해…… 나는 너를 알고 있어…… 네 본명이 도미니크 르카라는 것도……."

잘생긴 그 사나이는 힘에 있어서는 남부럽지 않았는데 달아

나려고 버둥거릴수록 고통의 신음만이 입술 사이로 비어져 나
왔다. 뤼팽이 그의 손목을 비틀고 있었다.

"너의 본명은 도미니크…… 퐁프 가의 4층에 살고 있지. 알텐
하임 남작의 집사로 일해 모은 돈으로 은밀히 그곳에서 살고 있
어. 내 말이 틀림없지? 바보 같은 녀석! 얌전히 굴지 않으면 뼈
까지 부러뜨려 줄 테다!"

사나이는 움직이지 않았다. 공포로 핏기를 잃어 얼굴이 새파
랗게 질렸다.

다행히 그들의 주위에는 아무도 없었다. 이웃한 큰 식당에서
세 명의 신사가 담배를 피우고 있었고, 두 쌍의 남녀가 리큐르
를 마시면서 이야기를 나누고 있었다.

"자, 이제 조용히…… 이야기 좀 해볼까."

"당신은 누구요? 대체 누굽니까?"

"내가 누군지 아직도 모르는가? 생각이 날 만도 할 텐데? 뒤
퐁 빌라에서 점심식사를 할 때…… 나에게 독이 든 과자를 권한
것은 바로 너 아니었던가?"

"공작님…… 아, 공작님이셨군요……."

지배인이 더듬거리며 말했다.

"그렇다네. 내가 바로 아르센 공작님이지. 뤼팽 공작 말이
야…… 아! 깜짝 놀란 모양이군…… 그런데 표정이, 뤼팽 따위
는 두렵지 않다고 생각하는 모양이지? 그건 크게 잘못 생각한
거야. 어디 한번 혼나 보겠나?"

그는 주머니에서 명함 한 장을 꺼내 지배인에게 내밀었다.

"자, 봐라. 지금 나는 경찰에 몸을 담고 있다…… 우리 같은 큰 도둑, 범죄의 황제는 언젠가는 경찰 쪽으로 돌아서게 되어 있는 거야."

"그래서요?"

지배인은 겁먹은 태도로 말했다.

"너를 부르고 있는 저 손님에게 가서 서비스를 해. 그리고 그 일이 끝나거든 다시 돌아오는 거야. 이대로 달아나려는 생각은 하지 않는 것이 좋아. 이 가게 주위에는 내 부하 경관들이 열 명이나 숨어 너를 감시하고 있으니까. 자, 가 봐!"

지배인은 시키는 대로 행동했다.

5분 뒤 그가 다시 돌아왔다. 그는 식당을 등지고 식탁 앞에 서서 손님들과 잎담배의 품질에 대해 이야기하고 있는 것처럼 보이도록 하면서 나지막하게 말했다.

"무슨 일이십니까?"

뤼팽은 식탁 위에 1백 프랑짜리 지폐를 몇 장 늘어놓았다.

"분명한 대답의 숫자만큼 이 지폐를 주지."

"좋습니다."

"그럼, 시작할까. 알텐하임 남작 밑에서 너희들은 몇 명이나 있었나?"

"저를 제외하고 일곱 명이 있었습니다."

"겨우 그뿐이었나?"

"그렇습니다. 하지만 가르쉬 마을의 등나무 장 지하 터널 공사를 할 때, 딱 한 번 이탈리아 출신의 인부들을 모집한 적은 있습니다.”

“그곳에는 두 개의 지하터널이 있었지?”

“그렇습니다. 하나는 오르탕스 장으로 이어지고, 또 하나는 그곳에서 갈라져 케셀바흐 부인의 외딴 집 지하로 통해 있었습니다.”

“무엇이 목적이었지?”

“케셀바흐 부인을 납치할 목적이었습니다.”

“두 하녀 쉬잔과 제르트뤼드도 모두 한패였지?”

“그렇습니다.”

“지금 어디에 있는가?”

“외국에 있습니다.”

“그 알텐하임의 일당들 일곱 명은?”

“저는 손을 씻었습니다. 다른 사람들은 아마도 하던 일을 계속 하고 있을 겁니다.”

“어디에 가면 내가 그들을 만나볼 수 있나?”

도미니크가 머뭇거렸다. 뤼팽이 1백프랑짜리 지폐 두 장을 펴들었다.

“ 의 그 의리는 참으로 가상하지만 그걸 누가 알아주기나 할까? 그런 싸구려 감상은 빨리 털어버리고 솔직히 대답해 봐.”

“늴리의 레볼트 가 3번지에 살고 있습니다. 그중 하나는 ‘고물장수(Brocanteur)’라고 불립니다.”

“좋아! 그럼 이번에는 이름인데, 알텐하임의 본명이 뭔가? 알고 있을 테지?”

"예, 리베이라입니다."

"도미니크, 이러면 좀 곤란하지. 리베이라는 가짜 이름의 하나다. 내가 듣고 싶은 것은 본명이야!"

"파버리입니다."

"그것도 가짜 이름의 하나야."

지배인은 망설이고 있는 것 같았다. 뤼팽이 1백 프랑짜리 지폐를 석 장 펴들었다. 지배인의 눈빛이 흔들렸다.

"그래, 내가 알 게 뭐야! 아무려면 어때. 어차피 죽은 사람인걸……."

"그자의 이름은?"

뤼팽이 다시 물었다.

"그 사람의 이름은, 기사(騎士) 말라이히 경입니다."

뤼팽이 의자에서 벌떡 일어났다.

"뭐라고? 지금 뭐라고 했지? 기사……? 다시 한 번 말해봐…… 무슨 경이라고?"

"라울 드 말라이히입니다."

긴 침묵이 이어졌다. 뤼팽은 눈동자를 허공에 고정시킨 채 독살된 벨덴츠의 그 소녀를 생각했다. 이질다 역시 이와 똑같은 말라이히라는 이름을 가지고 있었다. 이것은 또한 18세기 벨덴츠의 궁궐로 들어간 프랑스 출신 가신의 이름이기도 했다.

뤼팽이 다시 말을 이었다.

"그 말라이히는 어느 나라 사람인가?"

"선조는 프랑스 사람이라고 했습니다만, 태어난 곳은 독일이었습니다…… 서류를 잠깐 본 일이 있었습니다…… 그 사람의 본명을 안 것도 그때였습니다. 제가 그것을 본 줄 알면 틀림없이 죽였을 것입니다.”

뤼팽이 잠시 생각한 다음 말했다.

“너희들에게 명령을 내리던 사람은 그자였나?”

“예.”

“공범이 한 명 있었을 텐데?”

“아, 그 얘기라면 제발 아무 말씀도 말아 주십시오…… 제발 아무 말씀도…….”

지배인의 얼굴이 공포로 일그러졌다. 뤼팽은 그것이 그 살인마를 생각할 때 자신이 느끼는 것과 같은 종류의 공포이며 혐오감이라는 것을 깨달았다.

“그게 누군가? 너는 본 일이 있겠지?”

“제발! 그 사람에 대해서는 묻지 말아 주십시오…… 그 사람에 대해서 말하지 않는 게 상책입니다.”

“그 녀석이 누구냐니까?”

뤼팽이 목소리를 높였다.

“그는 주인입니다…… 우두머리입니다…… 그 이외는, 그가 누구인지 확실히 아는 사람은 없을 겁니다.”

“본 적은 있겠지? 대답해 봐, 본 적이 있지?”

“밤중에 어두운 곳에서 몇 번 본 적이 있습니다. 하지만 낮에는 한 번도 보지 못했습니다. 지시를 내릴 때는 언제나 종이쪽지에 쓰거나 전화로 하달했습니다…….”

"그자의 이름은?"

"모릅니다. 그 사람에 대해서는 그 누구도 이야기하지 않았습니다. 이야기하면 불행한 꼴을 당한다는 말을 들어왔습니다."

"검은 옷차림을 하고 있었지?"

"그렇습니다. 검은 옷차림입니다. 몸집이 작고 깡마르고…… 머리카락은 금발입니다……."

"그리고 잘 죽이고……?"

"예, 그렇습니다…… 좀도둑이 빵을 훔치듯 아무렇지도 않게 사람을 죽입니다."

지배인의 목소리가 심하게 떨리고 있었다.

"이제 제발 그 얘기는 그만두십시오…… 그에 관해서 이야기하면 안 됩니다…… 그것은 불행의 씨를 뿌리는 결과가 됩니다."

뤼팽도 사나이의 불안을 이해하고 있었다. 어느 틈에 그도 이 사나이의 고뇌를 공감하고 있었다.

그는 잠시 생각에 잠겨 있다 자리에서 일어나며 지배인에게 말했다.

"자, 자네 돈이니 가져가게. 그러나 앞으로 평화롭게 살길 원한다면, 지금 우리가 주고받은 이야기를 절대 입 밖에 내서는 안 돼."

뤼팽은 도드빌을 데리고 그 레스토랑에서 나왔다. 그들은 생드니에 있는 큰 나무문까지 걸어갔는데, 그동안 뤼팽은 한마디도 하지 않고 조금 전에 들은 일에 대해 생각하고 있었다.

뤼팽이 도드빌의 팔을 움켜쥐며 드디어 침묵을 깼다.

"잘 듣게, 도드빌. 지금 곧 노르 역으로 가게. 마침 룩셈부르크로 가는 급행열차가 지나갈 시간이네. 그 기차를 타고 듀 퐁 벨덴츠의 수도 벨덴츠로 가게. 그곳 시청에 가면 말라이히 경의 호적등본과 그 집안에 대한 자세한 정보를 쉽게 얻을 수 있을 걸세. 모레까지는 돌아와야 하네."

"치안국에 미리 말을 해놓고 갈까요?"

"그 일이라면 내가 처리하지. 전화로 자네가 아프다고 말해놓겠네. 아, 모레 정오, 레볼트 가의 버팔로 식당에서 만나기로 하세. 노동자 차림으로 오게."

다음 날부터 뤼팽은 노동자들이 입는 푸른빛 작업복에 납작모자를 눌러쓰고 닐리로 가서 레볼트 가 3번지에 대한 조사에 착수했다. 마차가 드나들 수 있는 문이 안쪽 마당과 연결되어 있는 그곳은 노동자들의 공동 주택 지역이었다. 골목은 장인들과 아녀자들, 장난꾸러기 아이들로 북적거리고 있었고 길가에 작업장들이 늘어서 있었다. 그야말로 작은 도시라고 할 만했다.

뤼팽은 단 몇 분 사이에 문지기 여자와 친해져 족히 한 시간 이상을 그녀와 이런저런 이야기를 나눴다. 그 한 시간 동안 그는 세 사나이가 따로따로 그곳을 지나는 것을 보았는데, 그는 그들을 주의해서 관찰했다.

'음, 뭔가 냄새가 나는군. 사냥감이 걸려든 것 같아…… 모두들 뭔가 비슷한 구석이 있어…… 겉으로 보기에는 선량한 사람들 같지만, 결코 그렇지 않아! 저 주변을 경계하는 눈초리를 보라고. 수풀 하나하나에 함정이 감추어져 있다는 것을 알고 있는 눈초리다.'

그날 오후 내내, 그리고 토요일 오전까지 뤼팽은 조사를 계속했다. 그는 알텐하임의 공범자 일곱 명이 모두 이 집단 주거지 어딘가에 은신하고 있다는 확신을 얻었다. 그 가운데 네 명은 공공연히 옷장사를 하는 것처럼 행세하고 있었다. 다른 두 사람은 신문을 팔았고, 마지막 사람은 고물장수로 행세하고 있어, 주변 사람들은 모두가 그러려니 했다.

그들은 서로의 곁을 지나칠 때 전혀 모르는 사람들같이 행동했다. 그러나 그날 밤 뤼팽은 그들이 맨 끝에 있는 마당의 가장 안쪽에 위치해 있는 창고같이 생긴 건물에 모인다는 것을 알아냈다. 그곳은 '고물장수'가 평소에 수집한 고철, 헌 난로, 녹슨 양철 굴뚝 등을 모아놓는 장소였다. 뿐만 아니라 그곳은 여기저기서 훔쳐온 물건들을 넣어두는 장물 보관소이기도 했다.

'일이 생각보다 쉽군. 그 독일 얼뜨기에게 한 달만 기다려 달라고 했는데, 이런 상태라면 보름이면 될 것 같군. 무엇보다도 기쁜 건, 공교롭게도 나를 세느 강에 처넣은 녀석들을 손보는 것으로 작전을 개시한다는 것이지. 하늘에 있는 구렐이여, 자네의 복수를 해주겠다. 이제 조금만 더 기다려다오!'

정오가 되기를 기다려 뤼팽은 버팔로 식당으로 들어갔다. 천장이 낮은 작은 식당으로, 미장이들이며 마부들이 그날의 끼니를 때우는 곳이었다.

누군가가 다가와 그의 곁에 앉았다.

"두목, 다녀왔습니다."

"아! 도드빌, 자넨가. 수고했네. 결과를 빨리 알려주게. 호적등본은? 무슨 이야기를 듣고 왔나? 빨리 이야기해 주게."

"예, 말씀드리지요. 알텐하임의 부모는 외국에서 죽었습니다."

"그랬나."

"아이들은 모두 셋이었습니다."

"셋이라고?"

"예, 맏아들이 살아 있다면 올해 서른 살이 될 것입니다. 라울 드 말라이히라는 이름이었습니다."

"그 사람이 바로 우리가 알고 있는 알텐하임일세. 그리고?"

"맨 끝의 막내아이가 딸인데, 이질다라고 합니다. 호적원부에 적어 넣은 지 얼마 되지 않은 것 같은데 '사망'이라는 글씨가 쓰여 있더군요."

"이질다…… 그래, 이질다…… 역시 내가 생각한 대로군. 이질다가 알텐하임의 누이동생이었어…… 어쩐지 얼굴이 어디서 본 듯하더라니…… 그렇게 얽혀 있었군. 그런데 또 한 사람…… 셋째, 아니지, 둘째는 어떻게 되었나?"

"둘째아들은 올해 26살이 되었을 겁니다."

"이름은?"

"루이 드 말라이히입니다."

뤼팽은 꽤 충격을 받았다.

"바로 그자다! 루이 드 말라이히…… 머리글자가 L과 M이지 않은가. 괘씸하기도 하고 두렵기도 한 그 이니셜의 주인! 그 살인마가 루이 드 말라이히라는 이름이었단 말인가…… 알텐하임의 동생이며 이질다의 오빠. 바로 그자다! 비밀을 누설할까 두려워 형과 누이동생을 무자비하게 죽여버린 그 인간 같지 않은 놈……."

뤼팽은 오랫동안 어두운 표정을 한 채 입을 다물고 있었다. 그 살인마에 대한 생각을 하고 있었다.

"어째서 그자는 누이동생 이질다가 입을 여는 것을 두려워했을까요? 그 소녀는 미치광이였다는 말을 들었는데요……."

도드빌이 물었다.

"정상이 아니긴 했지만, 부분적인 어렸을 적의 기억은 생각해낼 수 있는 상태였어. 어쩌면 그 소녀가 함께 자란 그 오빠를 알아봤는지도 몰라…… 그랬다면 소녀의 기억이 그에게 치명적인 위협이 되는 셈이지."

뤼팽은 잠시 뒤 이렇게 덧붙여 말했다.

"미쳤어! 모두 미쳤어! 그 집안 사람들은 모두 다 미치광이야……! 어머니는 정신이상으로 자살했고…… 아버지는 알코올 중독이었지…… 알텐하임은 알다시피 난폭한 악당이었고…… 이질다도 가련한 정신지체아…… 그리고 나머지 한 녀석은 미치광이에 살인마에 짐승에 바보가 아니냔 말야……."

"지금 바보라고 했습니까, 두목?"

"그래, 바보야! 가끔은 번개처럼 머리가 빠르게 돌아가고 직관력이나 수완이 상당하긴 하지만 말라이히 가문의 다른 미치광이들보다 훨씬 더 완전히 맛이 간 놈이야. 사람을 죽이는 놈들은 모두 미치광이니까. 그 녀석 같은 미치광이들이 사람을 죽이지. 왜냐하면 그건……."

뤼팽이 말을 하다 갑자기 입을 다물었다. 갑자기 굳어지는 뤼팽의 얼굴을 보고 도드빌이 긴장했다.

"두목, 왜 그러십니까?"

"저기를 좀 보게!"

방금 식당으로 들어선 사나이가 검은 펠트 모자를 모자걸이에 걸었다. 그는 작은 식탁에 앉아 종업원이 내민 메뉴를 살펴보고 나서 음식을 주문했다. 그런 뒤 그는 냅킨 위에 팔꿈치를 받치더니 윗몸을 꼿꼿이 세운 채 음식이 나오기를 기다렸다.

뤼팽은 그 사나이의 얼굴을 꼼꼼히 살펴보고 있었다.

전혀 수염이 없는, 야위어 뼈가 앙상한 얼굴에 깊숙이 틀어박혀 있는 눈은 금속빛 같은 회색이었다. 피부는 뼈에서 뼈를 딱딱하고 두꺼운 양피지를 팽팽하게 발라 붙인 것처럼 보였다. 얼마나 뻣뻣해 보이는지 털이 한 오라기도 뚫고 나올 수 있을 것 같지가 않았다.

맥없고 우울한 얼굴을 하고 있을 뿐 다른 표정은 전혀 찾아볼 수 없었다. 상앗빛 이마 속에는 어떤 생각도 자리잡을 수 없을 것같이 보였다. 속눈썹이 별로 없는 눈꺼풀은 거의 움직이지 않았고 마치 조각상처럼 시선이 고정되어 있었다.

뤼팽이 가게의 종업원 한 명을 잡고 물었다.

"저 신사분이 누군지 아시오?"

"점심을 드시고 있는 저분 말씀입니까?"

"그렇소."

"단골손님입니다. 일 주일에 두서너 번 들르는 분입니다."

"이름을 알고 있소?"

"그럼요, 알다마다요! 레옹 마시에라는 분입니다."

"뭐라고!"

뤼팽이 목소리가 튀었다. 그는 더듬거리기까지 했다.

"앗, L. M.이다…… 그 머리글자와 똑같아…… 혹시 저자가 루이 드 말라이히는 아닐까?"

뤼팽은 그 사나이를 예의 주시했다. 그 사나이의 인상은 뤼팽이 생각했던 그 끔찍한 자와 너무나 일치했다. 다만 틀린 것이 있다면 죽은 사람 같은 그 눈빛이었다. 끓어 넘치는 생명력과 활활 타오르는 불꽃을 예상했던 그 눈 속에는 오직 무감각만이 있을 뿐이었다. 불안과 혼란, 그리고 저주받은 인간의 억센 영혼이 담겨 있을 것 같았던 그 눈 속에는 오로지 납덩이 같은 무기력뿐이었다.

뤼팽이 다시 종업원에게 물었다.

"뭘 하는 사람인지 알고 있소?"

"글쎄요? 그건 저도 잘 모르겠는데요. 하여튼 특이한 사람인 것만은 분명합니다…… 언제나 혼자 다니고요…… 말도 전혀 하지 않지요. 식사를 주문받는 우리들도 저분의 목소리를 들은 일이 없을 정도입니다. 음식을 주문할 때도 손가락으로 먹고 싶은 메뉴를 가리킵니다…… 식사도 20분 만에 후닥닥 끝냅니다…… 그리고는 곧바로 계산을 치르고 나가버리죠……."

"언제쯤 또 올 것 같습니까?"

"사오 일 뒤에 또 오겠죠. 정해져 있는 것은 아니지만 말입니다."

'그렇다, 바로 그자다. 그자가 틀림없다. 저자가 바로 말라이히다. 바로 내 눈앞에서 그자가 숨을 쉬고 있는 것이다. 사람을 죽인 손이 바로 저 손이다. 저 머릿속에는 아직도 피비린내의 그 느낌이 그대로 남아 있을 것이다. 악마…… 흡혈귀 같은 놈…….'

그러나 있을 수 있는 일일까? 이때까지 뤼팽은 앞에 앉아 있는 인물과는 너무나 다른 이미지의 살인마를 상상하고 있었다. 그 살인마는 여느 사람과 크게 다를 것으로 생각했는데 여느 사람처럼 행동하고 숨쉬는 것을 보자 몹시 혼란스러웠다. 뤼팽은 그 미지의 인물이 자기가 죽인 사람의 생고기를 먹고 생피를 빨아먹는 그런 야수일 거라고 상상하고 있었는데, 그 녀석이 여느 사람처럼 빵과 익힌 쇠고기를 잘라먹고 맥주나 포도주를 마시는 게 도무지 납득이 가지 않았다.

"나가세, 도드빌!"

"두목, 왜 그러십니까? 얼굴이 몹시 창백합니다."

"맑은 공기를 좀 쐬어야겠네."

문 밖으로 나가자 뤼팽은 크게 숨을 들이마시고 나서 이마에 맺혀 있는 땀을 닦았다.

"이제 기분이 한결 나아지는군. 숨이 막혀 죽는 줄 알았네."

다소 마음을 진정시키고 난 뤼팽이 말했다.

"도드빌, 결말이 다가온 것 같네. 지난 몇 주 동안 나는 어둠 속에서 손을 더듬거리며 보이지 않는 적과 싸워왔네. 그런데 어찌 된 일인지 갑자기 놈이 내 앞에 모습을 드러낸 거야. 이제야 공평한 게임이 된 것이지!"

"두목, 그렇다면 우리 둘이 좀 떨어져서 움직이는 것이 어떻겠습니까? 저 사나이는 우리가 함께 있는 것을 보았습니다. 한 명씩 떨어져서 움직이면 수상한 기미를 눈치채지 못할 겁니다."

"그 녀석이 우리를 보았을까? 그 녀석은 아무것도 보지 않고, 듣지도 못 하고, 느끼지도 못 하는 것처럼 보였는데? 참으로 이상한 놈이야!"

10분쯤 뒤 레옹 마시에가 식당에서 나와 그대로 곧장 멀어져갔다. 누군가 뒤를 밟고 있다는 사실을 눈치채지 못한 것 같았다. 그는 담배에 불을 붙여 물고 세게 빨았다. 그는 한 손을 뒤로 한 채 마치 바깥 공기와 태양을 즐기며 산책이라도 하는 듯한 걸음걸이로 계속 걸을 뿐이었다.

사나이는 시내의 어귀에 있는 세무서를 지나 성벽을 따라 걸었다. 샹페를레의 큰 나무문을 지나 시외로 나간 그는 다시 뒤

돌아서서 레볼트 가를 통해 왔던 길을 되돌아갔다.

과연 3번지의 그 다가구 주택으로 들어설 것인가? 뤼팽은 내심 그러기를 기원했다. 그래야 알텐하임 패거리라는 증거가 될 테니까.

그러나 그 사나이는 방향을 바꿔 데레즈망 가로 접어들었고 이어서 버팔로 경륜장을 지났다.

경륜장 건너편에 작은 정원에 둘러싸인 아담한 별장이 한 채 있었다.

레옹 마시에가 그 앞에서 걸음을 멈췄다. 그는 주머니에서 열쇠뭉치를 꺼내 정원의 쇠 창살문을 열고 들어가 다시 별장의 문을 열고 안으로 사라졌다.

뤼팽은 조심스럽게 접근했다. 그리고 곧 깨달았다. 레볼트 가의 다가구 주택 지역과 이 작은 정원의 돌담이 서로 이어져 있다는 사실을.

좀더 자세히 살펴보자 정원 안쪽으로 높은 담에 붙여 지어진 작은 창고가 보였다.

뤼팽은 이 창고가 그 3번지 다가구 주택 지역의 가장 안쪽 정원 뜰에 세워져 있는 고물장수의 잡동사니 창고와 담 하나를 사이에 두고 맞닿아 있다는 확신을 얻었다.

그러니까 레옹 마시에는 알텐하임의 일당 일곱 명이 만나는 그 창고와 붙어 있는 집에서 살고 있는 것이었다. 이런 사실로 미루어 보아 레옹 마시에는 그 일당을 지휘하는 대장임이 분명했다. 두 개의 창고를 잇는 통로를 이용해 그가 부하들에게 연락을 하고 지시를 내리는 것이 틀림없었다.

"내 추측이 틀리지 않았어. 레옹 마시에는 루이 드 말라이히와 동일 인물이야. 이렇게 되면 상황 정리가 간단해지는 건가……."

"그렇군요. 이제 며칠 내로 모든 상황이 종료될 수 있겠는데요."

도드빌이 장단을 맞췄다.

"다시 말하면 내가 곧 단도에 목을 찔릴 수도……."

"두목, 그게 무슨 말씀이십니까? 그런 터무니없는 생각을……!"

"아니야! 쉽게 생각할 일만은 아니야! 그 악마가 나에게 불행을 가져다 줄 것 같은 예감이 오래 전부터 있었어."

이제부터 말라이히와 생활하다시피 하며 그의 일거수일투족을 감시해야 할 필요가 있었다. 쉽지만은 않은 문제였다.

도드빌이 이웃 사람들에게 탐문해 보고한 바에 의하면 그 사나이는 참으로 괴상한 생활을 하고 있었다. 외딴집의 괴짜라고 불리고 있는 그는 그 집에 기거한 지 겨우 몇 개월밖에 되지 않았다. 그동안 그는 아무도 만나지 않았고 또 찾아오는 사람이 아무도 없었다. 하인도 전혀 없었다. 밤에도 창문을 활짝 열어 놓고 지냈는데 언제나 어두웠다. 촛불이나 램프의 불빛이 새어 나온 적이 한 번도 없었다.

게다가 레옹 마시에는 저녁 해질 무렵에 나갔다가 동이 틀 무렵에 돌아온다고, 그를 새벽에 만났다는 몇 사람이 증언했다.

"그 녀석이 무엇을 하는 놈인지 이웃 사람들은 알고 있던가?"

뤼팽이 도드빌에게 물었다.

"모른답니다. 놈은 생활 자체가 아주 불규칙한 모양입니다. 이따금 사흘이나 나흘씩 모습이 보이지 않는데, 집 안에 틀어박혀 있는 것 같다고들 하지만, 정확한 사실을 아는 사람은 없었습니다."

"좋아! 그렇다면 우리가 그 비밀을 밝혀보도록 하지, 조만간……."

하지만 그것은 착각이었다. 8일 동안이나 끊임없이 수사를 하고 노력을 기울였는데도 뤼팽은 이 괴상한 사나이에 대해 무엇 하나 알아낸 것이 없었다. 뿐만 아니라 다음과 같은 황당한 일들까지 있었다. 뤼팽이 뒤를 밟고 있을 때 큰길을 따라 종종걸음으로 걷고 있던 그 사나이가 갑자기 연기처럼 사라져버리곤 하는 것이었다. 이런 경우 출입구가 두 곳인 건물을 이용했을 수도 있었지만, 사람들이 우글대는 탁 트인 장소에서도 마치 유령처럼 사라지곤 했다. 그런 일이 벌어지면 뤼팽은 닭 쫓던 개 지붕 쳐다보듯 그 자리에 돌조각처럼 서서 주변을 이리저리 두리번거릴 수밖에 없었다.

그런 일이 발생하면 뤼팽은 어쩔 수 없이 다시 델레즈망 가로 달려가 잠복을 할 수밖에 없었다. 그렇게 시간이 지나고 밤이 지나면 그 수수께끼의 사나이가 그림자처럼 소리도 없이 모습을 드러냈다. 놈은 대체 어디서 무엇을 한 것일까?

"두목 앞으로 온 속달입니다."

어느 날 저녁 8시경, 도드빌이 델레즈망 가로 찾아와 뤼팽에게 말했다.

뤼팽은 봉투를 뜯었다. 케셀바흐 부인이 도움을 청하고 있었다. 속달에 의하면, 저녁 무렵 그녀의 창문 밑에서 두 사람이 걸음을 멈췄는데 한 사람이 다른 한 사람에게 이렇게 말하더라는 것이다.

"됐어! 전혀 눈치채지 못할 거야…… 오늘 밤 해치우는 거야."

그 소리를 듣고 케셀바흐 부인이 얼른 내려가서 살펴보니, 식기를 보관하는 찬방의 덧문이 제대로 닫혀 있지 않아, 밖에서도 열 수 있게 되어 있더라는 것이었다.

"드디어 싸움이 시작되었군! 고맙게도 적이 먼저 싸움을 걸어왔어. 말라이히의 집 창문이나 바라보고 있는 것도 이제 지긋지긋하던 참에 말이야."

"녀석이 지금 집 안에 있습니까?"

"아니, 없어. 파리 시내에서, 내가 보고 있는 앞에서 또 사라졌네. 이제부터 복수를 해줄 생각이네. 그런데 도드빌, 그 전에 우선 내가 하는 말을 잘 듣게. 날랜 놈들로, 부하들을 열 명쯤 모아주게. 마르코와 심부름꾼인 제롬도 잊지 말고 부르게. 팔라스 호텔에서의 그 사건 이후 나는 한참 동안 그들을 쉬게 했네. 이번 일에 꼭 필요하다고 하게. 사람들이 다 모이거든 그들을 비뉴 가로 데리고 가게. 샤롤레 영감과 아들이 이미 놈들을 감시하고 있을 걸세. 자네는 앞으로 그 두 사람과 같이 행동을 해야 하네. 밤 11시 30분이 되거든 비뉴 가와 레누아르 가가 교차되는 모퉁이에서 나와 합류하기로 하세. 그때부터 본격적인 작전이 시작되는 거야."

도드빌이 가고 나서도 뤼팽은 그 조용한 델레즈망 가에 완전히 사람의 통행이 끊어질 때까지 한 시간쯤을 더 기다렸다. 레옹 마시에가 돌아오지 않았음을 확인하고 난 그는 마음을 단단히 먹고 그 외딴집으로 다가갔다.

뤼팽의 주변에는 쥐새끼 한 마리 얼씬거리지 않았다…… 그는 멀리서부터 달려 그 탄력으로 정원의 쇠 창살문을 지탱하고 있는 돌담을 뛰어넘었다. 그리고 몇 분 뒤 그는 집 안에 들어가 있었다.

그의 처음 계획은 외딴집의 문을 비틀어 열고 모든 방을 샅샅이 뒤져 벨덴츠에서 말라이히에게 빼앗긴 그 황제의 편지를 찾아내려는 것이었다. 그런데 문득 창고를 살펴보는 것이 보다 급선무라는 생각이 들었다.

의외로 창고는 잠겨 있지 않았다. 창고 안으로 들어가 손전등으로 비춰보니 창고가 완전히 텅 비어 있는 것이 아닌가. 게다가 마주보고 있는 다른 창고로 통하는 출입구도 전혀 없었다. 뤼팽은 이런 일련의 사실에 적잖이 놀랐다.

오랫동안 살펴보았으나 별다른 것을 발견할 수 없었다. 그런데 밖으로 나와 둘러보니 창고 옆의 벽에 사다리가 한 개 세워져 있었다. 그것은 지붕 바로 밑 창고 천장의 다락으로 올라가기 위한 것임이 분명했다.

낡은 나무 상자, 보릿짚 다발, 화분 받침대 등이 뒤죽박죽 섞여서 다락 안에 흩어져 있었다. 아니, 그렇게 보이도록 꾸며져 있는 것 같았다. 자세히 보니 물건들 틈으로 맞은편 벽까지 닿을 수 있는 통로가 있었다.

벽 근처까지 간 뤼팽은 벽 옆에 세워져 있는 하나의 화분 받침대와 부딪혔다. 그는 통로를 확보하기 위해 그것을 옆으로 옮기려 했다. 그러나 꿈쩍도 하지 않았다. 얼굴을 바짝 갖다대고 손전등을 비추며 살펴보았다. 그것은 벽에 고정되어 있었고 일부에 구멍이 뻥 뚫려 있었다.

뤼팽은 화문받침대 구멍으로 팔을 집어넣어 손전등을 비춰보았다. 외딴집의 창고보다 훨씬 넓고, 고철 등 잡다한 물건으로 가득 찬 창고가 내려다보였다. 고물장수의 창고가 분명했다.

'찾아냈다!'

뤼팽이 속으로 중얼거렸다.

'이 천장에 있는 구멍을 통해 루이 드 말라이히는 자신의 패거리를 볼 수도 있고 목소리를 들을 수도 있다. 그러나 다른 패거리들 쪽에서는 그를 볼 수도 없고 목소리를 들을 수도 없다. 놈들이 자기들의 우두머리를 모르는 까닭이 바로 여기에 있을 것이다.'

내막을 파악한 뤼팽이 손전등을 끄고 되돌아 나오려는데, 저 아래 맞은편 창고의 문이 열렸다. 누군가가 창고로 들어서더니 램프에 불을 켰다. '고물장수'라고 불리는 자였다.

뤼팽은 조금 더 지켜보기로 했다. 고물장수가 있는 한 더 이상 들쑤시고 다닐 수도 없는 형편이었다.

고물장수가 주머니에서 권총을 두 자루 꺼냈다. 그는 권총에 이상이 없는지 상태를 점검한 다음 휘파람으로 유행가를 불면서 총알을 쟀다.

별다른 일 없이 곧 한 시간이 지나갔다. 뤼팽은 슬슬 지겨워지기 시작했다. 그러나 그냥 이대로 떠날 수는 없었다.

시간은 계속 흘러, 30분, 한 시간이 더 지나갔다…….

드디어 밑에 있는 사나이가 큰 소리로 외치는 것이 들려왔다.

"들어와!"

한 사나이가 창고 안으로 들어왔다. 그 뒤를 따라 세 명의 덩치들이 더 들어왔다.

"다 모였군. '복덩이'와 '뚱땡이'는 거기서 합류하기로 했다. 자, 가자. 시간이 없다…… 모두들 무장은 끝냈겠지?"

고물장수가 말했다.

"모두 철저해!"

"좋아! 오늘 밤은 아주 화끈할 거야."

"고물장수, 자네가 그걸 어떻게 알아?"

"두목을 봤거든…… 아니, 물론 보지는 못했고…… 목소리만 들었지."

"그럴 테지. 언제나처럼 거리 모퉁이의 어두운 길가 같은 곳에서 말이야…… 우리에게는 확실히 알텐하임 식이 좋았어. 최소한 우리가 무얼 하는지는 알고 있었으니까."

"자네는 우리가 무얼 하려는지 모르나? 케셀바흐 부인의 집으로 쳐들어가려는 거야!"

"그 두 경비원은 어떻게 하지? 뤼팽이 보낸 그 두 사람 말야?"

"불쌍한 놈들…… 우리는 일곱 명이야. 똑똑한 놈들이라면 알아서 얌전히 있겠지."

"그럼, 케셀바흐 부인은?"

"우선 재갈을 물려야지. 그런 다음 꽁꽁 묶어서 이리로 끌고 오는 거야. 그렇지. 저 낡은, 긴 의자가 좋겠군. 저 의자 위에 묶어놓고 다음 명령을 기다리는 거지."

"전리품은 충분하겠지?"

"당연하지. 우선 케셀바흐 부인의 보석이 우리 손에 들어올 거야."

"일이 잘 되면 그렇겠지. 나는 확실한 보수를 이야기하는 거야."

"착수금은 한 사람 당 1백 프랑짜리 지폐 석 장씩이 돌아간다. 나중에 그 갑절을 주기로 했고."

"돈은 받았나?"

"물론이지."

"잘했군. 여러 가지 불만도 있겠지만, 두목은 돈에 대해서만은 아주 후하고 깨끗하단 말야."

그렇게 말하고 난 사나이는 목소리를 죽여 뤼팽이 겨우 알아들을 수 있을 만하게 중얼거렸다.

"이봐, 고물장수. 칼이라도 휘두르게 될 일이 발생하면 그때는 따로 또 배당이 나오겠지?"

"그럼, 언제나 그랬듯 2천 프랑이지."

"만약 상대가 뤼팽이라면?"

"3천 프랑……."

"아! 우리 손에 그 녀석이 죽어줬으면……."

그들은 한 사람씩 창고에서 빠져나가기 시작했다.

뤼팽은 고물장수의 마지막 말이 귓가에서 맴돌았다.

"이것이 우리의 작전 계획이다. 우선 세 패로 갈라져, 휘파람 소리를 신호로 각각 일을 처리하는 거야……."

뤼팽은 서둘러 숨어 있던 장소에서 나왔다. 사다리를 내려갔다. 집 안에는 들어가지 않고 쇠 창살문을 다시 뛰어넘어 큰길로 나가면서 중얼거렸다.

"고물장수의 말대로 오늘 밤은 화끈할 것 같군…… 빌어먹을 놈들! 내 목숨을 노리고 있다니. 뤼팽의 목에 특별 수당이라…… 건방진 악당 놈들!"

뤼팽은 세무서 앞을 지나서 택시를 잡아탔다.

"레누아르 가로 갑시다."

그는 비뉴 가 3백 미터 앞에서 차를 세웠다. 그리고 두 개의 길이 교차하는 곳까지 걸어갔다.

그런데 이상하게도 도드빌이 거기에 와 있지 않았다.

'무슨 일이 있나? 벌써 12시가 지났는데…… 어쩐지 좀 이상한걸?'

그는 10분, 이어서 20분을 더 기다렸다. 12시 30분이 되었는데도 아무도 오지 않았다. 더 이상 지체하면 위험했다. 만일 도드빌과 그 동료들이 올 수 없는 상황이라면 샤롤레 부자와 뤼팽, 이렇게 세 사람이 적의 공격을 막아내면 되었다. 크게 어려운 일은 아니었다. 게다가 별로 기대할 만한 사람들은 아니지만, 케셀바흐 부인의 하인들도 있었다.

뤼팽은 빠르게 걷기 시작했다. 목적지에 다 왔을 때 집의 어두운 그늘에 숨으려고 하는 두 사나이가 눈에 띄었다.

'놈들과 여기서 합류하기로 한 복덩이와 뚱땡인가 보군. 내가 좀 늦었군.'

뤼팽은 거기서 다시 또 시간을 허비했다.

'놈들에게 덤벼들어 완전히 요절을 낸 다음 식기실 창문을 통해 집 안으로 들어갈까?'

그것도 괜찮은 방법이긴 했으나 무엇보다 케셀바흐 부인을 안전한 장소로 대피시키는 것이 급선무였다.

그러나 그렇게 하면 모든 계획이 수포로 돌아갈 위험이 있었다. 그렇게 하면 우두머리인 루이 드 말라이히를 포함하여 모든 악당들을 일망타진할 좋은 기회를 놓칠 수밖에 없었다.

뤼팽이 망설이고 있을 때 집 반대쪽 어디선가 휘파람 소리가 울려 퍼졌다.

이런 제기랄, 놈들이 벌써 온 것 같군. 그렇다면 정원에서 반격을 해야겠는데…….

휘파람 소리를 신호로 눈앞에 숨어 있던 두 사나이가 창문을 잽싸게 타고 넘어 모습을 감췄다.

뤼팽도 달리기 시작했다. 그는 날렵하게 발코니로 뛰어올라가 식기실로 뛰어들었다. 들려오는 발소리로 보아 그는 침입자들이 정원으로 갔으리라는 판단이 섰다. 발소리가 아주 똑똑히 들렸기 때문에 뤼팽은 오히려 안심이 되었다. 그 정도의 발소리면 샤롤레 영감과 그의 아들이 못 들었을 리 없었다.

뤼팽은 급히 계단을 올라갔다. 층계참 막다른 곳이 케셀바흐 부인의 방이었다.

그는 무작정 방 안으로 뛰어들어갔다. 밤새 켜놓은 등불 빛에, 긴 의자 위에 정신을 잃고 누워 있는 돌로레스 케셀바흐 부인이 보였다. 그는 그녀에게 달려가 몸을 번쩍 들어 안아 올리며 다급하게 물었다.

"정신차려요, 부인…… 샤롤레 영감은? 그 아들은……? 어디에 있습니까?"

케셀바흐 부인이 겨우 정신을 차리고 더듬더듬 말했다.

"예……? 아, 없어요…… 모두 나갔어요……."

"뭐라고요? 나갔다고요?"

"예…… 당신이 한 시간쯤 전에 전갈을 보냈잖아요……."

그는 바닥에 떨어져 있는 파란색 종이쪽지를 보았다.

지체하지 말고 두 경호원을 돌려보내 주십시오…… 그랜드 호텔에서 사람들을 기다리고 있습니다. 부인은 염려하지 마세요…….

"빌어먹을! 이걸 진짜라고 믿었다니! 그럼 당신의 하인들은요?"

"모두 떠났어요."

뤼팽은 창문으로 다가가 밖을 살폈다. 세 사나이가 정원 안쪽으로부터 다가오고 있었다.

큰길 쪽으로 나 있는 옆방 창문으로 달려가자 다른 두 사나이가 다가오고 있는 것이 보였다.

그들은 복덩이와 뚱땡이일 터였다.

그들을 보며 뤼팽은 보이지 않는 곳에서 당당히 돌아다니고 있을 루이 드 말라이히가 머릿속에 연상되었다.

"제기랄, 이런 낭패가 있나……."

검은 옷의 사나이

순간 아르센 뤼팽은 상황이 어떻게 된 건지 자세히 생각할 여유는 없었지만, 놀랍도록 교묘한 음모에 말려들었다는 느낌이, 아니 확신이 들었다.

자신의 부하들과 격리를 시킨 것도, 하인들이 없어졌거나 배신한 것도, 이런 상황에 그가 케셀바흐 부인의 곁에 와 있는 것도 모두 미리 짜여지고 섬세하게 꾸며진 일이었다.

적의 계획 모든 게 연극의 대본처럼 한치의 오차도 없이 모두 실행되었다. 기적으로 생각될 정도의 행운이었다. 약간의 변수만 없었다면, 그가 자신의 부하들을 보내 달라고 한 그 가짜 편지를 케셀바흐 부인이 받기 전에 이곳에 도착할 수도 있었을 것이다. 그렇게 되었다면 뤼팽의 부하들과 알텐하임 부하들 사이에 큰 싸움이 벌어졌을 터였다. 뤼팽은 지금까지 말라이히의 행동 양식을, 그리고 알텐하임이 살해된 일을, 벨덴츠에서 미치광이 소녀가 독살된 사실을 상기하며 스스로에게 질문을 던졌다.

'이 음모가 나 한 사람을 목표로 꾸며진 일이며 나의 다른 협력자들은 어찌 되든 상관하지 않고 귀찮다는 이유로 놈이 멀리 보내버린 것은 아닐까……?'

모든 것이 순간적인 생각이었다. 스쳐 지나가는 생각일 뿐이었다. 지금은 깊게 생각할 여유가 없었다. 우선은 행동할 때였다. 당장은 돌로레스 케셀바흐 부인을 지키는 것이 급선무였다. 오늘 밤 놈들이 습격한 이유가 그녀를 납치해 가는 것임은 의심할 여지가 없었다.

뤼팽은 길가 쪽 창문을 열고 권총을 겨누었다. 갑작스럽게 총성이 울려 퍼지면 인근이 소란스러워질 테고 당황한 놈들이 달아날 것이라는 생각이 들었다.

'아니, 그게 아니지. 아르센 뤼팽이 싸움을 피했다는 소리를 듣고 싶지는 않아. 그리고 놈들이 한자리에 모두 모여 있으니 일망타진하기에 얼마나 좋은 기회인가…… 게다가 총소리를 듣고 놈들이 정말 달아날는지도 의문이군. 놈들은 수가 많다. 동네 사람들 정도는 우습게 생각할지도 몰라.'

뤼팽은 다시 돌로레스의 방으로 돌아왔다. 아래층에서 무슨 소리가 들려왔다. 그는 그 소리가 계단에서 들려오는 것임을 감지하고 급히 방의 빗장을 이중으로 걸었다.

돌로레스는 긴 의자 위에서 어깨를 들썩이며 울고 있었다.

뤼팽이 그녀를 위로하며 물었다.

"견딜 힘이 있습니까? 이곳은 2층입니다. 시트를 창문에 늘어뜨려서 타고 내려가야 하는데, 제가 도와드리면 가능할 겁니다……."

"안 돼요. 전 못해요. 절 두고 가지 마세요…… 저들이 절 죽일 거예요…… 제발 저를 지켜주세요!"

뤼팽은 그녀를 두 팔로 안고 옆방으로 건너갔다. 그런 뒤 그녀의 귓가에 입을 대고 말했다.

"여기서 꼼짝 마십시오. 침착하셔야 합니다. 제가 살아 있는 한, 놈들 중 그 누구도 당신에게 손을 대지 못할 겁니다."

첫째 방의 문이 흔들렸다. 돌로레스가 뤼팽의 목에 매달리며 소리쳤다.

"아, 놈들이…… 저기까지 왔어요…… 당신도 무사하지 못할 거예요…… 혼자뿐이잖아요……."

뤼팽이 강한 어조로 말했다.

"저는 결코 혼자가 아닙니다. 당신이 옆에 계시니까요…… 당신께서 내 곁에만 있으면……."

그러면서 뤼팽은 여자의 손을 떼어내려 했다. 그러자 그녀가 두 팔로 뤼팽의 머리를 감싸안고 눈을 똑바로 응시하며 말했다.

"어딜 가시려는 거지요? 무엇을 하시려는 거예요? 안 돼요…… 죽으면 안 돼요…… 제발 죽지 말아요 …… 꼭 살아야만

해요…… 무슨 일이 있더라도, 무슨 일이 있더라도 꼭 살아주셔야만 해요.”

이 밖에도 다른 말들을 했으나 뤼팽은 알아들을 수 없었다. 아무래도 그가 들어선 안 되기 때문에 그녀가 일부러 입술을 깨물어 하려던 말을 삼켜버리는 것처럼 느껴졌다. 기운이 다했는지 그녀는 곧바로 정신을 잃고 쓰러져 버렸다.

뤼팽은 그녀의 얼굴을 향해 몸을 굽혔다. 그리고 한참 동안 뚫어지게 그녀를 바라보았다. 그러다 그는 그녀의 머리에 살그머니 입을 맞췄다.

뤼팽은 첫째 방으로 돌아왔다. 그는 두 개의 방 사이에 있는 문을 단단히 닫아걸고 불을 켰다. 그는 곧바로 소리를 지르기 시작했다.

“잠깐만 기다려라, 이 애송이들아! 어떤 놈이 그렇게 빨리 죽고 싶어서 안달이 난 거냐……? 네놈들도 여기에 있는 것이 뤼팽인 줄은 알겠지? 그러다 큰코다친다!”

그는 조금 전까지 케셀바흐 부인이 누워 있었던 긴 의자가 가려지도록 병풍을 둘러쳤다. 그리고 그 긴 의자 위에 옷가지들을 늘어놓고 이불로 감싸, 사람이 누워 있는 것처럼 보이게 만들었다.

문은 악당들의 힘에 밀려 금방이라도 부서질 것 같았다.

“자, 와라! 망설이지 말고 덤벼라! 가장 먼저 달려드는 놈이 가장 먼저 따끔한 맛을 보게 될 테니까…….”

그렇게 외치며 뤼팽은 재빨리 열쇠를 열고 빗장을 풀었다.

열린 문이 액자 같아 보였다. 고함소리, 협박하는 소리와 함께 액자 속에 거칠고 난폭한 사나이들이 나타났다.

하지만 누구 하나 선뜻 달려드는 자는 없었다. 뤼팽의 명성을 익히 알고 있는 놈들이었다. 그것이 그들을 불안과 두려움에 떨게 만들고 있었다.

뤼팽이 노린 점이 바로 그거였다.

뤼팽은 전등 불빛을 등지고 방 한복판에 당당하게 서서 한 손을 앞으로 내밀고 있었는데, 손에는 한 다발의 지폐가 들려 있었다. 뤼팽은 느긋이 지폐를 정확히 일곱 뭉치로 나눴다. 그런 뒤 천천히 입을 열었다.

"뤼팽을 죽이는 자는 3천 프랑의 특별 수당을 받기로 되어 있지? 그렇지? 자, 여기 그 두 배가 있다!"

그는 일곱 개의 지폐뭉치를 패거리들이 손을 뻗으면 닿을 만한 거리의 테이블 위에 올려놓았다.

"수작을 부리는 거다! 시간을 벌려는 거다. 쏴 죽여버려라!"

고물장수가 소리를 지르며 팔을 들어올렸다. 그러나 패거리의 다른 한 명이 그를 제지했다.

뤼팽은 계속 말을 이었다.

"이 돈을 받는다고 해서 너희들의 계획이 바뀌는 것은 아니다. 너희들은 우선 케셀바흐 부인을 납치하고, 그 다음 부인의 보석을 빼앗을 계획으로 여기에 온 게 아닌가? 나는 그런 너희들의 일을 방해할 만큼 어리석지는 않다."

"대체 지금 무슨 수작을 부리려는 거냐?"

듣고 있던 고물장수가 성질 급하게 다그쳤다.

"아, 고물장수! 내 말에 슬슬 관심이 생기는 모양이지. 우선, 이리로 들어오게…… 자, 모두들 들어오라니까…… 계단 위에서 불어오는 바람이 꽤 찰 테니까 말이야. …… 너희들 같은 아기들은 조금만 찬바람에 노출되어도 감기에 걸리기 쉽지…… 뭐? 무서워? 무서워서 못 들어오겠어? 뭐가 무섭단 말인가? 나는 혼자가 아닌가…… 자, 용기를 내보라고."

패거리들이 조심하며 주춤주춤 방 안으로 들어왔다.

"그 문을 닫아주게, 고물장수…… 그러면 마음이 좀 편해질 테니까. 고맙군. 아니, 그 사이 벌써 1천 프랑짜리 지폐가 없어졌군. 그렇다면 계약이 성립된 건가? 우리 같은 신사들끼리는 이야기도 빨리 통한단 말이야!"

"그 다음에는 어쩔 생각이지?"

"그 다음이라니? 그거야 말이 필요 없지! 이제 우리는 동료가 된 걸세."

"동료라고?"

"그럼 아니었나? 그런 조건으로 내 돈을 받은 것이 아니었나? 자, 이제부터 함께 일을 해보자고. 함께 젊은 부인도 납치하고 보석도 같이 훔치자는 말일세."

"그 일이라면 네 도움이 별로 필요 없는데."

고물장수가 빈정거리듯 말했다.

"그렇지 않다네, 친구."

"어째서?"

“보석을 감춘 장소를 너희들은 모르고 있기 때문이지. 하지만 나는 알고 있거든…….”

“그거야 뒤지면 나오겠지!”

“오늘 밤 안에 찾아내기는 좀 무리일 텐데? 내일쯤이면 몰라도 말이야.”

“그렇다고 치자. 그럼 너의 조건은 뭐냐?”

“보석을 똑같이 나누는 거다.”

“감춘 장소를 알고 있다면 어째서 너 혼자 독차지하려 하지 않지?”

“혼자서는 열 수 없기 때문이다. 비밀장치가 있는데, 어떻게 해야 열 수 있는지 나도 모르거든. 다행히 너희들이 왔으니 너희들의 힘을 빌리면 될 것 같다.”

고물장수는 망설이는 눈치였다.

“나눈다…… 나눈다고……? 돌멩이 조금하고 놋쇠 부스러기일지도 모르는데…….”

“바보 같은 소리! 족히 1백만 프랑어치는 될 거다.”

그 말에 패거리들이 깜짝 놀랐다.

“정말 그런가? 그럼 생각해 볼 만하군. 그런데 그 사이 케셀바흐 부인이 설마 도망치지는 않겠지? 지금 옆방에 있지?”

드디어 고물장수가 결정을 한 것 같았다.

“아니, 그 부인은 여기 있다.”

뤼팽이 병풍 끝을 젖히고, 조금 전 소파 위에 꾸며놓은, 옷가지들을 감싸고 있는 모포더미를 조금 보여줬다.

“기절해 있다. 보석을 서로 나눌 때까지는 내주지 않겠다.”

“하지만…….”

“싫으면 그만둬! 나는 이렇게 혼자뿐인데 무슨 겁이 그렇게 많아? 그리고 내가 언제 빈말하는 것 봤나…….”

악한들이 잠시 서로 수군덕거렸다. 그런 다음 고물장수가 말했다.

“그럼 먼저 보석이 있는 곳을 대라?”

“저 벽난로 밑이다. 비밀을 모르고 있으니 굴뚝과 거울, 대리석 등 벽난로 전체를 뜯어내야만 한다. 상당히 귀찮은 일이지.”

“그런 거라면 뭐……! 그런 건 우리가 전문가지. 우리가 손을 대면 5분도 채 안 걸려…….”

고물장수가 지시를 내리자 패거리들이 곧 절도 있고 기운차게 움직였다. 두 사람은 의자에 올라가 거울을 들어내려고 애썼다. 남은 네 사람은 굴뚝을 맡았다. 고물장수는 무릎을 꿇고 벽난로 안을 살펴보기도 하고, 지시를 내리기도 했다.

“조심해서 하라고……! 호흡을 맞춰야 해…… 위험하다, 조심해! 하나, 둘…… 영차! 아, 움직인다!”

뤼팽은 그들 뒤에서 두 손을 주머니에 찔러 넣은 채 버티고 서 있었다. 그는 매우 감탄스러운 표정으로 패거리들의 일거수 일투족을 지켜보고 있었다. 자기에게 갖춰진 믿기 어려울 만큼 강력한 카리스마의 실증을 눈앞에 보며 그는 자신에게 문화재급 예술가 같은 긍지를 느꼈다. 악당들은 어째서 판단력을 잃고 이런 말 같지도 않은 엉터리 속임수에 넘어간 것일까? 그들은 무엇 때문에 상대를 해치울 수 있는 더없이 좋은 기회를 버린 것일까?

그는 주머니에서 두 자루의 커다란 권총을 꺼내들고 두 팔을 앞으로 쭉 내밀었다. 그리고 태연하게 맨 먼저 쏘아 쓰러뜨릴 사나이를 두 사람, 그 다음으로 쓰러뜨릴 사나이를 두 사람 골랐다. 그는 마치 사격 연습장에서 하듯 두 개의 표적을 겨냥했다. 곧이어 동시에 두 발의 총성이 울려 퍼졌다. 계속해서 또 두 발…….

비명이 터져 나왔다…… 네 사나이가 장난감 총에 맞은 인형처럼 푹푹 고꾸라졌다.

"일곱에서 넷을 빼니 셋이 되는군. 좀더 숫자를 줄일까?"

뤼팽은 여전히 두 팔을 앞으로 쭉 펴고 있었다. 그의 권총 두 자루는 고물장수와 나머지 두 명에게 겨눠져 있었다.

"빌어먹을!"

고물장수가 무기를 집어들며 울부짖듯이 말했다.

"움직이지 마!"

뤼팽이 소리쳤다.

"손을 들지 않으면 쏘겠다! 옳지, 그렇게 해야지. 자, 너희들 고물장수의 무기를 회수해…… 그렇지 않으면……."

두 악당은 두려움에 질려 오들오들 떨면서 양쪽에서 달려들어 고물장수의 무기를 빼앗았다.

"그자를 꽁꽁 묶어라……! 빨리 묶어! 그 녀석이 무서운가? 내가 여기를 떠나면 너희들도 가고 싶은 데로 가면 그만이야.

자, 빨리 못하겠나? 그 손목을 먼저 묶어…… 너희들의 허리띠로 말이야. 옳지, 이번에는 발목, 빨리빨리……!"

고물장수는 더 이상 저항할 생각을 못했다. 그의 두 공범이 한창 정신없이 묶고 있을 때 뤼팽이 그들의 등뒤로 다가가 그들의 머리를 권총 손잡이로 세게 내려쳤다. 권총 손잡이에 뒤통수를 맞은 두 사람이 힘없이 쓰러졌다.

"좋았어, 정말 훌륭해!"

크게 숨을 내쉬면서 뤼팽이 말했다.

"한 50명쯤은 있었어야 운동이 좀 되었을 텐데, 아쉬운 걸…… 이제 서서히 몸이 풀리려던 참인데 말이야. 이 정도는 슬슬 농담이나 하다 입 하나와 손가락 두 개만 써도 충분하지. 안 그런가, 고물장수? 자네도 그렇게 생각하지?"

고물장수는 분하고 억울하다는 표정이었다. 얼굴이 온통 시뻘겋게 변했다. 그러나 뤼팽은 계속 약을 올렸다.

"너무 실망하지 말게, 친구. 케셀바흐 부인의 안전을 지키는 훌륭한 일을 도운 것으로 생각하고 만족하라고. 자네의 행동에 케셀바흐 부인이 조만간 고맙다는 말을 전할 테니까."

그렇게 말하고 나서 뤼팽은 옆방으로 다가가 문을 열었다.

"앗!"

문지방 위에 선 채 그는 기겁을 하여 외마디 소리를 질렀다.

방이 텅 비어 있었다.

뤼팽이 급히 창문으로 달려갔다. 거기서 그는 강철로 만든 조립식 사다리가 발코니에 걸쳐져 있는 것을 보았다.

"납치되었다…… 결국 납치되었어! 루이 드 말라이히의 짓이 분명해! 이런, 악랄한 놈……!"

❧

뤼팽은 잠시 생각했다. 자신의 마음을 진정시키려고 애쓰면서 스스로에게 타일렀다. 케셀바흐 부인에게 당장 위해가 가해지리라고는 생각되지 않음으로 조급하게 허둥댈 이유가 없다고. 그러나 울화통이 치미는지 그는 옆방으로 달려가 상처를 입고 쓰러져 있는 악당들을 장화를 신은 발로 마구 걷어찼다. 그리고 주머니를 뒤져서 주었던 지폐를 모두 빼앗았다. 그런 다음 그는 커튼과 모포, 시트 등을 닥치는 대로 찢어서 만든 끈으로 패거리들의 손발을 묶고 또 재갈을 물렸다. 마지막에는 융단 위의 긴 의자 위에 일곱 사람을 세워놓고 짚단을 묶듯 한꺼번에 모두 동여맸다.

"이거 무슨 음식 같지 않은가?"

뤼팽이 패거리들을 보며 비웃었다.

"정말 먹음직스러워! 이 멍텅구리들아, 너희들은 도대체 왜 사냐? 시체보관소의 익사체들 같은 놈들아. 이러고도 감히 뤼팽님에게 도전을 해. 미망인과 고아들의 수호자인 이 뤼팽님에게 말야! 주제넘은 짓을 하니 당연히 벌을 받지! ……덜덜 떨고 있군. 너무 걱정은 하지 마라, 이 피라미들아! 너희 같은 피라미는

물론 파리 한 마리도 죽인 일이 없는 뤼팽님이시다…… 그러나
이 뤼팽님은 너희 같은 깡패가 몹시 싫다. 이 뤼팽님은 정직하
고 자신의 의무를 잘 알고 있는 사람이다. 생각해 봐라, 나 같은
사람이 어찌 너희 같은 놈들과 함께 어울려 다닐 수 있겠는가.
너희들이 하고 다닌 짓이 어떤 것인지 생각해 보란 말이다. 남
의 생명이나 재산은 발뒤꿈치의 때만큼도 존중하지 않고, 양심
도 없고 정의가 뭔지도 모르는 이 파렴치한 놈들아. 대체 왜 그
렇게 사냐? 세상이 어떻게 되려는 건지 참……."

뤼팽은 놈들을 그대로 둔 채 방을 나왔다. 그는 타고 왔던 택
시가 있는 곳까지 걸어가, 운전기사에게 택시 한 대를 더 불러
오라고 말했다. 잠시 뒤 뤼팽은 두 대의 자동차를 이끌고 케셀
바흐 부인의 집으로 갔다.

뤼팽이 기사들에게 미리 건네준 상당한 팁이 귀찮은 설명을
생략하게 해주었다. 두 운전기사의 도움을 받아 그는 일곱 명의
포로를 두 대의 자동차에 짐짝처럼 실었다. 부상자들은 끙끙거
리기도 하고 비명을 지르기도 했다. 그러나 그는 아랑곳하지 않
고 문을 닫았다.

"손을 조심하라구."

이것이 뤼팽이 자동차의 문을 닫기 전까지 내뱉은 단 한마디
의 말이었다.

그는 앞서 있는 차의 조수석에 앉았다.

"자, 갑시다!"

"어디로 모실까요?"

운전기사가 물었다.

"오르페브르 가 36번지, 치안국으로……."

엔진이 요동을 쳤다. 기어를 넣는 소리가 났다. 이윽고, 괴상한 일행을 태운 택시가 트로카데로 언덕길을 내려가기 시작했다.

별들이 하늘에서 반짝였다. 상쾌한 미풍이 불어왔다.

뤼팽이 콧노래를 부르기 시작했다.

콩코르드 광장, 루브르 궁…… 이어서 노트르담의 탑이 멀리서 시커먼 형체를 드러냈다.

뤼팽이 뒤를 돌아보았다.

"어떤가, 친구들? 기분이 썩 좋지? 나도 몹시 기분이 좋다네. 덕분에 말이야. 정말 기분 좋은 밤이야. 상쾌한 공기 때문에 기분이 참 좋아……!"

강변도로의 울퉁불퉁한 돌들 때문에 자동차가 흔들렸다. 곧 재판소와 치안국 입구에 자동차가 도착했다.

"여기서 잠시 기다려 주시오."

뤼팽이 두 운전기사에게 말했다.

"이 일곱 명의 특별한 손님들을 잘 감시하고 있어야 합니다."

뤼팽은 치안국의 안뜰을 가로질러갔다. 그는 본관으로 가기 위해 오른쪽 통로로 들어섰다.

숙직실에 형사들이 몇 명 대기하고 있었다.

"안녕들 하시오, 여러분! 쓸 만한 물건들을 좀 잡아왔소!"

숙직실에 들어서자마자 뤼팽이 크게 외쳤다.

"베르베르 씨는 계시오? 나는 이번에 새로 부임한 오퇴유 경찰서장이외다!"

"아, 베르베르 씨는 지금 관사에 계십니다. 불러 드릴까요?"

"잠깐만, 몹시 바쁜 일이 있어서…… 대신 편지를 써놓고 가겠소."

테이블 앞에 앉은 그는 곧 편지를 쓰기 시작했다.

친애하는 베르베르.

알텐하임 패거리 일곱 명을 인도하네. 구렐 형사를 비롯해 많은 사람들을 살해한 놈들일세…… 그중에는 르노르망이라는 이름으로 나도 끼어 있네.

남은 것은 오직 이 녀석들의 우두머리 한 사람뿐이네. 이제부터 나는 그자를 체포할 생각인데, 도우러 오게. 그자는 닐리의 델레즈망 가에서 레옹 마시에라는 가명으로 살고 있네.

그럼 이만…….

_치안국장 아르센 뤼팽

뤼팽이 편지를 봉해 형사 한 명에게 건네주며 말했다.

"이것을 신속히 베르베르 씨에게 전해주시오. 그리고 내가 가져온 선물을 인도할 테니 당신들 일곱 명이 날 좀 도와주었으면 좋겠소. 그것들은 강변에 있으니 찾아가시오."

자동차 앞에서 그는 형사반장을 만났다.

"아, 당신이군요, 르뷔프 씨. 내가 방금 커다란 고기들을 잡았답니다. 알텐하임의 부하들을 일망타진했지요…… 놈들은 저 자동차 안에 있소."

"놈들을 어디서 잡았습니까?"

"놈들이 케셀바흐 부인을 납치하고 집안을 털려는 걸 덮쳤소. 설명은 나중에 천천히 하기로 하고, 오늘은 이만 실례하겠습니다."

형사반장이 자리를 뜨려는 뤼팽의 팔을 잡아 세우며 물었다.

"실례입니다만, 오퇴유의 경찰서장이라고 들었는데, 아무래도 이상하군요…… 당신은 누구십니까……?"

"누구긴 누구겠소, 최고의 악당들 일곱을 선물로 주려고 가지고 온 그 장본인이지요."

"좀더 자세히 말씀해 주실 수 없겠습니까?"

"내 이름말입니까?"

"예, 그렇습니다."

"내가 바로 아르센 뤼팽이오."

그렇게 말하며 뤼팽은 형사반장의 발을 걸어서 넘어뜨리고 리볼리 가를 향해 뛰어갔다. 그는 곧 지나가던 택시를 잡아 신속히 올라타고 테르느의 큰 나무문이 있는 곳으로 가자고 말했다.

그곳에서 레볼트 가의 다가구 주택 지역은 아주 가까웠다. 그는 3번지를 향해 걸어갔다.

냉정함과 자제력을 타고났음에도 불구하고 아르센 뤼팽은 흥분을 진정시키기 어려웠다.

돌로레스 케셀바흐 부인을 발견할 수 있을 것인가? 루이 드 말라이히는 그 젊은 부인을 자기 집이나 고물장수의 창고로 과연 데리고 갔을까?

뤼팽은 고물장수의 창고 열쇠를 빼앗아두었다. 덕분에 그는 쉽게 잡동사니들이 쌓여 있는 창고 안으로 들어갈 수 있었다.

뤼팽은 손전등을 비추며 창고를 살폈다. 약간 오른쪽 편에 지난번 알텐하임의 패거리들이 모의를 하던 공간이 있었다.

전에 고물장수가 손가락으로 가리키며 케셀바흐 부인을 납치해오면 묶어두겠다던 긴 소파가 눈에 들어왔다. 소파 위에 검은 그림자가 어른거렸다.

재갈이 물린 채 모포에 싸여 있는 돌로레스 케셀바흐 부인이었다…….

뤼팽이 그녀를 부축해 일으켰다.

"아! 당신이었군요? ……당신이시군요. ……그들이 당신에게 위해를 가하지는 않았나요?"

중얼거리던 돌로레스가 자리에서 벌떡 일어나더니 창고 안쪽을 손가락으로 가리키며 말했다.

"저기, 그자가 저쪽으로 나갔어요…… 발소리가 들렸어요…… 분명해요…… 뒤쫓아가세요. 부탁이에요…….."

"당신의 안전이 더 중요합니다. 당신을 먼저 안전한 곳으로 옮긴 뒤…….."

"아니에요. 그 사나이를 먼저 잡아주세요…… 그 사나이를 해치워야 해요…… 부탁이에요…… 그 사나이를 제발…….."

이번에는 두려움이 그녀를 나약하게 만들지 않고 신기하게도 오히려 힘을 북돋고 있는 것 같았다. 그녀는 자신을 계속 괴롭

혀 온 그 무자비한 적으로부터 달아나는 방법은 그를 제거하는
방법뿐이라는 것을 알고 있는 것 같았다.

“먼저 그 사나이를 처리해 주세요…… 그렇지 않으면 저는
더 이상 견디기 힘들어요. 제발 그 사나이로부터 저를 구해 주
세요…… 제발…… 이대로는 더 이상 견딜 수가 없어요…….”

그는 그녀를 묶고 있는 밧줄을 풀었다. 그리고 조심스럽게 긴
의자 위에 눕혔다.

“그렇습니다. 당신 말씀이 옳습니다…… 아무것도 걱정하지
말고 여기서 기다리세요. 틀림없이 돌아올 테니까요…….”

그가 자리를 뜨려는 순간 돌로레스가 손을 덥석 잡았다.

“당신을……?”

“무슨 말입니까?”

“만일 그자가 당신을…….”

그녀의 얼굴에는 뤼팽을 걱정하는 표정이 역력했다. 어쩌면
그를 만류하고픈 심정인지도 몰랐다.

“걱정은 고맙습니다만, 마음놓으십시오. 두려워할 일은 아무
것도 없습니다. 그 녀석은 혼자입니다.”

그렇게 말한 뒤 뤼팽은 창고 안쪽으로 걸어갔다. 예상했던 대
로 벽에 걸쳐진 사다리가 있었다. 그것을 이용하여 그는 얼마
전 도둑들이 모여 있는 것을 엿볼 수 있었던 다락으로 올라갈
수 있었다. 말라이히는 그곳을 이용해 델레즈망 가의 자기 집으
로 돌아갔을 터였다.

몇 시간 전에 말라이히가 한 것처럼 뤼팽은 그 통로를 이용해

이웃에 맞붙어 있는 창고로 옮겨가, 뜰로 내려갔다. 그는 말라이히가 살고 있는 외딴집 바로 뒤켠에 서 있었다.

이상하게도 그는 말라이히가 그곳에 있을 거라는 확신이 들었다. 틀림없이 몇 분 뒤면 그는 그 녀석을 상대로 목숨을 건 치열한 싸움을 벌일 터였다. 앞으로 몇 분만 있으면 모든 결판이 날 것이리라.

그런데 참으로 이상했다. 문의 손잡이를 잡자 문이 스르르 열리는 것이 아닌가? 문이 잠겨 있기는커녕 제대로 닫혀 있지도 않았다.

문 안으로 들어가기 전 그는 잠시 머뭇거렸다. 이마에서 땀이 흘렀다. 빨라지는 맥박에 의해 관자놀이의 맥박이 날뛰었다.

하지만 그는 마음만큼은 냉정했다. 자제력도 잃지 않았고, 미세한 일까지 알아차리기 위해 노력했다.

문을 열고 들어갔으나 인기척이 느껴지지 않았다. 그는 실내를 둘러보고 나서 주방의 계단을 올라갔다.

'무기는 쓰지 않겠다. 맨손으로, 이 두 주먹만으로도 해치우겠다…… 그러는 편이 더 좋다.'

뤼팽은 층계에 자신의 권총 두 자루를 내려놓았다.

그의 앞에는 세 개의 문이 있었다. 그는 한가운데 문을 선택해 손잡이를 돌렸다. 역시 잠겨 있지 않았다.

뤼팽이 날렵하게 안으로 들어갔다.

방에는 불이 켜져 있지 않았다. 그러나 활짝 열어놓은 큰 창문으로 달빛이 환했다. 어둠 속에서 하얀 시트와 침대가 보였다.

침대에서 누군가가 갑자기 벌떡 일어났다.

뤼팽은 권총이라도 뽑듯 신속히 그 그림자를 향해 손전등을
비췄다.

"말라이히!"

그랬다. 어두운 두 눈, 미라같이 툭 불거진 광대뼈, 앙상한 목
줄기…… 틀림없는 말라이히의 창백한 얼굴이었다.

갑작스런 침입자가 코앞에 있는데도 말라이히는 꼼짝도 하지
않고 있었다.

뤼팽은 이 생기 없는 얼굴에서, 이 죽은 자 같은 얼굴에서 조
금의 불안감도 찾아볼 수 없었다.

뤼팽이 천천히 다가섰다. 한 걸음, 또 한 걸음…….

그런데도 상대방은 전혀 움직임이 없었다.

대체 무얼 보는 거지? 사태를 인식은 했을 텐데?

그 사나이의 눈은 허공을 노려보고 있었는데, 어떤 실물을 본
다기보다는 어떤 환각을 바라보고 있는 것 같았다.

침대 위의 사나이를 향해 한 걸음 더 다가가며 뤼팽은 생각
했다.

'이쯤에서 놈은 방어 자세를 취할 것이다.'

그러나 사나이는 여전히 움직이지 않았다. 눈동자조차 꿈쩍
하지 않았다.

마침내 뤼팽이 그 사나이를 향해 팔을 쑥 내밀었다.

사나이의 몸에 어떤 저항도 없이 그대로 손이 닿자 놀란 것은
오히려 뤼팽이었다.

뤼팽은 그 사나이를 침대 위에 쓰러뜨리고 잽싸게 시트로 둘둘 말아 모포로 묶었다. 그리고 짐승이라도 잡은 것처럼 무릎으로 눌렀다…… 그런데도 그 사나이는 저항 한 번 하지 않았다.

"야호! 이 짐승 같은 녀석, 드디어 네놈을 잡았구나! 마침내 내가 이겼다!"

뤼팽은 이제야 분이 풀리는지 기쁨에 들뜬 목소리로 외쳤다.

그때 그의 귀에 어떤 소리가 들려왔다. 델레즈망 가 쪽에서 누군가가 철책을 두드리는 소리였다. 뤼팽은 얼른 창문으로 달려가 외쳤다.

"베르베르, 자네가 벌써 왔나! 대환영이네! 꽤 빠르군. 하지만 철책 문은 닫고 들어와야지. 어서 뛰어오게……."

뤼팽은 몇 분 동안에 걸쳐, 포로의 옷을 재빨리 뒤져 찾아낸 지갑과 나무로 된 책상서랍 안에 있던 서류들을 모조리 꺼내 테이블 위에 올려놓고 조사했다.

잠시 뒤 그는 자기도 모르게 환성을 질렀다. 황제에게 약속한 그 귀중한 서류뭉치가 거기에 있었던 것이다.

그는 편지를 제외한 다른 서류들을 제자리에 넣고 나서 창가로 달려갔다.

"이제 되었네, 베르베르! 들어와도 좋아! 꽁꽁 묶어서 잘 포장한 케셀바흐의 살인범이 침대에 놓여 있으니 와서 수거해 가게나…… 그럼 잘 있게, 베르베르! 나는 이만 먼저 실례하겠네……."

뤼팽은 계단을 구르듯이 뛰어내려와 창고로 달려갔다. 베르베르가 외딴집으로 들어가는 것과 동시에 그는 돌로레스 케셀바흐 부인과 재회했다.

조금 전 뤼팽은 오직 혼자의 힘으로 알텐하임 패거리 일곱 명을 잡았다!

그리고 그는 지금 이 패거리의 신비에 쌓인 우두머리, 사악한 괴물, 루이 드 말라이히까지 잡아 치안국에 넘겨준 것이었다.

앞이 탁 트여 있는, 목조 발코니 위의 테이블에 앉아서 한 젊은이가 무엇인가를 쓰고 있었다.

가끔 그는 고개를 들어 생각에 잠긴 눈길로 지평선에 늘어서 있는 작은 언덕들을 바라보았다. 언덕 위에 서 있는 앙상한 나무들이 몇 장 남지 않은 낙엽들을 별장의 빨간 지붕이나 뜰의 잔디밭으로 떨구고 있었다. 젊은이는 이내 펜을 움직여 무엇인가를 끼적이기 시작했다.

잠시 뒤 그는 종이를 집어들고 크게 소리내서 읽었다.

인생은 정처 없이 흘러만 가네
흐르는 물길 따라 떠밀려 가듯
인생의 확실함은 끝이 있다는 것뿐
우리 죽어야만 저 기슭에 닿으리

"나쁘지는 않군 그래!"

누군가의 목소리가 등 뒤에서 들려왔다.

"요즘 명성을 떨치고 있는 아마블 타스투 부인도 그 이상의 시는 못 쓸 걸세. 하긴, 모두가 라마르티느(당시의 대표적 낭만주의 시인)가 될 수는 없지."

"당신……! 당신이셨군요!"

젊은이가 놀랐다는 듯이 더듬거리며 말했다.

"그렇다네, 시인 선생. 아르센 뤼팽이 친한 벗 피에르 르뒤크를 만나러 온 걸세."

피에르 르뒤크는 열병이라도 걸린 듯 몸을 부들부들 떨기 시작했다.

"드디어 때가 된 겁니까?"

그가 작은 목소리로 물었다.

"바로 그렇다네. 나의 믿음직한 피에르 르뒤크, 자네를 위한 때가 다가온 걸세. 몇 개월 동안 주느비에브 에르느몽 양, 그리고 케셀바흐 부인과 함께 지내온 한가로운 시인의 생활을 이제 접고, 내가 써둔 대본 속의 역할을 할 때가 드디어 온 걸세…… 멋진 연극이지, 완벽하게 짜여진 한 편의 희극이야. 아주 교묘하게 꾸며진 연극일세. 규칙에 따라 트레몰로도 있고, 웃음도 있고, 긴장감을 느끼는 부분도 있는 연극이지. 드디어 5막을 공연할 차례가 왔네. 클라이맥스가 이제 얼마 남지 않았어. 피에르 르뒤크, 자네가 바로 그 주역일세. 이 얼마나 영광스런 일인가!"

“만일 제가 거절한다면 어떻게 될까요?”

젊은이가 자리에서 벌떡 일어나며 말했다.

“바보 같은 소리!”

“바보인지도 모릅니다만, 만일 제가 거절한다면 어떻게 될까요? 왜 제가 당신의 의지에 따라야 합니까? 거북하고 부끄럽기만 한 그 역할, 그게 뭔지도 모르면서 왜 제가 해야 하는 겁니까?”

“바보 같은 소리!”

뤼팽은 재차 그렇게 외치고 나서 피에르 르뒤크를 억지로 자리에 앉게 하고 자신도 옆에 앉아 다정다감한 목소리로 말했다.

“자네는 그새 잊어버렸군. 자네의 진짜 이름은 피에르 르뒤크가 아니라 제라르 보프레라는 것을 말이야. 지금 자네가 피에르 르뒤크라는 멋진 이름을 가지고 있는 것도 실은 자네가 피에르 르뒤크를 죽이고 그의 신분을 훔쳤기 때문이 아닌가.”

흥분한 젊은이가 의자에서 벌떡 일어섰다.

“왜 그런 말도 안 되는 소리를 하십니까! 그 모든 일을 당신이 했다는 건 당신이 더 잘 알고 있지 않습니까……?”

“그래, 물론 알고 말고. 너무나 잘 알고 있다네. 하지만 경찰이 뭐라고 할지 궁금하군? 내가 만일 진짜 피에르 르뒤크는 죽었고, 자네가 그의 역할을 하고 있다는 증거를 들이대면 경찰이 뭐라고 할까?”

젊은이가 기겁을 했다.

“아무도 그 말을 믿지 않을 겁니다……! 어째서 제가 그런 짓을 했겠습니까? 무슨 목적으로 말입니까?”

“정말 바보로군! 목적은 너무나도 뚜렷해서 그 무능한 베르베르 차장도 쉽게 알아차릴 걸세. 자기가 알지 못하는 역할은 하지 않겠다고 자네가 말하지만, 그건 거짓말일세. 그 역할이라면 자네도 이미 잘 알고 있네. 그것은 만일 피에르 르뒤크가 죽지 않았다면 했을 바로 그 역할이지.”

“피에르 르뒤크는 나에게 있어서도 그렇고 세상 사람들에게 있어서도 단순히 그냥 하나의 고유명사에 지나지 않습니다. 대체 그가 누굽니까? 저는 어떤 사람입니까?”

“그걸 알아서 무엇하게?”

“제 자신이 누군지를 알아야, 제가 어디로 가고 있는지 알지 않겠습니까?”

“만일 그것을 알려주면 자네는 그 역할을 받아들이겠는가?”

“그렇습니다. 하지만, 당신이 말씀하시는 목적지가 그렇게 할 만한 가치가 있는 경우에 한해서 말입니다.”

“가치가 있는 것이 아니라면 어째서 내가 이렇게까지 애를 쓰겠나?”

“저는 누구입니까? 제 운명을 알아내 회피하기 위해서가 아닙니다. 단지 저는 알고 싶을 뿐입니다. 저는 누구입니까?”

아르센 뤼팽이 모자를 벗고 깍듯하게 허리를 굽히며 말했다.

“인사드립니다. 듀 퐁 벨덴츠 대공국의 헤르만 4세 전하! 베른카스텔 공이시고, 게르만 황제 선출권을 가지고 있으며, 그 밖에도 여러 영지의 군주이시기도 합니다.”

사흘 뒤 뤼팽은 케셀바흐 부인을 자동차에 태워 국경 지역으로 데리고 갔다. 조용한 여행이었다. 뤼팽은 기억을 되새기고 있었다. 비뉴 가의 집에서 그가 알텐하임 패거리들의 공격으로부터 그녀를 지키려고 했던 그 순간 공포에 질린 돌로레스의 입에서 나온 말들을! 뤼팽 앞에서 어색하고 불편해하는 것을 보면 그녀도 똑같이 그것을 생각하고 있는 모양이었다.

해질녘 두 사람은 벽마다 꽃과 나뭇잎들로 뒤덮여 있는, 수백 년이나 된 거목들에 둘러싸여 있는 아담한 성에 도착했다.

두 사람은 거기서 주느비에브를 만났다. 그녀는 먼저 도착해 인근 마을에서 현지 출신 하인을 고르고 돌아오는 길이었다.

"이곳이 부인께서 앞으로 머무르실 곳입니다. 이 성의 이름은 드 브뤼겐입니다. 이번 일이 마무리될 때까지 조용히 이곳에 머물러 주십시오. 내일, 피에르 르뒤크가 이곳으로 와 손님으로서 폐를 끼치게 될 것입니다."

그렇게 말한 뒤 뤼팽은 벨덴츠를 향해 떠났다. 그는 발데마르 백작에게 자기가 되찾은 귀중한 서류 뭉치를 전했다.

"발데마르 백작, 당신은 내 조건을 기억하실 겁니다. 우선 듀퐁 벨덴츠 집안을 다시 일으킨 뒤 헤르만 4세 대공께 그 영토를 돌려주십사 하는 것입니다."

"오늘부터 당장 섭정위원회와 교섭을 시작하겠소. 내 정보에 의하면, 일은 이미 다 된 것이나 다름없소. 그런데 그 헤르만 대공은……?"

"전하께서는 지금 피에르 르뒤크라는 이름으로 드 브뤼겐 성에 머물러 계십니다. 신분을 입증하는 데 필요한 모든 증거는 제가 다시 제출하도록 하겠습니다."

그날 저녁 뤼팽은 말라이히와 일곱 패거리들의 재판을 적극적으로 추진할 생각으로 파리로 향했다.

이 재판이 어떤 것이었는가, 어떻게 전개되었는가는 설명할 필요도 없었다. 모든 사람들이 이 사건에 대해 너무나 자세히 알고 있었다. 아무리 외딴 산 속에 사는 낫 놓고 기억 자도 모르는 촌부들이라고 해도 이 사건에 대해서만은 알고 있었다. 모든 사람이 관심을 보인 그런 사건이었다.

이 재판에서 특히 재밌었던 것은 바로 아르센 뤼팽이 맡은 역할이었다.

사실, 예심부터가 뤼팽의 작품이었다. 예심이 열린 처음부터 그는 검찰 당국을 대신하여 가택 수색을 진두 지휘했다. 또 수사를 어느 선에서 어디까지 진행할 것인지, 피고들에 대한 질문은 어떻게 할 것인지, 피고들이 횡설수설할 때는 어떻게 대처할 것인지 하는 모든 것들을 그가 꼼꼼히 챙겼다.

매일 아침 신문에 그의 논리 정연한 공개 편지들이 게재될 때마다 다음과 같은 서명이 휘갈겨져 있었다.

예심판사 아르센 뤼팽

검찰총장 아르센 뤼팽

법무장관 아르센 뤼팽

민완형사 아르센 뤼팽

이런 서명이 신문에 실릴 때마다 독자들은 열광했고 또 활짝 웃었다.

뤼팽은 이 일에 열정과 정성을 모두 기울였다. 사실 습관적인 유머 감각과 천성적인 여유를 지닌 그의 입장에서 볼 때 그런 격렬함은 참으로 의외였다.

하긴 이번 소송은 평소 그의 그런 기질보다는 증오심이 더 큰 영향을 끼친 것 같았다.

그는 루이 드 말라이히를 여전히 증오했다. 언제나 불안과 공포의 대상이었던, 피 흘리는 것을 좋아하는 악당, 무자비한 야수…… 지금은 교도소에 갇혀 패배를 실컷 음미하고 있겠지만, 아직도 그는 루이 드 말라이히를 생각하면 혐오스럽고 끔찍한 뱀이 연상되었다. 그런 감정이 소송에 임한 뤼팽을 열정적으로 만든 것 같았다.

그 외 뤼팽을 한층 흥분시킨 것은 말라이히가 돌로레스를 해치려고 했었다는 사실이었다.

'우리는 내기를 했다. 놈이 졌다. 이제 놈은 그 대가로 목을 내놓아야 할 것이다.'

뤼팽이 바라는 것이 바로 그것이었다. 어느 뿌연 새벽, 단두대의 칼날이 그의 숨통을 끊어놓을 것이리라……

예심판사가 여러 달에 걸쳐 취조실 안에서 취조를 계속한 피고는 참으로 괴상했다. 해골 같은 얼굴에 죽은 듯한 눈을 가진 이 사나이는 정말 색다른 사람이었다.

그의 영혼은 자기 자신의 몸 속에 있지 않은 것처럼 보였다. 그의 영혼은 육신이 현재 어디에 있든 늘 어딘가로 떠나 있는 것 같았다. 이러니 취조가 원만하게 이루어질 리도 없었다.

"나는 레옹 마시에입니다."

이것이 그가 입 밖으로 내놓은 유일한 말이었다.

그러자 뤼팽은 이렇게 반박했다.

"그것은 거짓말이다. 페리고 태생으로 10세에 고아가 된 레옹 마시에는 7년 전에 죽었다. 너는 그의 호적을 도둑질했지. 그러나 너는 그의 사망 신고서의 존재를 잊고 있었다. 봐라, 이것이 그것이다!"

그러면서 뤼팽은 레옹 마시에의 사망 신고서 사본을 검사석에 제출했다.

그러나 레옹 마시에의 대답은 한결같았다.

"나는 레옹 마시에입니다."

"거짓말이다. 너는 루이 드 말라이히다. 18세기에 독일로 이주한 기사의 후손이다. 너에게는 형이 한 명 있어 파버리, 리베이라, 알텐하임이라는 가명을 썼는데, 너는 이 형을 살해했다. 너에게는 또 이질다 말라이히라는 누이동생이 한 명 있었는데, 이 누이동생도 살해했다."

"나는 레옹 마시에입니다."

"거짓말이다. 너는 말라이히다. 여기에 너의 호적이 있다. 이것은 너의 형과 누이동생의 호적이다."

물론 뤼팽은 그 세 장의 호적도 이미 증거로 제출해놓은 상태였다.

말라이히는 자기의 신분 말고 봇물처럼 쏟아지는 다른 증거들에 대해서는 어느 것 하나도 반박하지 않았다. 너무나 불리한 증거가 많이 드러나 있어 단념했는지도 몰랐다. 대체 무슨 변명을 할 수 있었겠는가? 그의 손으로 쓰여진 40통이나 되는 짤막한 편지가 검사의 손에 있었다. 필적을 검사한 결과 그가 쓴 것임이 명백했다. 이것들은 그가 부하들인 공범자들에게 지시를 내릴 때 사용한 것으로 부하들이 없애지 않은 것들이었다.

그러한 짤막한 편지는 모두 케셀바흐 사건, 르노르망 치안국장과 구렐 형사의 제거, 스타인벡 영감의 추적, 가르쉬 마을에서의 지하도 만들기 등과 관련이 있었으며 그 밖에도 여러 가지 다른 사건들과 관련이 있었다. 모두 부인할 수 없는 명백한 증거였다.

그런데 의문점 한 가지가 사람들의 고개를 갸웃거리게 했다. 자신들의 우두머리와 대면을 하게 된 일곱 명의 패거리들은 모두 한결같이 전혀 그를 모른다고 증언했다. 그들은 그를 한 번도 본 일이 없다는 것이었다. 어쩌면 그것은 그들이 말라이히로부터 지시를 받을 때 그가 전화를 걸어서 지시를 내리거나 증거로 채택된 그 짤막한 쪽지들을 어둠 속에서 재빨리 건네줬기 때문이 아닌가 싶었다.

하지만 델레즈망 가의 말라이히가 기거하던 외딴집과 고물장수의 창고 사이에 만들어진 비밀 통로만으로도 그가 일곱 명의 패거리들과 공범임이 확실했다. 그곳을 통해 말라이히는 부하들로부터 보고를 받고 또 지시를 내리거나 여러 가지 일을 감독했을 터였다.

이 밖에도 몇 가지의 모순과 겉으로 보기에는 불가능해 보이는 일들이 없는 것은 아니었지만, 뤼팽이 나서서 완벽하게 해명을 했다. 뤼팽은 재판 당일 아침 신문에 발표한 유명한 기사를 통해서 사건의 처음부터 끝까지, 어지럽게 얽힌 전모를 풀어 보였다. 뤼팽은 말라이히가 형인 가짜 파버리 소령의 방에서 아무에게도 눈치 채이지 않게 지내면서, 팔라스 호텔 복도를 서성거리다가 케셀바흐를 살해하고, 호텔 종업원을 살해하고, 비서인 채프먼을 연속으로 살해한 상황을 눈에 보이듯이 설명했다.

그날의 재판심리는 사람들에게 쉽게 잊혀질 수 없는 것이었다. 그것은 한편으로는 끔찍하면서도 한편으로는 맥이 빠진 것 같은 분위기에서 진행되었다. 끔찍했던 것은 대중을 제압하고 있던 답답한 공기와 머릿속에서 생생하게 되살아나는 범행과 피비린내 나는 기억 때문이었다. 또한 맥빠지고, 답답하고, 괴롭고, 음침하고, 숨가빴던 것은 피고가 계속 지켜온 철저한 그 침묵 때문이었다.

피고는 단 한 차례도 이의를 제기하기는커녕 몸짓 하나 말 한마디도 하지 않았던 것이다.

아무것도 보지 않고 듣지도 않는 납으로 만든 것 같은 얼굴!

그것은 정적과 무감각의 가공할 만한 환영으로 보였다. 법정 안에서 사람들은 전율했다. 사람들의 격앙된 상상력은 그가 한 명의 인간이라기보다는 오히려 일종의 초자연적인 존재, 동양의 전설에나 나올 법한 괴물, 인도의 신 가운데 하나, 힘과 잔학성과 파괴력의 상징으로 보였던 것이다.

나머지 패거리들은 상대적으로 사람들의 관심조차 받지 못했다. 다른 공범자들은 거대한 우두머리의 그림자 속에 가려 그 이미지가 형체도 없이 사라져버렸다.

한편, 무엇보다도 인상적이었던 것은 케셀바흐 부인의 증언이었다. 사람들을 놀라게 하고 뤼팽까지도 놀라게 한 것은, 그때까지 법원 측의 소환에 한 번도 응하지 않았던, 또 어디에 숨어 사는지 아무도 몰랐던 돌로레스 케셀바흐 부인이 마침내 고통에 신음하는 미망인으로서 자신의 남편을 살해한 범인에 대해 증언을 하기 위해 법원에 자진 출두를 했다는 것이었다.

오랫동안 피고를 응시하고 있던 그녀는 간단히 이렇게 증언했다.

"비뉴 가에 있는 우리 집에 침입했던 자가 바로 이 사람입니다. 나를 납치한 것도 이 사람이고, 나를 그 고물장수의 창고에 가둔 것도 이 사람입니다. 나는 저 사람을 똑똑히 알아볼 수 있습니다."

"확실합니까?"

"하나님과 여기에 모인 모든 사람들 앞에 맹세합니다."

이틀 뒤, 레옹 마시에로 불리던 루이 드 말라이히에게 사형이 선고되었다. 그의 강렬한 인상이 다른 패거리들의 인상을 모조리 흡수해 버린데다 부하들은 그의 강압 때문에 어쩔 수 없이 저지른 범죄라는 점이 정상 참작되어 형이 경감되었다.

"루이 드 말라이히, 마지막으로 할 말은 없습니까?"

재판장이 물었으나 그는 아무 대답도 하지 않았다.

재판은 끝났지만 뤼팽은 아직도 풀지 못한 문제가 있었다. 어째서 말라이히가 이러한 범죄를 저질렀는가 하는 것이 그것이었다. 그가 원하는 것이 도대체 무엇이었을까? 무엇이 그가 저지른 범죄의 목적이었을까?

뤼팽은 머지않아 그 해답을 알게 될 운명이었다. 숨이 멎을 정도의 경악과 공포, 절망과 허무에 직면해야 할 날이 점점 가까이 다가오고 있었다.

다소 개운치 못한 점은 있었지만 뤼팽은 더 이상 말라이히 사건에 골몰하지 않기로 했다. 다시 태어난 인생으로 새 출발을 결심한 그는 평온하게 살고 있는 케셀바흐 부인과 주느비에브의 신상을 멀리서 계속 지켜보고 마음을 놓는 한편 벨덴츠로 보낸 장 도드빌로부터 보고를 받아 독일 궁정과 듀 퐁 벨덴츠 섭정위원회 사이에 행해지고 있는 교섭에 대한 상황도 살피고 있었다. 이제 그는 자신의 시간을 오로지 과거를 청산하는 일과 미래의 준비를 위해 쓰고 있었다.

케셀바흐 부인의 눈길이 닿는 곳에서 지금까지와는 다른 종류의 생활을 하고 싶다는 희망이 그에게 새로운 야심과 예기치도 못했던 기분을 가져다 주었다. 사실 이러한 기분에는 뭐라고 분명히 말할 수는 없지만, 돌로레스에 대한 동경이 포함되어 있었다.

겨우 몇 주일의 짧은 기간에 뤼팽은 자신의 몸을 위태롭게 할 수도 있는 증거와 흔적들을 말끔히 치워 없앴다. 그는 자신의 부하들이 생활하는 데 부족함이 없을 정도의 금품을 나누어준 뒤, 자신은 남아메리카로 간다고 말하며 그들과 작별 인사를 나누었다.

마지막으로 밤을 지새며 면밀하게 모든 문제를 검토하고 모든 상황을 심도 있게 생각하고 난 그는 다음 날 아침 이렇게 외쳤다.

"이제 다 끝났다. 이제 아무것도 걱정할 일이 없다. 예전의 뤼팽은 이미 죽었다. 새로운 뤼팽이여, 기지개를 켜자."

때마침 독일로부터 전화가 걸려왔다. 예상했던 결과였다. 베를린의 궁정으로부터 강한 압력을 받은 섭정위원회는 현안 문제를 대공국 안의 주민 투표에 붙이기로 결정했는데, 섭정위원회로부터 많은 영향을 받은 선거인들은 옛 벨덴츠 공 집안에 대한 변함없는 지지를 표명했다는 것이다. 아울러 발데마르 백작 이하 세 명의 귀족과 관리들이 브뤼겐 성에 도착해 헤르만 4세 대공의 신분을 철저히 확인할 것이며, 다음 달 초 부친의 옛 영지로 귀환하게 되어 있는 대공 전하의 성대한 입국식 준비를 모두 끝마쳤다고 전했다.

'이제야말로 모든 것이 이루어진 셈이다. 케셀바흐의 거대한 계획이 드디어 실현이 된 것이다. 이제 남은 일은 피에르 르뒤크가 발데마르에게 먹혀들도록 하는 일뿐이다. 아무것도 아닌 일이다! 내일이라도 주느비에브와 피에르의 결혼을 발표하기로 하자. 그렇게 해두면 대공작의 약혼녀를 발데마르에게 소개하기가 훨씬 수월해질 것이다……!'

뤼팽은 이런 흐뭇한 생각을 하며 행복감에 빠져 자동차를 타고 브뤼겐 성곽을 향해 떠났다.

자동차 안에서 그는 콧노래를 불렀다. 휘파람도 불었다. 그리고 그는 운전기사에게 농담을 건네기도 했다.

"옥타브, 자네 지금 누구를 태우고 달리고 있는지 아나? 바로 세계의 주인이라네…… 어떤가, 친구, 놀랐지? 그런데 그게 조금도 거짓이 아닌 사실이란 말이야. 나는 세계의 주인이란 말일세."

그는 두 손을 마주 비비며 혼잣말을 계속했다.

"정말이지 너무나 오래 걸렸어. 이 싸움이 시작된 지 꼭 1년이 지났군. 내가 경험한 것 중 최고의 싸움이었어…… 그야말로, 거인들의 싸움이었다고 할 만하지. 그런데 이제 모든 것이 끝났군. 적은 모조리 사라져버렸어. 목표와 나 사이에 놓여 있던 장애물은 이미 아무것도 존재하지 않아. 아무것도 없는 허허벌판에 마음대로 건축을 시작하는 거야! 이미 일꾼도 갖추어져 있고 재료도 준비되어 있으며 기술자들도 모두 모여 있다. 자, 이제 시작하자 뤼팽! 건축에 착수하기로 하자! 그대의 이름에 부끄럽지 않을 훌륭한 성을 짓도록 하자!"

뤼팽은 성에서 수백 미터 앞에 자동차를 세우게 했다. 자신이 도착하는 것을 사람들이 모르게 하고 싶었던 것이다.

"이보게, 옥타브. 지금으로부터 20분이 지나 4시가 되거든 내 가방을 넓은 뜰의 안쪽에 있는 외딴집으로 운반해 주게나. 당분 간 그곳에서 지낼 생각이니까."

첫번째 모퉁이를 돌자, 보리수가 무성하게 늘어서 있는 오솔 길 사이로 성의 전경이 들어왔다. 멀리서 그는 입구의 층계를 지나가는 주느비에브의 모습을 보았다.

그의 심장이 부드럽게 동요쳤다.

'주느비에브…… 주느비에브…… 너의 어머니가 세상을 떠날 때 했던 나의 맹세가 드디어 실현되는 날이 왔구나. 주느비에 브, 미래의 대공 부인…… 나는 너의 그늘에 숨어 너를 그림자 처럼 따라다니며 너를 지켜주게 될 것이다. 뤼팽의 대계획을 진 행하면서 말이지.'

유쾌한 표정으로 뤼팽이 웃음을 터트렸다. 그런 뒤 그는 무성 한 숲속으로 몸을 감췄다. 그리고 수풀을 헤치며 걸어갔다. 성 의 응접실과 침실의 창문에서 자신의 모습을 볼 수 없게 하기 위해서였다.

뤼팽은 돌로레스가 자신을 보기 전에 자신이 먼저 돌로레스 를 보고 싶었다. 그는 예전에 주느비에브에게 한 것처럼 그녀에 게 살며시 다가가 그녀의 귀에 입술을 대고 이름을 불러보고 싶 었다.

"돌로레스…… 돌로레스……."

살그머니 그는 복도를 따라 식당까지 갔다. 거기서 그는 유리 칸막이를 통해 응접실의 절반 가량을 볼 수 있었다.

뤼팽은 천천히 다가갔다.

긴 의자 위에 돌로레스가 나른한 표정으로 누워 있었다. 그리고 그녀의 앞에 피에르 르뒤크가 무릎을 꿇은 채 황홀한 표정으로 그녀를 바라보고 있었다!

유럽 지도

　　피에르 르뒈크가 돌로레스를 사모하고 있는 것이 분명하다!

　　뤼팽은 몸 속 깊이 날카로운 통증을 느끼지 않을 수 없었다. 마치 삶의 뿌리에 상처를 입은 것 같았다. 이런 통증을 지금까지 느낀 적이 없었기에 뤼팽은 돌로레스가 자신에게 어떤 의미인지 분명히 자각하지 않을 수 없었다.

　　피에르 르뒈크가 돌로레스를 사랑하고 있다. 지금 그는 사랑하는 애인을 바라보는 그런 눈길로 그녀를 지켜보고 있지 않은가.

　　그는 마음속에서 살인의 본능이 힘차게 눈뜨는 것을 느꼈다.

질투였다. 저 눈길, 젊은 부인에게 쏟아지고 있는 끈적거리는 연모의 눈길이 그를 미치게 만들었다. 깊은 침묵 속에서 더 이상 사람은 없고 애정 어린 시선만이 존재하는 느낌이었다. 한 사람으로부터 다른 한 사람에 대한 정열의 전부를, 욕정의 전부를, 흥분의 전부를 말하고 있는 침묵과 그보다 더한 육감적인 노래가 존재할 뿐이었다.

뤼팽은 케셀바흐 부인에게 시선을 돌렸다. 돌로레스의 눈동자는 감고 있는 눈꺼풀에 가려져서 보이지 않았다. 검고 길다란 속눈썹으로 덮여 있는 그녀의 눈꺼풀에 눈동자가 가려져서. 하지만 그녀 또한 얼마나 노골적인가? 자신의 몸을 훑고 있는 사나이의 눈길을, 연모의 정을 그대로 온몸에 받으며 아무렇지도 않게 누워 있지 않은가? 육감적인 시선의 애무에 파르르 떠는 모습이라니……!

'그녀도 그를 사랑하고 있다…… 그녀도 그를 사랑하고 있다구!'

폭발할 것 같은 질투심이 뤼팽의 온몸을 타고 흘렀다.

뤼팽은 피에르가 조금 몸을 움직이는 것을 보고 속으로 외쳤다.

'오! 저 빌어먹을 놈! 조금이라도 건드리기만 해봐라. 죽여버리고 말 테니까.'

그러면서도 뤼팽은 자신의 이성이 제정신을 잃기 시작한 것을 깨닫고 정신을 차리려 애썼다.

'나는 어째서 이다지도 어리석단 말인가! 이 꼴이 도대체 뭐란 말이냐…… 그녀가 저 녀석을 사랑하는 것은 어쩌면 당연한 일이지 않은가…… 뤼팽, 너야말로 그녀의 마음을 지레짐작하고 들떠 있었던 것은 아니었더냐? 한심한 바보…… 너는 악당에 한심한 도둑일 뿐이지만…… 그는 젊디젊은 대공작이 아니더냐…….'

피에르는 더 이상 별다른 움직임을 보이지 않았다. 하지만 대신 그의 입술이 조금 움직였다. 돌로레스가 잠에서 깬 것 같았다. 천천히 부드럽게 눈을 뜬 그녀는 아주 조금 머리를 돌렸다. 그리고 젊은이의 눈동자를 마주보았다. 역시 모든 것을 그대로 내주는 시선. 그것은 깊은 입맞춤보다도 더 은밀한 눈길이었다.

우려하던 일이 그 순간에 벌어지고 말았다. 성큼성큼 응접실 안으로 뛰어간 뤼팽은 번개같은 동작으로 젊은이에게 덤벼들었다. 젊은이를 바닥에 내동댕이친 것이다. 그는 연적의 가슴을 한쪽 무릎으로 누른 채 케셀바흐 부인을 향해 정신없이 소리쳤다.

"당신, 모르시겠습니까? 이 속 시커먼 녀석이 말하지 않았나요……? 어째서 당신은 이런 녀석을 사랑하는 겁니까? 이 녀석의 어디에 대공작의 품위가 있습니까? 아, 정말이지 웃기는 일입니다!"

독설을 내뱉는 뤼팽을 돌로레스가 어이없다는 얼굴로 지켜보았다.

"이런 놈이 대공작이라고요? 듀 퐁 벨덴츠의 헤르만 4세라고요? 숱한 영지를 지배하는 영주라고요? 황제의 선거권을 가진

공작이라고요? 정말 웃음을 참을 수 없는 일입니다. 이자의 진짜 이름은 보프레입니다, 제라르 보프레! 진흙탕 속에서 내가 건져 올린 부랑자이자 불한당에 불과하지요. 이자가 대공작이라니? 이자를 대공작으로 만든 것은 바로 납니다! 하하, 참으로 우습기 짝이 없는 일이군! 이자가 자신의 새끼손가락을 자르는 장면을 봤어야 하는 건데…… 무려 세 번이나 기절을 했죠! 건방지게 주인에게 반기를 들어, 하룻강아지 범 무서운 줄 모르고…… 어디 두고 보자, 듀 퐁 벨덴츠 대공작 나으리!"

뤼팽은 피에르를 짐짝처럼 번쩍 들어올려 열려 있던 창문 밖으로 집어던졌다.

"장미를 조심하게, 대공작! 장미에는 가시가 있으니 말이야."

뒤돌아선 뤼팽을 돌로레스가 무서운 눈으로 노려봤다. 지금껏 한 번도 보지 못했던 눈초리, 증오와 분노로 가득 찬 여자의 눈초리였다. 저 여인이 과연 돌로레스일까? 그 병약하고 심약한 돌로레스란 말인가?

"도대체 이게 무슨 짓이죠? 감히 이렇게 무례해도 되는 건가요? 그리고 도대체 어찌 된 일이죠? 그 말이 정말인가요? 그가 거짓말을 했단 말인가요?"

돌로레스가 더듬거리면서 말했다.

"그 녀석이 거짓말을 했냐고요!"

뤼팽은 그녀가 자존심에 상처를 입었다는 것을 알고 있었다.

"지금 저 녀석이 거짓말을 했느냐고 묻는 겁니까? 저 녀석이 대공작이라니, 내가 조종하던 꼭두각시 인형에 불과할 뿐입니

다. 내가 작곡한 곡을 연주하기 위해 준비된 악기에 불과할 뿐
입니다. 아아, 어리석기는…… 어리석기는…….”

그는 또다시 분노가 치미는지 발을 마구 구르며 활짝 열려 있
는 창문을 향해 주먹을 휘둘렀다. 그는 방을 이리저리 왔다갔다
하며 남모르는 가슴속의 비밀을 계속해서 토해냈다.

“바보 같은 녀석! 내가 자기에게 무엇을 기대하는지 그렇게
몰랐단 말인가? 자기 역할이 얼마나 위대한지 그걸 모르고 있
었단 말인가? 아아, 세뇌를 시켜서라도 그 역할을 머릿속에 쑤
셔 넣어 줄걸! 고개를 쳐들어라 이 바보 녀석아! 너는 내 뜻대로
대공작이 될 운명이었단 말이다. 게다가 이름뿐인 군주가 아니
라 실제로 존재하는 군주 말이다! 궁정의 경비도 지급되고, 통
치하는 백성도 있고, 샤를마뉴 황제만큼 훌륭한 성도 지을 수
있는 그런 군주 말이다! 단 한 명의 주인만 섬기면 되는데……
바로 이 뤼팽 말이다, 이 얼빠진 녀석아! 정신차리고 좀 똑똑히
굴어라! 얼굴을 들고 좀 높은 곳을 보란 말이다. 저 하늘을 쳐다
보란 말이다. 너는 기억하지 못하는가? 듀 퐁 가의 한 사람이 호
헨졸렌 가를 들먹이기도 전에 도둑질이나 하며 떠돌다 객지에
서 객사하고 결국엔 밧줄에 목이 매달려 교수형을 당했다는 사
실을…… 이제는 네가 그 듀 퐁 가의 후손이다. 그리고 그 뒤에
는 내가, 이 뤼팽이 버티고 서 있지 않은가 말이다. 말하지 않았
던가, 너는 이제 대공이 될 예정이라고…… 꼭두각시 대공작이
라고? 그럴지도 모르지. 그래서, 그런 대공작이 어떻단 말이냐?
내 숨결이 닿은, 내 정열이 만들어낸 허수아비일 뿐이라고? 그

럴지도 모르지. 그래 좋다, 그 허수아비가 내 말을 지껄이고, 내 몸짓을 하며 내 뜻을 실행하고, 내 꿈을 실현하는 것이다……
그래…… 내 꿈을 말이야!"

그는 자기 마음속의 원대한 꿈에 도취된 듯 걸음을 멈춘 채 움직이지 않았다.

잠시 뒤 뤼팽은 돌로레스에게로 다가가 일종의 신비스런 열정이 느껴지는 탁한 목소리로 말했다.

"내 왼쪽에는 알사스-로렌의 두 주가, 내 오른쪽에는 바덴과 부르템베르그, 바이에른 등의 여러 나라가…… 프로이센 태생 샤를마뉴 황제의 장화발에 짓밟히고 무시당하며 불만에 가득 찬 채 해방을 기다리는 독일 남부의 여러 나라가 있소…… 상상이 되십니까? 이러한 정세의 한복판에 서서 내가 해낼 일들이 어떤 것들인지 말이오. 희망을 불어넣고, 증오를 일깨우고, 반항과 분노를 불러일으킬 수 있는 그런 일들 말이오!"

뤼팽은 한층 목소리를 낮췄다.

"내 왼쪽으로 펼쳐져 있는 알사스-로렌 두 주……! 이해가 갑니까? 모든 것이 꿈이라고요? 천만에 말씀입니다! 이건 모레, 아니, 내일이면 실현될 현실입니다. 그렇습니다…… 나는 진정으로 바라고 있습니다…… 오오, 내가 바라는 건, 내가 해낼 수 있는 건, 그것은 상상할 수도 없는 업적이 될 것이오…… 생각해 보십시오, 알사스의 국경으로부터 조금 떨어진 곳에 펼쳐진 넓디넓은 평야를…… 코앞에 라인 강이 도도히 흐르고 있고…… 아주 작은 음모, 아주 작은 기지만으로도 충분합니다,

이 세상을 뒤집어엎는 데 말입니다. 기지라면 내가 충분히 갖고 있소…… 장터에서 팔아도 좋을 만큼 많이 가지고 있소. 나는 새로운 땅의 주인이 될 것이오. 그 허수아비에게는 칭호와 명예를 주고 나는 실권을 쥐는 것이오. 하지만 나는 늘 그늘에 숨어 있겠소. 수상이든 재상이든 나는 관심 없소. 공적인 일은 아무 것도 하지 않을 작정이오. 대신은 물론 시종을 거느리는 것조차도 마다하겠소! 나는 다만 궁정 안의 숱한 하인들 중 한 사람이면 그것으로 족하오. 정원사쯤이 어떨까 하는 생각이 드는데…… 아, 그래, 바로 정원사요…… 아아, 얼마나 멋진 생활이겠소! 꽃을 가꾸면서 나는 동시에 유럽의 지도를 바꾸는 겁니다!"

사나이의 카리스마와 야망에 압도된 그녀는 뚫어지게 그를 응시하고 있었다. 그녀의 눈 속에는 숨기려 들지 않는 감탄의 빛이 역력했다.

뤼팽이 젊은 여자의 어깨에 두 손을 얹으며 말했다.

"이것이 바로 내 꿈이오. 터무니없어 보이는 원대한 꿈이지만, 분명히 현실이 되어 나타날 꿈입니다. 내가 어떤 가치가 있는 사람인지, 황제는 이미 나를 알아보았소. 가까운 미래에 나는 그와 일 대 일로 마주서서 버티고 있을 날이 올 겁니다. 물론 그때 내 손에는 모든 결정적인 카드가 들려 있을 것입니다. 발랑글레도 나를 위해 뛰어줄 것이고…… 영국도 마찬가지입니다. 주사위는 이미 던져졌습니다. 이것이 내 꿈입니다…… 또한 이 밖에도 또 한 가지의 꿈이 있습니다……"

뤼팽은 갑자기 입을 다물었다. 돌로레스는 그에게서 눈을 떼지 않고 있었는데 얼굴에 깊은 감격이 넘쳐흐르고 있었다.

뤼팽은 그녀의 마음이 자신으로 인해 흔들리는 것을 보자 몹시 기뻤다. 그제야 그는 자신이 과거의 도둑이나 악한이 아니라 한 사람의 사나이, 한 여자를 사랑하고 있는 한 사나이가 되었다는 느낌이 들었다. 그리고 그 사나이의 사랑이 그녀의 영혼 깊숙이 감추어진 금줄을 울리고 있는 것이었다.

그는 더 이상 말하지 않았다. 아니, 그는 이미 침묵으로 온갖 연모와 동경의 말을 내뱉고 있었다. 그는 벨덴츠에서 그다지 멀지 않은 곳에서 아무도 모르게 살며, 전능한 권력을 휘두르는 가운데, 둘이 같은 곳을 바라보는 삶을 은근히 그려보고 있었다.

긴 침묵이 두 사람을 에워쌌다. 잠시 뒤 돌로레스가 조용히 일어서며 말했다.

"돌아가 주세요. 제발 돌아가 주세요. 부탁드리겠어요. 피에르는 주느비에브와 결혼할 거예요. 이것은 제가 맹세할게요. 하지만 오늘은 일단 돌아가 주세요. 그러는 것이 좋겠어요…… 당신이 여기에 계시지 않는 편이…… 자, 어서 돌아가세요. 피에르는 주느비에브와 결혼할 테니까……."

그는 잠시 다음 말이 나오길 기다렸다. 좀더 분명한 말을 듣고 싶었다. 하지만 그는 차마 더 이상 물을 수 없었다. 그는 사랑하는 여인의 말에 복종하는 행복감을 맛보며 천천히 물러났다.

그는 문을 향해 걸어가다 길을 막고 있는 낮은 의자를 옆으로 살짝 옮겨놓았다. 그때 무엇인가가 그의 발에 차였다. 몸을 굽혀보니 흑단으로 가장자리를 두른 작은 거울이었다. 거울에는 금으로 장식한 머리글자가 새겨져 있었다.

순간 그는 깜짝 놀라며 거울을 재빨리 집어들었다.

머리글자는 서로 끌어안은 듯이 새겨진 L과 M 두 글자였다.

L과 M이라니!

"루이 드 말라이히!"

뤼팽이 자기도 모르게 겁에 질린 목소리로 외쳤다.

그리고 그는 천천히 돌로레스를 돌아보았다.

"이 거울, 어디서 났습니까? 누구 것이죠? 매우 중요한 문젭니다…… 꼭 알아야 합니다……."

돌로레스가 거울을 받아들고 살펴보았다.

"모르겠어요…… 한 번도 본 적이 없는 거울인데요. 어쩌면 어느 하녀가 떨어뜨렸는지도 모르겠군요."

"하녀가요? 어쩌면 그럴지도 모르겠군요. 하지만 이상하군요. 우연의 일치인지도 모르겠습니다만……."

그때였다. 주느비에브가 응접실 문을 밀고 들어왔다. 그녀는 병풍에 가려 뤼팽이 방 안에 있는 줄도 모르고 소리치듯 말했다.

"어머나, 돌로레스 부인, 당신 거울이군요! 드디어, 찾으셨네요! 저에게 찾아달라고 그렇게 성화시더니…… 이게 어디에 숨어 있었죠?"

주느비에브는 대수롭지 않은 일이라는 듯이 계속해서 말을 이었다.

"정말 다행이에요! 부인께서 그렇게 찾아 헤매셨는데…… 이 사실을 모두에게 알리고 오겠어요. 이제 더 이상 찾을 필요가 없다고……."

그렇게 말하고 난 주느비에브가 밖으로 나갔다.

뤼팽은 이 상황을 어떻게 이해해야 하는지 극심한 혼란에 빠진 채 꼼짝도 하지 않고 그대로 서 있었다. 어째서 돌로레스가 진실을 말하지 않았을까? 어째서 그녀가 솔직하게 그 거울에 대해 말하지 않았을까?

곧 매우 언짢은 생각 하나가 뇌리를 스쳤다. 그는 곧장 다그쳐 물었다.

"당신 혹시 루이 드 말라이히를 알고 있었습니까?"

"예……."

그녀는 뤼팽이 무엇을 생각하고 있는지 알아내려고 애쓰는 것처럼 그를 뚫어져라 쳐다보며 대답했다.

뤼팽은 몹시 당황해하며 그녀에게 다가갔다.

"그를 알고 있었다고요? 대체 그가 누굽니까? 그가 누구죠? 어째서 이제까지 아무 말도 하지 않으신 겁니까? 어떻게 알고 있는 사람입니까? 말씀해 주십시오…… 대답해 보세요…… 제발 대답 좀 하세요!"

"싫어요……."

그녀의 대답은 명료하면서도 단호했다.

"말해야 합니다. 무슨 일이 있더라도 말씀하실 필요가 있습니다…… 생각해 보십시오! 루이 드 말라이히는 살인마입니다. 그는 악마란 말씀입니다!"

이번에는 돌로레스 부인이 뤼팽의 어깨에 두 손을 놓고 단호한 목소리로 말했다.

"잘 들으세요. 더 이상 저에게 묻지 말아주세요. 절대로 대답하지 않을 테니까요…… 그건 무덤 속으로 가지고 가야 할 비밀이에요…… 무슨 일이 있어도 그 비밀은 지켜질 거예요. 아무에게도 알려지지 않을 것예요. 이 세상의 그 누구도 알 수 없을 거예요. 맹세해요……."

몇 분 동안 그는 그녀 앞에 꼼짝하지 않고 서서 혼란한 머리를 정리했다.

그는 불현듯 르노르망 사무실에서 스타인벡 영감이 입을 열지 않았던 상황이 기억났다. 그가 알고 있는 비밀의 공개를 요구하자 공포에 질려 입을 열지 못하던 그 일…… 그렇다. 돌로레스도 그 비밀을 알고 있었던 것이다. 같은 이유로 그녀는 지금 침묵을 지키고 있는 것이다.

뤼팽은 아무 말 없이 그곳을 나왔다.

문 밖의 넓은 공간과 신선한 공기가 그의 머리를 다소나마 맑게 했다.

그는 정원의 울타리를 지나 오랫동안 뜰을 거닐었다. 그러면서 큰 소리로 계속 지껄였다.

"도대체 무슨 일이지? 무슨 일이 벌어지고 있느냔 말이다? 여러 달 전부터, 여러 달 동안 싸움에만 몰두했던 나는, 나 자신의 계획을 실현하는 데 도움이 될 인물들을 조종해 꼭두각시처럼 계속 춤을 추게 해왔다. 그런데 그 긴 시간 동안 나는 그들의 마음과 머릿속의 생각에는 조금도 관심이 없었다. 그러다 보니 지금 나는 피에르 르뒤크, 주느비에브, 그리고 돌로레스에 대해 아는 것이 아무것도 없다…… 그저 내 꼭두각시인 줄 알았는데 사실은 스스로 펄펄 살아 움직이는 사람들이었다…… 이제 와서 생각지도 못했던 이런 장애물에 부딪쳐 버리다니……."

그는 발을 구르며 안타깝게 소리쳤다.

"존재하지도 않는 무형의 장애물에 부딪혔으니 이 어찌 기막힐 노릇이 아니겠는가! 주느비에브와 피에르의 마음 따위는 둘째 문제다…… 그런 것은 벨덴츠에 두 사람의 보금자리를 꾸며 준 다음 천천히 생각해도 늦지 않다. 그러나 돌로레스는 다르다…… 그녀는 말라이히를 알면서도 아무 말도 하지 않았다…… 어째서 그랬을까? 그 두 사람은 어떤 고리에 의해 연결되어 있는 것일까? 그녀는 그를 무서워하고 있는 것일까? 그녀는 그가 탈옥하여, 비밀을 누설한 데 대해 복수할 것이라고 생각하고 있는 것일까?"

밤이 되자 그는 넓은 뜰 안쪽에 마련해 둔 별채로 돌아왔다. 그는 매우 기분이 언짢아, 시중을 들고 있는 옥타브에게 너무 늦다느니 너무 빠르다느니 잔소리를 하며 저녁식사를 했다.

"아아, 다 귀찮네! 혼자 있게 내버려두게…… 오늘 자네는 하는 짓마다 왜 모두 그 모양인가? 이 커피는 도대체 왜 이렇지……? 이렇게 지독히도 맛없는 커피는 정말 오랜만이로군."

그는 마시다 만 커피잔을 집어던지듯이 밀어놓고 밖으로 나가 두 시간 동안 정원을 거닐며 생각을 정리했다. 마침내 한 가지 가설이 그의 머릿속에 자리를 잡았다.

"말라이히가 탈옥을 했을지도 몰라. 그가 케셀바흐 부인을 협박했을 거야. 그는 지금쯤 그녀로부터 거울에 대한 일도 들었을지 모른다."

뤼팽은 어깨를 한 번 으쓱했다.

"결국 오늘 밤 그 녀석이 내 발목을 잡으러 온다는 말이로군. 아아, 내가 이런 생각을 다 하다니, 머리가 어떻게 된 게 아닐까? ……일찌감치 잠이나 자는 편이 나을 것 같군."

뤼팽은 곧장 방으로 들어가서 잠자리에 들었다. 금세 그는 잠 속으로 빠져들었다. 악몽에 시달리는 괴로운 밤이었다. 그는 도중에 두 번이나 잠에서 깼다. 그는 그때마다 촛불을 켜려고 했지만 무엇인가에 얻어맞기라도 한 것처럼 곧장 다시 침대에 쓰러졌다.

뤼팽은 마을의 큰 시계에서 울리는 종소리를 들은 것 같았다. 아니, 들었다고 믿고 있었다. 그는 머리가 몹시 멍한 상태여서 현실과 꿈을 구별하지 못할 정도였다.

꿈이 그를 괴롭혔다. 불안과 공포로 점철된 꿈이었다. 꿈을 꾸던 중 창문이 열리는 소리가 선명하게 들려왔다. 감은 눈꺼풀 너머, 캄캄한 어둠을 헤치며, 어떤 그림자 하나가 천천히 다가오는 것이 선명하게 보였다.

그 그림자는 침대 앞까지 다가와 가만히 그를 내려다보았다.

뤼팽은 믿기 어려울 만큼의 힘을 쓰며 눈을 뜨고 상대를 보기 위해 애를 썼다…… 적어도 그렇게 하려고 생각했다. 아, 꿈을 꾸고 있는 것일까? 아니면 깨어 있는 것일까? 그는 다급하게 스스로에게 질문을 던졌다.

또다시 어떤 소리가 들려왔다…… 누군가가 그의 곁에 놓여 있는 성냥갑을 집어드는 소리였다.

'이제 뭔가가 확실히 보일 것이다.'

뤼팽은 내심 반가운 마음이 들었다.

성냥을 긋는 소리가 들리고 초의 심지에 불이 붙었다.

그 순간 뤼팽은 머리끝에서부터 발끝까지 땀이 흐르는 것을 느꼈다. 공포에 질려 심장이 멈추는 것 같았다. 그 사나이가 그곳에 서 있었던 것이다.

가능한 일일까? 아니, 있을 수 없는 일이야…… 그런데도 분명 그가 보였다…… 아아, 이 얼마나 무시무시한 광경인가! 바로 그 사나이, 그 악마가 눈앞에 서 있는 것이었다.

"아니야…… 사라져버려!"

기겁을 한 뤼팽이 소리쳤으나 입술만 조금 움직였을 뿐이었다.

악마는 검은 옷을 입고, 얼굴에 가면을 쓰고 있었다. 또 금발 머리에 모자를 깊이 눌러쓰고 있었다.

"아아, 꿈이야! 꿈을 꾸고 있는 거야…… 악몽이 틀림없어."

뤼팽이 힘없이 웃으면서 중얼거렸다.

그는 안간힘을 써서 손을 한 번 휘저으려 했다. 유령을 쫓아 버리기 위한 몸짓을 한 번만이라도 하고 싶었다.

그러나 몸이 움직이지를 않았다.

그때 문득 그의 뇌리를 커피맛이 스치고 지나갔다. 아뿔싸, 어젯밤에 마신 그 이상한 커피맛! 벨덴츠에서 마신 커피와 비슷했던 그 맛…… 그는 있는 힘껏 비명을 지르며 몸을 일으키려고 노력했다. 하지만 벨덴츠에서처럼 그렇게 또다시 쓰러졌다.

그는 몽롱한 속에서 누군가가 자신의 잠옷 윗부분을 헤집고 허전한 목을 만지는 것이 느껴지는가 싶더니, 단도를 쥔 손이 공중으로 치켜 올라가며 떨리는 것을 보았다. 그것은 강철로 만든 가는 칼날을 가진 단도였다. 케셀바흐, 채프먼, 알텐하임, 그리고 그 밖의 많은 사람들의 목숨을 거두어간 바로 그 단도였다!

몇 시간이 지난 뒤 뤼팽은 겨우 눈을 떴다. 몸은 피로로 천근 만근이었고, 입술이 바짝 말라 있었다.

정신을 차리는 데는 얼마간의 시간이 더 필요했다. 그러다 문득 그는 어떤 기억이 떠올랐고 급히 자신의 목으로 손을 가져갔

다. 누군가가 공격을 했을 때 본능적으로 방어하는 듯한 행동이
었다.

"아, 바보 같으니라구! 역시 모든 것이 악몽일 뿐이었어. 착각
일 뿐이었다고. 조금만 머리를 굴렸어도 금방 알았을 텐데……
그가 만약 진짜 '그자'였다면, 진짜 뼈와 살로 이루어진 그 녀석
이 어젯밤 나를 향해 팔을 쳐들었다면…… 내 목은 이미 잔칫집
의 닭 모가지처럼 베어져 있을 것이 아닌가? 아무렴, '그 녀석'
은 절대로 주저할 놈이 아니다. 논리적으로 생각하자. 그 녀석
이 나를 살려둘 이유가 없잖아? 그렇다, 꿈을 꾼 것일 뿐이었
어……."

그는 여유 있게 휘파람을 불기 시작했다. 태연하게 옷을 갈아
입었다. 그러나 그의 머리는 계속해서 생각하고 있었고 그의 눈
은 쉬지 않고 무엇인가를 찾아 헤매는 것이었다…….

마루 위에도, 창문턱에도 아무 흔적이 없었다. 그의 침실은 1
층에 있었고, 또 그는 창문을 열어놓은 채 잠을 잤음으로 누군
가 몰래 침입했다면 창문을 통해 들어왔을 게 틀림없었다.

그러나 이 별채를 둘러싸고 있는 오솔길의 모래 위에도, 벽
밑에도 아무 흔적이 없었다.

"그런데…… 그렇지만……."

그는 쉬지 않고 중얼거리다 옥타브를 불렀다.

"어젯밤 내가 마신 커피 말야. 그 커피, 어디서 타왔지?"

"안채에서 타왔습니다. 다른 음식들도 모두 거기서 가져오지
않습니까. 여기에는 화덕이 없으니 말이죠."

“자네도 그 커피를 마셨나?”

“아닙니다. 마시지 않았습니다.”

“주전자에 남아 있던 커피는?”

“모두 버렸습니다. 너무 맛이 없다고 하시기에…… 몇 모금도 마시지 않으셨잖아요.”

“잘했네. 자동차나 좀 준비해 주게. 갈 곳이 있으니…….”

뤼팽은 의혹을 그대로 놔둘 그런 사람이 아니었다. 그는 돌로레스에 관해서 분명한 해명을 얻어내고 싶었다. 그러기 위해서는 먼저 애매하게 생각되는 몇 가지 문제점들을 확실히 해둘 필요가 있었다. 그리고 벨덴츠에서 최근 이상한 보고를 올린 도드빌을 만나볼 필요가 있었다.

그는 단숨에 대공작 령으로 차를 몰게 하여 2시경에 그곳에 도착했다. 그는 발데마르 백작을 만나 여러 가지 이유를 붙여 섭정위원회 대표가 브뤼겐 성을 방문하는 것을 조금 연기해 달라고 부탁했다. 그런 다음 그는 벨덴츠의 어느 작은 술집으로 장 도드빌을 만나러 갔다.

도드빌은 뤼팽을 만나자 그를 다른 선술집으로 안내했다. 거기서 도드빌은 행색이 초라한 자그마한 체구의 한 사나이를 소개했다. 시청의 호적계 직원으로 이름은 스토클리었다.

이야기가 꽤 길게 이어졌다. 세 사람은 함께 술집에서 나와 잠깐 시청에 들렀다.

뤼팽은 저녁 7시에 식사를 끝내고 다시 길을 떠났다. 밤 10시에 그는 브뤼겐 성에 도착하였다. 그는 함께 케셀바흐 부인의 방으로 들어갈 생각으로 주느비에브를 찾았다.

그러나 주느비에브는 할머니에게서 온 급전을 받고 파리로 떠났다는 것이었다.

"그런가? 그래도, 케셀바흐 부인은 뵐 수 있겠지?"

"마님께서는 식사가 끝나자마자 방으로 돌아가셨습니다. 주무시고 계실 것으로 생각됩니다만……."

"그렇지 않아. 아직 방에 불이 켜져 있으니까. 만나주실 거야."

그는 케셀바흐 부인의 대답을 기다리지 않고 하녀를 뒤쫓아가 부인의 방으로 들어갔다. 그는 하녀를 돌려보내고 나서 느닷없이 돌로레스에게 말했다.

"말씀드릴 것이 있습니다. 급한 일입니다. 이렇게 불쑥 찾아온 것이 결례가 된다는 것을 알고 있습니다만, 제 심정을 이해해 주시리라 믿고 이렇게……."

그는 몹시 흥분해 있었고 어떻게 이야기를 꺼내야 할지 망설이는 것 같았다. 하지만 그는 이 담판을 뒤로 미룰 생각 따위는 전혀 없는 것처럼 보였다. 게다가 방에 들어서기 전 뭔가 심상치 않은 소리가 들려왔다는 생각이 들었기 때문에 더욱 그랬다.

하지만 다른 때와 마찬가지로 돌로레스는 혼자 긴 의자에 누워 있었다. 그녀가 힘없는 목소리로 말했다.

"무슨 일인지는 모르지만, 내일 이야기하면 안 될까요?"

뤼팽은 부인의 방에서 풍기는 담배냄새를 맡고 놀라 대답을 하지 못했다. 그는 자기가 들어오기 직전까지 이 방에 남자가 있었을 거라는 생각이 들었다. 그 남자는 지금 이 방 어딘가에 몰래 숨어 있을 거라는 의혹이 그의 말문을 막은 것이었다.

피에르 르뒤크일까? 아니다. 피에르 르뒤크는 담배를 피우지 않는다. 그렇다면……?

"빨리 쉬고 싶어요."

돌로레스가 나른한 목소리로 중얼거렸다.

"예, 알겠습니다. 하지만 그 전에…… 제게 말씀 좀 해주세요……."

그는 다시 입을 다물었다. 물어봐야 무슨 소용이 있겠는가? 만일 어떤 남자가 이 방에 숨어 있다면 그녀가 그것을 밝히겠는가?

뤼팽은 마음을 단단히 먹고, 낯선 자가 있다고 느껴지는 데서 오는 거북하고 께름칙한 기분을 억누르면서, 돌로레스에게만 들리도록 아주 작은 소리로 말했다.

"잘 들으십시오. 저는 어떤 사실 하나를 알았습니다…… 저는 그것이 쉽게 납득이 가지 않습니다…… 그것은 나를 몹시 당황하게 만드는 일이기도 합니다. 이것에 대한 대답을 꼭 들었으면 합니다, 돌로레스."

그는 그녀의 이름을 매우 다정하게 불렀다. 자신의 부드러운 목소리에 의해 그녀의 닫힌 마음이 열리기를 바라는 것처럼.

"그게 뭐지요?"

"벨덴츠의 호적원부에는, 독일에 정착해서 산 말라이히 가문의 마지막 혈통 세 명의 이름이 올라 있습니다……."

"그래요, 그 일이라면 언젠가 당신에게서 들은 적이 있어요……."

"그중에서 우선 라울 드 말라이히를 기억하실 겁니다. 그는 알텐하임이라는 가명으로 더 잘 알려진 자로, 도둑이자 상류상회의 깡패였는데, 죽었지요…… 살해되었죠."

"그래요."

"다음이 루이 드 말라이히. 끔찍한 살인마이며 괴물입니다. 며칠 후면 목이 날아갈 신세지만요."

"예."

"다음은 미친 소녀 이질다……."

"예."

"여기까지 모두 맞죠?"

"예."

"그런데 말입니다……."

뤼팽은 한층 더 그녀에게 다가가 몸을 굽히며 말했다.

"조금 전에 제가 조사해 본 바에 의하면 세 개의 이름 중 두 번째의 루이라는 이름이, 아니, 그 이름이 씌어 있는 난의 일부가 언젠가 한 번 수정된 흔적이 있었습니다. 그러니까, 원래의 글자를 긁어서 지우고 새로운 잉크와 서체로 다른 글씨를 새로 썼더군요. 그런데 지운 글자가 완전히 사라지지 않고 희미하게나마 남아 있었습니다. 그래서……."

"그래서…… 그래서요?"

케셀바흐 부인도 나지막한 목소리로 물었다.

"그래서 배율이 좋은 확대경과 내 나름대로의 방법으로 지워진 글자를 확인해 보았습니다. 원래의 글자를 재생시켜 보니,

루이 드 말라이히와는 전혀 다른 이름이 나타나더라는 겁니다……."

"아! 그만해요. 말하지 마세요……."

그녀는 너무나 긴 시간 동안 내부에서 솟구쳐 올라오는 그 무엇을 참느라 애쓴 나머지 일시에 탈진이라도 한 것처럼 그 자리에 푹 고꾸라지며 두 손으로 얼굴을 감싸고 어깨를 들썩이며 울음을 터뜨리는 것이었다.

뤼팽은 이 힘없고 병약하며, 불쌍하기 그지없는 여인을 오랫동안 물끄러미 내려다보았다. 그녀가 말하지 말라고 하는 것을 듣고 나니 이렇게 극심한 고통을 주는 질문을 계속하고 싶지 않았다.

그러나 그가 이런 말을 꺼낸 것도 사실 그녀를 구하기 위함이 아니었던가? 그녀를 구하기 위해서라면 아무리 고통스럽다 할지라도 진실을 알 필요가 있었다.

뤼팽은 마음을 단단히 먹고 다시 물었다.

"도대체 왜 가짜 이름을 써넣은 것일까요?"

"제 남편이 한 짓이었어요. 그 사람이 한 짓이에요."

여자가 훌쩍이며 더듬더듬 이야기를 해나갔다.

"그이는 엄청난 재산으로 어떤 일이든 할 수 있었어요. 우리가 결혼하기 직전 하급관리 한 사람을 매수해 말라이히 가문의 호적원부에 있는 둘째 아이의 이름을 고쳐 쓰게 한 거예요."

"이름만이 아니라 성별도 바꾼 것 같더군요."

"예. 그래요."

"결국…… 내 생각이 틀리지 않았군요. 원래 이름, 진짜 이름은 돌로레스였지요?"

그녀는 질문에 대답하지 않았다. 긍정의 침묵이었다.

"왜 부인의 남편이……?"

그녀는 눈물로 얼룩진 얼굴을 부끄러운 듯이 숙였다.

"모르시겠어요?"

"모르겠어요…… 아니, 한번 생각해 보세요. 저는 미치광이 이질다의 언니였어요. 강도인 알텐하임의 누이동생이었어요. 제 남편, 아니, 제 약혼자였던 그이는 제가 그런 사람이기를 바라지 않았어요. 그는 저를 사랑했기 때문이에요. 저도 그를 사랑했어요. 그래서 저는 그이가 하자는 대로 따랐던 거예요. 그이는 호적원부에서 돌로레스를 지워버렸지요. 그리고 저를 위해 다른 호적을, 다른 신분을, 다른 출생 신고서를 사줬어요. 나는 돌로레스 아몬티라는 이름으로 네덜란드에서 그이와 결혼했습니다."

뤼팽은 한참 생각에 잠겨 있더니 이윽고 걱정스러운 얼굴로 말했다.

"알겠습니다…… 그렇게 된 것이었군요. 그런데…… 그렇다면, 루이 드 말라이히라는 인물은 존재하지 않는다는 얘긴데…… 그러니까, 당신의 남편을 살해한 범인, 당신의 여동생을, 그리고 당신의 오빠를 살해한 범인의 이름은 루이 드 말라이히가 아니고 다른 이름이라는 얘기겠군요. 그럼 도대체 그 사나이의 이름은……?"

그녀가 갑자기 자리에서 벌떡 일어났다.

"그것이 그 사나이의 이름 맞아요! 그 사나이는 자신을 그렇게 불렀어요…… 그래요, 그것이 그 사나이의 이름이에요! 루이 드 말라이히…… L과 M…… 기억나시죠? 아, 더 이상은 알려고 하지 마세요. 정말 무서운 비밀이니까요…… 그런데 대체 그게 뭐가 중요하죠? 범인은 이미 잡혀서 교도소에 있잖아요…… 제가 증언까지 했잖아요. 제가 정면으로 마주보고 증언을 할 때 그 사나이가 변명을 하던가요? 그 이름이건 다른 이름이건 그 사나이가 어떻게 변명할 수 있겠어요! 그 사나이예요…… 그가 살인범이에요…… 그 사나이가 찌른 거예요…… 그 단도로 말이죠…… 아아, 모든 걸 다 털어놓을 수 있다면 얼마나 마음이 편할까! 루이 드 말라이히…… 제발 그럴 수만 있다면……."

그녀는 발작이라도 하듯 긴 의자 위에서 몸부림쳤다. 그녀의 손은 뤼팽의 손에 매달려 있었다. 그녀가 뭔가를 입안에서 우물거리는 가운데 뤼팽의 귀에 몇 마디가 선명하게 들려왔다.

"저를 지켜주세요…… 저를 지켜 주세요…… 오직 당신만이 그럴 수 있어요. 부탁이에요. 제발 저를 버리지 마세요…… 저는 불행한 여자랍니다…… 너무나 괴로워요! 지옥 같아요."

뤼팽은 한 손에 다정함을 담아 그녀의 머리와 이마를 끝없이 어루만졌다. 그녀는 차츰 안정이 되는지, 평정을 찾아가는 것 같았다.

뤼팽은 또다시 오래도록 그녀를 들여다보았다. 그리고 이토록 단정하고 아름다운 이마 뒤에 무엇이 숨겨져 있을까, 어떠한 비밀이 이 신비로운 영혼을 마구 휘젓고 있을까 하는 생각에 잠겼다. 그녀도 똑같이 두려워하고 있는 것일까? 두려워한다면, 어떤 자를? 어떤 자에 대하여 자기를 지켜 달라고 저토록 애원하고 있는 것일까?

또다시 그는 저 검은 옷의 사나이, 저 루이 드 말라이히라는 사나이의 그림자가 끈질기게 달라붙고 있다는 생각이 들었다. 그 음산하고 알 수 없는, 어디서 공격해 올지 모르는 적의 공격을 또다시 막아내야만 한단 말인가?

뤼팽은 그 녀석이 교도소 안에 감금되어 밤낮으로 감시받고 있다는 것 따위는 믿을 만한 것이 전혀 못 된다는 생각을 했다. 뤼팽은 자신의 경험으로 이 세상에는 교도소 같은 것이 별문제가 되지 않는 인간이 있다는 것을 알고 있었다. 그런 인간들은 숙명의 순간이 오면 반드시 쇠사슬을 끊고 자유로운 몸이 될 수 있었다. 루이 드 말라이히도 그런 사람 중의 한 명이었다.

그렇다. 지금 라 상테 교도소의 사형수 감방 안에 누군가 있기는 있겠지만 그 사람이 진짜 범인은 아닐 것이다. 그 사람은 말라이히의 한 공범자일지도 모르고, 반대로 어쩌면 희생자일지도 모르는 일이다…… 진짜 말라이히는 브뤼겐 성곽 주변을 서성거리기도 하고, 밤의 어둠을 타고 모습 없는 유령처럼 별채에 몰래 숨어들어 수면제에 취해 잠들어 있는 뤼팽의 목 위에서 단도를 쳐들기도 하는 것이다.

또 어떤 끔찍한 비밀을 담보로 돌로레스의 연약한 마음을 옥죄어 침묵과 복종을 강요하고 있는 것이 말라이히라면……

뤼팽은 적의 계획이 무엇인지 상상해 보았다. 그것은 몹시 겁을 먹고 떨고 있는 돌로레스를 피에르 르뒤크와 사랑하는 사이로 만든 뒤 나중에 르뒤크와 뤼팽 자신을 모두 없애고 그가 대신 그 자리를 차지함으로써, 대공의 권력과 돌로레스의 재산을 모두 차지하려는 수작이 아니겠는가.

그럴듯한 가설이었다. 아니, 실제로 일어난 사건들에 딱 들어맞으면서 모든 것을 해명할 수 있는 가설임이 분명했다.

'그런데 과연 이것으로 모든 일이 전부 해명될 수 있을까?'

뤼팽은 뭔가 석연치 않은 점이 있다는 것을 알았다.

'그렇다면 녀석은 어째서 어젯밤 나를 죽이지 않았을까? 그 녀석은 하려고만 했으면 나를 죽일 수 있었다. 그런데 그러지 않았다. 단순한 몸놀림 한 번으로도 나를 죽일 수 있었을 텐데, 그는 그러지 않았다. 어째서일까?'

돌로레스가 눈을 뜨고 뤼팽을 올려다보며 힘없이 웃었다.

"혼자 있고 싶어요."

돌로레스의 말을 듣고 그는 머뭇거리지 않을 수 없었다. 적이 저 커튼 뒤, 또는 벽장의 옷 속에 숨어 있지 않은지 확인해야 하는 것이 아닌가?

그녀의 조용한 목소리가 다시 되풀이되었다.

"돌아가 주세요…… 좀 자야겠어요……."

하는 수 없이 뤼팽은 방을 빠져나왔다.

문 밖으로 나온 그는 건물의 정면 입구에 있는 어두운 나무그늘 밑에서 걸음을 멈췄다. 그는 돌로레스의 방에 켜져 있는 불빛을 보았다. 잠시 뒤 그 불빛이 침실로 옮겨가더니 곧 꺼졌다.

그는 기다리고 있었다. 놈이 만일 저 방에 있다면 조만간 건물 밖으로 기어 나오지 않겠는가?

한 시간이 지났다. 그리고 두 시간이 지났…… 그러나 계속 침묵이 이어졌다.

'허탕이군. 혹시 이 성 안 어딘가의 구석에 죽치고 숨어 있는 것일까……? 아니면 여기에 보이지 않는 문으로 나가버렸을까……? 그것도 아니면 내 생각이 처음부터 터무니없는 상상에서 비롯된 것은 아니었을까?'

그런 생각을 하며 그는 담배에 불을 붙여 물고 별채 쪽으로 발길을 돌렸다.

그런데 그는 거기서 별채에서 나가는 사람의 그림자 하나를 목격했다.

뤼팽은 혹시라도 그의 눈에 뜨일까 봐 움직이지 않고 가만히 있었다.

그 사람의 그림자는 정원수가 늘어선 길을 가로질러갔다. 달빛이 비치는 곳에서 그는 언뜻 온몸을 검은 천으로 감싼 말라이히의 그림자를 알아본 듯싶었다.

뤼팽은 달리기 시작했다.

그러나 그 그림자도 쏜살같이 달아나 버렸다.

'좋다…… 내일 두고 보자. 이번에야말로 절대로 놓치지 않겠다.'

뤼팽은 운전사 옥타브의 방으로 들어가 잠자는 그를 흔들어 깨워 자리에 앉히고 말했다.

"자동차를 몰아 파리로 가게. 아침 6시까지는 거기에 도착해서 자크 도드빌을 만나 내 말을 전하게. 첫째, 사형수의 근황을 살펴 보고할 것. 둘째, 우체국이 열리는 대로 이런 내용으로 나에게 전보를 칠 것……."

그는 종이쪽지에 전보문을 몇 글자 끼적이고는 덧붙였다.

"이 일이 모두 끝나거든 자네는 이리로 곧장 되돌아오는 거야. 그러나 정원의 담을 따라와야 해. 자네가 집에 없었다는 것을 아무도 눈치채지 못하게 하기 위해서 그러는 거야."

방으로 돌아온 뤼팽은 불을 켜고 이곳저곳을 꼼꼼하게 점검하기 시작했다.

"역시 그랬군…… 밤에 내가 성의 창 밑에서 염탐을 하는 사이 누군가가 이 방에 들어왔었어. 그 의도는 명백하다…… 분명해…… 이제야 슬슬 감이 잡히는군…… 이번에야말로 내 목에 칼자국이 남을 뻔했군!"

조심하기 위해 그는 모포를 밖으로 가지고 나가 넓은 정원의 외딴 장소를 골라잡았다. 그는 반짝이는 별빛을 벗삼아 잠을 청했다.

아침 11시쯤 옥타브가 돌아왔다.

"다녀왔습니다. 전보도 쳤습니다."

"좋아. 그래, 루이 드 말라이히는 여전히 교도소에 있던가?"

"변함없이 그곳에 있습니다. 도드빌이 어젯밤 라 상테 교도소의 그자 감방 앞을 지나며 확인했답니다. 마침 교도관이 자리를 비운 틈을 타 두 사람은 이야기도 한 모양입니다. 말라이히는 여전히 입을 열지 않았다고 합니다. 그냥 마냥 기다리더라는 겁니다."

"기다리다니, 무엇을?"

"아마도 죽는 순간을 기다리는 것 같습니다. 경찰청 말로는, 모레 집행이 있을 거랍니다."

"그런가. 잘되었군. 아무튼 탈옥하지 않은 것만은 확실해졌군."

뤼팽은 이제 더 이상 의혹을 품지도, 수수께끼를 풀려고 노력하지도 않았다. 모든 진상이 곧 밝혀질 것이라 믿고 있었기 때문이다. 그에게는 이제 적을 함정에 빠뜨리기 위해 보다 세밀한 계획을 세우는 일만 남아 있었다.

'그렇지 않으면 내가 함정에 빠질 수도 있겠지……'

뤼팽은 그렇게 생각하며 한 번 씩 웃었다.

그는 표정이 매우 명랑해졌다. 마음이 거뜬하고 상쾌했다. 이제 상황이 자신에게 유리하게 펼쳐지리라는 생각이 들었던 것이다.

얼마 지나지 않아 전보가 왔다며 본관에서 하인이 전보를 전해주러 왔다. 물론 도드빌이 보내온 바로 그 전보였다. 뤼팽은 전보의 겉봉만 뜯고는 그대로 호주머니에 찔러 넣었다.

정오 조금 전 그는 오솔길에서 피에르 르뒤크를 만나자 대뜸 이렇게 말했다.

"자네를 찾던 참일세…… 심각한 일이라네…… 솔직하게 대답해 주었으면 좋겠네. 자네는 혹시 이 성에서 내가 고용한 독일인 하인들 이외에 다른 사나이를 본 적 없나?"

"없었습니다."

"잘 생각해 보게. 잠깐 찾아온 방문객을 말하는 것이 아닐세. 내가 말하는 것은 몰래 숨어든 사나이일세. 자네가 생각하기에 숨어 있는 것 같거나 수상한 사나이가 없었나?"

"없는데요…… 당신은 그런 기미를 느끼셨습니까?"

"그렇다네. 누군가가 여기에 숨어 있네. 누군가가 서성거리고 있어. 도대체 어디에 숨어 있을까? 그자의 정체는 뭘까? 어떤 목적으로 숨어 있는 거지? 나는 아직 하나도 모르고 있네. 그러나 곧 밝혀지겠지. 대강 짐작은 하고 있으니. 자네도 눈을 크게 뜨고 주위를 잘 감시하고 있게…… 하지만 케셀바흐 부인께는 어떤 이야기도 하지 말게…… 공연히 신경만 쓸 테니까……"

뤼팽은 그렇게 말하고 휑 하니 가버렸다.

피에르 르뒤크는 할 말을 잃은 채 잠시 서 있다가 성으로 되돌아갔다.

그는 도중에 잔디밭 위에 떨어져 있는 파란 전보용지를 발견했다. 그는 그것을 집어들고 살폈다. 전혀 구겨지지 않고 정성스럽게 접혀 있는 것이 누군가 버린 것이 아니라 실수로 흘린 것이라는 걸 알 수 있었다.

그것은 '보니'라는 이름 앞으로 온 것이었다. 보니는 브뤼겐에서 뤼팽이 사용하고 있는 가명이었다.

진상을 모두 알아냈음. 편지로는 말하기 곤란함. 오늘 밤 기차를 탈 것임. 내일 아침 8시 브뤼겐 역으로 나오기 바람.

'옳지, 됐다!'

가까운 덤불 뒤에 숨어서 피에르 르뒤크의 행동을 감시하던 뤼팽이 손뼉을 쳤다.

'좋았어! 앞으로 2분도 지나지 않아 저 얼뜨기가 전보를 돌로레스에게 보이겠지. 그러면서 내가 걱정하고 있더라는 말까지 모조리 나불대겠지. 두 사람은 하루 종일 그 이야기를 해댈 거야. 그럼 틀림없이 그 녀석도 그 이야기를 엿듣게 될 거야. 왜냐하면 그 녀석은 돌로레스를 그림자처럼 따라다니며, 최면술이라도 건 먹잇감처럼 손아귀에 넣고 있으니까…… 내일 아침 나에게 비밀이 밝혀지는 것이 두려워 놈은 분명 오늘 밤 무슨 일인가 하려 들 것이다……'

그는 콧노래를 부르면서 자리를 떴다.

"드디어 오늘 밤…… 오늘 밤…… 같이 춤을 추자…… 니켈 도금의 칼로 장단을 맞추며 피의 왈츠를 추자꾸나…… 같이 신나게 춤을 추자……."

별채 입구에서 그는 옥타브를 불렀다. 그리고 자기 방으로 들어가 침대에 누우며 운전기사에게 말했다.

"의자에 자리를 잡고 앉게, 옥타브. 자지 말고 있어야 하네. 자네의 주인이 잠시 잠을 자야 하니, 잘 감시해 주게."

뤼팽은 곧 깊은 잠에 빠져들었다.

"오스테를리츠 전투의 아침을 맞이하는 나폴레옹이 이런 기분이었을까."

뤼팽은 눈을 뜨자마자 이렇게 말했다.

저녁식사 시간이 되었다. 그는 마음껏 식사를 한 다음 담배를 피우면서 두 자루의 권총에 탄알을 장전했다.

"이것이 나의 친구인 황제가 늘 주장하는 '유비무환'이라는 것이다…… 옥타브, 어디 있나!"

옥타브가 급히 달려왔다.

"본관에 가서 다른 하인들과 함께 식사하고 오게. 그리고 자네가 오늘 밤 파리에 볼일이 있어 자동차로 파리에 간다는 말을 퍼뜨리게."

"나리와 함께 말입니까?"

"아니, 자네 혼자 말일세. 그리고 식사가 끝나거든 가능한 시끌벅적하게 떠나게."

"정말 파리로 가는 것은 아니겠지요?"

"물론! 정원을 벗어나 1킬로미터쯤 떨어진 곳에서 내가 오기를 기다리고 있게…… 꽤 오래 기다려야 될지도 몰라."

뤼팽은 담배 한 대를 더 물고 어슬렁거리며 산책에 나섰다. 그는 본관 앞을 지나며 돌로레스의 방에 불이 켜져 있는 것을 확인하고 별채로 돌아갔다.

뤼팽은 느긋하게 책 한 권을 펼쳐들었다. 《플루타르크 영웅전》이었다.

"이 책에는 정말 위대한 영웅이 한 사람 빠져 있군. 하지만 미래에는 제대로 정리되겠지. 언젠가는 나의 전기를 쓸 플루타르크가 나타날 테니까."

그는 '케사르'를 다룬 장을 읽은 뒤 책의 여백에 몇 줄짜리 감상을 써넣었다.

11시 30분이 되자 그는 위층으로 올라갔다.

활짝 열어놓은 창문으로 고개를 내민 그는 여러 가지 소음들로 생기가 넘치는, 넓고도 맑은 밤하늘을 올려다보았다. 언젠가 책에서 보았거나 직접 입으로 중얼거려 보았던, 사랑을 표현한 구절들이 입가에서 맴돌았다. 그는 사랑하는 사람의 이름을 쉽게 입 밖에 내지 못했던 사춘기 소년의 들뜬 심정으로 돌로레스의 이름을 몇 번 불러보았다.

"자, 이제 준비를 해야 할 시간이군."

그는 창문을 절반쯤 열어놓고 움직임에 방해가 될 만한 작고 둥근 탁자를 옆으로 옮겼다. 그는 베개 밑에 권총 두 자루를 집어넣고 불을 끈 뒤 옷을 입은 채 조용히 잠자리에 들었다.

다시 공포가 몰려왔다……

너무나 즉각적인 변화였다. 어둠이 그를 둘러싸기 무섭게 재빨리 공포가 엄습한 것이다!

"이런 젠장!"

그는 소리를 지르며 침대에서 일어났다. 그는 권총을 집어들다가 냅다 복도에 내던졌다.

"그래 맨손이다. 이 두 맨손으로도 충분해! 어떤 자이든 이 힘으로 충분히 제압할 수 있어!"

뤼팽은 다시 자리에 누웠다. 다시 어두운 그림자와 침묵이 주위를 둘러쌌다. 다시 공포가 엄습해왔다. 음산하고 섬뜩한 공포였다…….

마을의 시계탑에서 12번의 종소리가 들려왔다.

뤼팽은 인근 어딘가에 숨어 단도의 예리한 칼끝을 점검하고 있을 지긋지긋한 존재를 생각했다.

그러다 몸서리를 치면서 중얼거렸다.

"어서 나오너라!…… 어서 덤벼라! 그래야 이 모든 유령들이 사라지지……."

1시를 알리는 종소리가 마을로부터 들려왔다.

또다시 불안과 초조가 섞인 매 초, 매 분이 흘러갔다…… 그의 머리카락 뿌리에 땀방울이 괴었다. 땀이 이마를 타고 흘러내렸다. 그는 마치 그것이 몸을 타고 흐르는 피처럼 느껴졌다…….

2시가 되었다.

드디어 가까운 어딘가에서 희미한, 나뭇잎이 부스럭거리는 소리가 들려왔다. 분명 바람이 만들어내는 나뭇잎 소리는 아니었다.

뤼팽은 미리 소리를 감지하고 나니 마음이 차분해졌다. 그의 몸 속에 흐르는 협객 기질의 피가 기지개를 켜는 것을 느꼈다. 드디어 전투를 시작하는 것이다!

보다 가까운 창문 밑에서 다시 소리가 들려왔다. 그러나 매우 희미했기 때문에 단련된 뤼팽의 귀가 아니었으면 알아듣기 어려웠을 터였다.

소름이 끼치도록 무시무시하게 고요한 시간이 흘러가고 있었다. 어둠은 한치 앞도 알아볼 수 없을 정도로 깊었다. 별빛도 달빛도 짙은 어둠을 밝히기에는 역부족이었다.

별안간 뤼팽은 무슨 소리가 들린 것도 아닌데 그자가 방에 들어와 있다는 느낌을 받았다. 그자가 침대를 향해 스르르 다가오고 있었다. 방 안의 공기를 흐트러뜨리지도 않고, 스치는 물건들도 전혀 흔들리지 않게 움직이고 있었다.

뤼팽은 타고난 본능과 모든 신경을 집중하여 적의 동작을 감지했고 생각의 진행까지 예측할 수 있었다.

뤼팽은 벽에 몸을 찰싹 붙이고 무릎이 바닥에 닿을 정도로 엎어져 공격 직전의 고양이처럼 꼼짝도 하지 않았다.

찌를 곳을 찾기 위해 그림자 인간이 침대 시트를 더듬는 것이 느껴졌다. 그리고 곧 침입자의 숨소리가 들려왔다. 심지어 심장의 고동소리까지도 들리는 듯한 착각이 일었다.

뤼팽은 자신의 심장이 여느 때 이상으로 고동치지 않는 것을 깨닫고 자랑스럽게 생각했다. 그렇다. 상대의 심장은 사원의 종탑 안에서 종이 흔들리듯, 놈의 가슴속에서 미친 듯이 날뛰고 있었다.

상대의 팔이 서서히 치켜 올라갔다…….

1초…… 2초…….

뭐 하는 거지? 망설이고 있는 건가? 이번에도 적의 목숨을 살려줄 생각인가?

순간, 뤼팽이 긴 침묵을 깨고 소리쳤다.

"찔러라! 어서!"

그와 동시에 앙칼진 기합소리…… 힘차게 내리꽂히는 칼…… 이어지는 신음소리…….

어느새, 칼을 쥔 괴한의 손목이 뤼팽의 손에 단단히 붙잡혀 있었다.

침대에서 스프링처럼 튀어 일어난 뤼팽이 맹렬한 기운으로 힘껏 괴한의 목을 움켜잡고 바닥에 메다꽂았다.

그것이 전부였다. 싸움이라고 말할 수도 없었다. 아니, 그럴 틈이 없었다. 눈 깜짝할 사이에 뤼팽의 몸에 깔린 상대는 마룻바닥에 온몸이 못 박힌 것처럼 옴짝달싹 못했다. 그 누구도 그런 자세를 하고 뤼팽의 손아귀에서 달아날 수는 없었다.

괴한은 아무 말도 없었다! 뤼팽도 만찬가지였다. 다른 때 그가 이런 상황에 놓였다면 분명 농담을 섞어 한마디쯤 했을 텐데 웬일인지 침묵을 지켰다. 그만큼 엄숙한 순간이었다.

우쭐대고 싶은 기쁨도, 승리의 흥분도 느끼지 않았다. 다만

한 가지가 궁금할 뿐이었다. 이자는 도대체 누구일까? 사형수인 루이 드 말라이히? 아니면 다른 사람? 과연 누구일까?

상대가 뤼팽의 손아귀로부터 벗어나기 위해 발악을 했다. 뤼팽은 있는 힘을 다해 괴한의 목을 죄었다. 점점 세게, 보다 강하게……! 놈의 몸에서 힘이 빠져나가는 것이 느껴졌다. 발버둥치던 손이 축 늘어지면서 손에 쥐고 있던 단도가 드디어 손에서 떨어져 바닥에 굴렀다.

이것으로 겨우 동작의 자유를 되찾은 뤼팽은 손전등을 꺼내 불을 켜지 않은 상태로 괴한의 얼굴에 가져다댔다.

드디어 손가락으로 작은 단추 하나만 누르면 된다. 버튼 하나만을 누르면 손전등이 밝혀지듯 모든 비밀이 완전히 밝혀지는 것이다!

뤼팽은 갑자기 잠시나마 자신의 힘을 음미하고 싶어졌다. 감격의 높은 파도가 밀려왔다. 자기의 승리를 생각하면 현기증이 날 정도였다. 이번에도 또 한 번 당당히 승리자의 반열에 오르는 기분이었다.

그는 승리감에 도취해 손가락 하나를 움직여 둥근 빛을 밝혔다. 그 안으로 살인마의 얼굴이 어둠으로부터 떠올랐다.

순간, 뤼팽의 입에서 끔찍한 비명소리가 터져 나왔다.

돌로레스 케셀바흐!

살인자

뤼팽의 머릿속에 광풍이 일고 폭풍이 몰아쳤다. 천둥번개가 작렬하고 천지가 개벽하듯 흙, 불, 물, 바람이 미친 듯이 제멋대로 광란을 일으켰다.

엄청난 섬광이 그림자의 비밀을 박살내는 순간…… 뤼팽은 기겁을 하고 부들부들 떨면서 눈앞에 펼쳐진 광경을 이해하려고 처절하게 몸부림을 쳤다.

뤼팽은 마치 손가락이 그대로 굳어버린 것처럼 적의 목을 움켜쥔 채 꼼짝도 하지 않았다. 이제 분명하게 진실이 밝혀졌음에도 불구하고 그는 자신의 신체에 깔려 힘없이 늘어져 있는 괴한이 돌로레스라고 믿어지지 않았다. 그에게는 아직도 검은 옷을

입은 사내, 암흑 속의 비정한 야수, 루이 드 말라이히만이 눈에
보일 뿐이었다. 그는 방금 바로 그 괴물을 붙잡았고, 그래서 붙
잡은 손을 놓지 못하는 것이었다.

하지만 곧 진실이 그의 이성과 의식을 사정없이 난타했다. 진
실에 서서히 굴복하며 뤼팽은 가슴이 메어지는 듯한 소리로 중
얼거렸다.

"오! 돌로레스…… 돌로레스……."

순간 그의 머릿속에 이해의 실마리가 떠올랐다. 미치광이! 그
렇다. 그녀는 제정신이 아닌 것이다. 알텐하임의 누이동생, 이질
다의 언니, 말라이히 가문의 혈통을 이어받은 여인으로, 미친
어머니와 알코올 중독자인 아버지 사이에서 태어난 그녀 역시
도 미쳐 있었던 것이다. 모두 미쳤는데 그녀 역시 미쳤다고 해
서 별다른 일은 아니지 않은가? 겉으로 보기에는 멀쩡하면서
미쳐 있었으니 이상하긴 하지만, 그녀는 정신이 불균형한 틀림
없는 정신병자였다.

거기까지 생각이 미치자 모든 것이 선명해지는 것 같았다. 모
든 것이 정신이상자의 이상심리에 의한 범죄였던 것이다. 일단
목표에 마음이 사로잡히면 그녀는 태엽인형처럼 목표만을 향해
곧장 돌진했을 것이리라. 그녀는 악귀처럼 살인을 저지르면서
도 자신의 행위를 전혀 인식하지 못한 것이리라.

그녀는 처음에 무엇인가를 얻기 위해 사람을 죽였고, 다음에
는 자신을 방어하느라, 그 다음에는 사람을 죽였다는 것을 감추
기 위해 또다시 사람을 죽이는 악순환을 반복했던 것이다. 하지

만 그 무엇보다 그녀가 미쳤다는 증거는 단지 죽이기 위해서 죽였다는 사실이다. 그녀의 거부할 수 없는 욕구를 그녀 안에 잠들어 있던 살인마가 충족시켜준 것이다. 그녀는 일생의 어느 순간에, 어떤 사정으로 인하여 갑자기 적이 된 인간을 대하면 찌르지 않고는 견딜 수가 없었을 것이다.

사람을 찌를 때 그녀는 격렬한 광기와 분노에 도취되어 있었으리라.

자신이 저지른 살인 행각으로부터 조금도 양심의 가책을 느끼지 않는 광기! 맹목적이면서도 총명하고, 엄청난 무질서 속에서도 항상 논리적이며, 부조리한 가운데서도 더없이 지적인 정신이상자! 지극히 혐오스러우면서도 동시에 감탄을 할 만한 그 모든 계획을 수립한 주인공!

이성이 되살아나자 뤼팽은 그 간의 끔찍한 사건들과 함께, 이 기구한 운명의 여인이 걸어왔을 발자취가 주마등처럼 머릿속을 스쳤다.

뤼팽은 제일 먼저, 그녀가 남편의 불명확한 계획에 사로잡혀 있는 모습이 눈에 선했다. 또 남편이 찾아 헤매는 피에르 르뒤크를 따로 찾아 헤매는 그녀의 모습, 더 나아가 그녀 자신이 피에르 르뒤크와 결혼해서, 자신의 부모가 수치스럽게 쫓겨난 벨덴츠로 왕비가 되어 돌아가고 싶어 안달이 난 돌로레스의 모습이 떠올랐다.

다음으로, 모두가 몬테카를로에 머물고 있다고 믿고 있을 때 팔라스 호텔의 알텐하임 오빠의 방에서 다소곳이 앉아 있는 그녀의 모습이 보였다. 며칠 동안 계속 자신의 남편을 감시하고, 벽에 찰싹 달라붙어 있기도 하고, 어둠의 그늘을 따라 소리 없이 움직이는 검은 복장의 그녀…….

그러던 어느 날 밤 그녀는 꽁꽁 묶여 있는 케셀바흐를 발견하고 그를 찔렀다.

이튿날 아침 객실 담당 종업원에 의해 정체가 발각될 위험에 처하자 또 찔렀다.

그리고 한 시간 뒤, 비서인 채프먼에 의해 정체가 들통날 것 같자 그를 오라버니의 방으로 데려가 또 찔렀다.

이 모든 일을 그녀는 전혀 감정의 동요 없이 무자비하고 야만스럽게, 교묘한 수법으로 해치운 것이다.

그 뒤 그녀는 마찬가지로 지극히 냉정하게, 몬테카를로에서 자신의 역할을 완벽하게 해내고 돌아오는 두 명의 하녀 제르트뤼드와 쉬잔을 전화로 불러냈다. 돌로레스는 사내처럼 보이기 위해 변장에 사용한 금발의 가발을 벗어버리고 다시 여자 옷으로 갈아입은 뒤 아래층으로 내려와 제르트뤼드가 호텔로 들어서는 그 순간 합류했다. 그리고 그녀는 방금 막 도착해 남편의 슬픈 소식을 전혀 모르는 여자처럼 그렇게 행동했다.

타고난 명배우처럼 그녀는 졸지에 남편을 잃은 미망인의 연기를 기막히게 소화해냈다. 사람들은 그녀를 동정했고 그녀를 위해 눈물을 흘렸다. 누가 감히 이것을 연극이라고 상상이나 했겠는가?

이때부터 뤼팽과의 싸움이 시작되었다. 그녀가 르노르망과 세르닌 공작을 번갈아 상대하며 지속한 그 야만적인 싸움은 일찍이 들어본 적조차도 없었다. 낮 동안에는 당장에라도 생명이 꺼져버릴 것 같은 병약한 몸을 긴 의자에 누인 채 지냈고, 밤이 되면 힘차게 일어나 피로조차 모르는 괴한이 되어 사방팔방 뛰어다녔다.

제르트뤼드와 쉬잔은 겁에 질려 어쩔 수 없이 공범자가 되었다. 두 사람은 그녀를 위해 스파이 노릇도 하고, 재판소 한복판에서 알텐하임이 스타인벡을 납치할 때 일을 돕기도 했다.

이때부터 다시 연속적인 살인행각이 벌어졌다. 구렐을 물에 수장시켰고, 오라버니인 알텐하임을 칼로 찔러 죽었다. 등나무 장 지하에서 벌였던 필사적인 격투, 어둠 속의 괴한이 짜놓았던 보이지 않는 계략…… 이제 뒤돌아보니 이 모든 것이 어쩌면 이리도 선명하게 이해되는가!

뤼팽에게서 세르닌 공작이라는 가면을 벗겨버린 것도 그녀였고, 그를 밀고한 것도 그녀였으며, 그를 교도소에 수감시킨 것도 그녀였다. 또 싸움에 이기기 위해 억만금을 아낌없이 뿌려 그의 모든 계획이 수포로 돌아가게 한 것도 바로 그녀, 돌로레스였다.

그 이후 맹렬한 기세로 진행된 사건들. 역시 그녀가 죽였을 것으로 짐작되는 쉬잔과 제르트뤼드의 행방불명! 암살당한 스타인벡! 그리고 그녀의 여동생 이질다의 독살!

"오, 이런…… 역겹고 끔찍해라!"

뤼팽은 치밀어 오르는 혐오감과 증오를 견디지 못하고 자기도 모르게 중얼거렸다.

그는 방금 혐오스러운 짐승 하나를 붙잡았다. 그는 이 물건을 짓밟고 갈기갈기 찢어 죽여도 시원치 않을 것 같았다. 그러고 보니 밤의 어둠이 섞이기 시작하는 어스름한 새벽녘에, 이렇게 두 사람이 뒤엉킨 채 꼼짝하지 않고 있는 것 자체가 끔찍한 광경이 아닐 수 없었다.

"돌로레스…… 돌로레스……."

뤼팽이 절망적으로 중얼거렸다.

그러다 그는 공포로 비틀거리며 얼굴빛이 창백해져 뒤로 물러났다. 무슨 일일까? 도대체 어떻게 된 일일까? 여자의 손에서 느껴지는 이 차가운 느낌은 도대체 어떤 연유에서?

"옥타브! 옥타브!"

운전기사가 집에 없다는 것도 잊고 그가 다급하게 소리쳤다.

그만큼 그는 도움이 절실했다. 누군가 그를 안심시키고 옆에서 도와줄 사람이 필요한 상황이 벌어진 것이다.

그는 공포에 떨고 있었다. 그가 방금 감지한 그 차가운 느낌은 시체에서나 느낄 수 있는 그런 냉기였다. 어찌 된 일인가? 어찌 이럴 수가? 그 잔인한 몇 분 사이에 그럼 이 손이……?

그는 가물거리는 눈을 필사적으로 치켜 뜨며 뚫어지게 그녀를 응시했다. 돌로레스는 손가락 하나 움직이지 않았다.

그는 허둥지둥 몸을 굽히며 무릎을 꿇고 앉았다. 그리고 차가운 그녀의 몸을 단번에 끌어안았다.

그녀는 이미 죽어 있었다…….

뤼팽의 머리는 잠시 동안 공백 상태에 머물러 있었다. 그렇게 약간의 시간이 흐른 뒤, 이상하게도 모든 고통이 일시에 사그라졌다. 그리고 더 이상 고통도, 슬픔도, 두려움도, 증오도 느껴지지 않았다. 그의 마음속에는 이제 어떤 종류의 감정도 남아 있지 않았다…… 남은 것은 오로지 막연한 무기력뿐이었다. 머리를 철퇴로 얻어맞은 느낌, 살아 있는 건지 죽었는지, 깨어 있는 건지 악몽을 꾸고 있는 건지 알 수 없는 그런 혼란만이 존재하고 있었다.

그러면서도 그는 막연히 정의가 이루어졌다는 생각이 들었다. 그는 살인을 했다는 느낌이 없었다. 그렇다. 죽은 것은 사람이 아니라…… 이 모든 일은 그의 의지가 벌인 것이 아니었다. 그의 바깥, 그의 통제력과 의지가 상실된 곳에서 벌어진 일이었다. 그 해로운 짐승을 정당하게 처치한 것은 뤼팽이 아니라 냉정한 운명이었다.

어느새 밖에서 새들이 지저귀기 시작했다. 봄이 꽃을 피울 준비를 하고 있는 늙은 고목 밑에서 약동하고 있었다. 그와 더불어 뤼팽도 넋 나간 상태에서 조금씩 깨어나기 시작했다. 불쌍한 여자에 대한 알 수 없는 동정이 일었다. 괘씸하고 추악하며, 비열한 범죄자였지만 너무도 젊고 아름다웠던 여인, 지금은 싸늘한 시체가 되어버린 한 여인에 대한 미묘한 감정이었다…….

정신이 멀쩡하게 돌아왔을 때 그녀는 얼마나 극심한 고통에 시달렸을까? 이성이 제자리를 찾았을 때, 자신이 저지른 끔찍한 행동들을 되돌아보며 경악을 금치 못했을 그 마음의 고통…….

"저를 지켜 주세요…… 저는 몹시 불행한 여자랍니다!"

그녀가 뤼팽을 보며 이러한 애원을 입에 담았던 것은 바로 그런 이유 때문이었을 것이다.

그녀는 자신에게 끊임없이 살인을 강요하는 자기 자신 속의 악마로부터 지켜 달라고 외쳤던 것이다.

'과연 그녀는 언제나 악녀였을까?'

뤼팽은 스스로에게 질문을 던졌다.

그는 그저께 밤의 일이 생각났다. 그날 밤 그녀는 자신을 오래도록 괴롭혀 온 원수의 머리맡에서 비수를 치켜들었었다. 얼마나 쉬운 일이었는데…… 약을 먹고 무기력하게 뻗어 있는 원수의 목을 향해 곧장 칼만 내리 꽂았으면 모든 일이 깨끗이 끝났을 텐데, 왜 그녀는 그렇게 하지 않았을까?

자신의 내면에 잠재해 있는 잔혹성보다 더 강력한 어떤 감정이, 자신을 그토록 압도했던 상대에 대한 경외감과 애정이 뒤섞인 미묘한 감정이 그 순간 '죽이면 안 돼!' 하고 소리를 질렀으리라.

그렇다. 그녀는 그때만큼은 사람을 죽이지 않았다. 그런데, 그렇게 살아난 사람이 오히려 그녀를 죽이고 만 것이다. 이 얼마나 짓궂은 운명의 장난인가!

온몸을 떨면서 뤼팽은 생각했다.

'내가 사람을 죽였다. 이 손으로 살아 있는 한 인간을 죽여버린 것이다. 다름 아닌 돌로레스를…… 돌로레스…… 아, 어째서

돌로레스란 말이냐……'

그는 그녀의 이름을, 슬픈 그녀의 이름을 되풀이해 중얼거렸다. 이제는 꼼짝도, 저항도 하지 못하는 불쌍한 여자, 서글픈 살덩어리에 지나지 않는 불쌍한 여자. 길바닥에 뒹굴고 있는 초라한 낙엽처럼, 길바닥에 뒹굴고 있는 목이 부러진 새처럼 아무렇게나 뒹굴고 있는 여자에게서 뤼팽은 눈을 뗄 수가 없었다.

아…… 살인자! 희생자가 되어 있는 그녀, 어찌 일말의 동정심조차 갖지 않을 수 있겠는가?

"돌로레스… 돌로레스… 돌로레스……!"

뤼팽이 죽은 여자 옆에 멍청히 주저앉아 옛일을 생각하며, 이따금 절망적으로 '돌로레스… 돌로레스'를 계속 되풀이하는 가운데, 어느덧 날이 환하게 밝아왔다.

어떻게든 행동해야 할 시간이었다. 그런데도 그는 마음이 극도로 혼란해 어느 방향으로 행동해야 좋을지, 무엇부터 시작해야 좋을지 전혀 알 수 없었다.

'우선 그녀의 눈부터 감겨주자.'

이제 완전히 공허로 가득 차 있는 그 아름다운 황금빛 두 눈에는 우울하면서도 매력적인 아름다움이 아직도 남아 있었다. 이렇게 아름다운 눈이 어찌 괴물의 눈이었다고 말할 수 있을까! 거부할 수 없는 현실을 목격하고 있는 이 순간까지도 뤼팽은 자기의 마음속에 전혀 다른 두 개의 모습으로 존재하고 있는 한 인간의 이미지를 받아들일 수 없었다.

그는 얼른 허리를 숙여 그윽한 눈꺼풀을 내려주고, 경련으로 일그러져 있는 얼굴을 이불로 덮었다.

그러자 비로소 돌로레스는 먼 곳으로 떠나버리고, 검은 옷의 악인만이 있는 것 같은 느낌이 들었다.

그는 그녀의 몸을, 그녀의 옷을 손으로 쓸어보았다.

안주머니에 두 개의 지갑이 만져졌다. 그는 그중 하나를 꺼내 열었다.

안에 늙은 독일인 스타인벡 영감의 서명이 있는 한 통의 편지가 끼워져 있었다.

만일 내가 이 무서운 비밀을 밝히지 못하고 죽는 일이 생길 것을 대비해, 다음과 같은 사실을 밝혀두는 바이다. 내 친구 케셀바흐를 살해한 것은 그의 아내이다. 그녀의 실제 이름은 돌로레스 드 말라이히, 알텐하임의 누이동생이며 이지다의 언니이다.

L과 M의 머리글자는 그녀의 것이다. 일상 생활에서 케셀바흐는 아내를 한 번도 돌로레스라고 부르지 않았다. 왜냐하면 거기에는 고통과 애도의 의미가 숨어 있기 때문이다. 그 대신 그는 그녀를 환희라는 뜻의 '레티시아'라고 불렀다. 레티시아 드 말라이히. 그래서 L과 M이 그가 그녀에게 준 모든 선물에 새겨진 머리글자가 되었다. 팔라스 호텔에서 발견된 그 담배 케이스도 케셀바흐 부인의 것이었다. 여행을 하며 그녀는 담배를 피우는 습관이 있었다.

레티시아! 그 이름에 걸맞게, 그녀는 4년 동안 남편의 기쁨이었다. 허위와 위선으로 살아간 4년 내내 그녀는 그토록 신뢰와 정성을 기울인 남편을 죽일 준비를 하고 있었던 것이다.

내가 즉시 진실을 폭로했어야 했는지도 모른다. 그러나 옛 친구 케셀 바흐를 생각하니 그럴 용기가 나지 않았다.

그리고 나는 두려웠다…… 재판소에서 내가 그녀의 실체를 알아본 그날, 나는 그녀의 눈 속에서 나의 사형선고를 읽는 기분이었다.

나의 우유부단함이 과연 내 목숨을 구할 수 있을 것인가?

'그 노인 역시 그녀에게 살해당한 거야…… 그녀가 죽였다! 그러고 보니 그 노인은 꽤 많은 것을 알고 있었어. 그 머리글자와 레티시아라는 이름, 그녀의 흡연 습관까지…….'

그의 머릿속에는 어젯밤 그녀의 침실에서 맡았던 담배 냄새가 떠올랐다.

그는 지갑을 계속 뒤졌다.

암호로 된 필지들이 눈에 띄었다. 남들의 이목을 피해 만날 때 공범자들이 돌로레스에게 건네준 것들…….

이 밖에도 종이쪽지에 빽빽하게 쓰인 주소들이 발견되었다. 재봉사, 모자 가게, 숙녀복 가게, 창녀촌, 어딘지 수상해 보이는 호텔의 주소도 여럿 있었다. 그리고 이삼십 개의 이름들…… 푸줏간 엑토르, 그레넬의 아르망 등 수상한 이름들뿐이었다.

그런데 사진 한 장이 뤼팽의 주의를 끌었다. 그것을 가만히 들여다보던 뤼팽이 별안간 용수철처럼 튀어 일어나 밖으로 뛰어나가더니 정원을 내달렸다.

그 사진은 현재 라 상테 교도소에 감금되어 있는 루이 드 말라이히의 얼굴이었다.

그제야 그가 생각난 것이었다. 사형을 기다리고 있을 그가!

그 검은 옷의 사나이, 그 살인마가 돌로레스이고 보면 루이드 말라이히는 레옹 마시에가 틀림없으며, 무고한 사람일 터였다.

결백하다? 그렇다면 그의 집에서 발견된 그 증거물들과 황제의 편지, 변명할 여지가 조금도 없을 만큼 많았던 그 갖가지 증거는 대체 어찌 된 것인가?

뤼팽은 순간적으로 달리기를 잠시 멈췄다. 머릿속이 불덩이처럼 뜨거웠다.

"아! 나까지도 미칠 것 같군. 지금은 머리나 굴리고 있을 때가 아닌데…… 어떻게든 해야 한다. 그냥 내버려두면 그가 처형될 게 명백하다. 내일 새벽이라고 했지……."

뤼팽은 시계를 꺼내보았다.

"지금이 10시…… 파리에 도착하려면 몇 시간이 걸릴까? 서둘러 가자. 한시라도 빨리 가야만 한다. 오늘 밤 안으로 무슨 수를 써야 한다. 그러나 어떤 수가 있을 것인가? 무슨 수로 그의 무고함을 입증할 수 있을까? 어떻게 하면 사형 집행을 중지시킬 수 있지? 제길! 가면서 생각하자. 나는 뤼팽이 아니던가? 자, 빨리 가자……."

그는 또 뛰기 시작했다. 그리고 본관으로 들이닥치며 외쳤다.

"피에르! 누구 피에르 르뒤크를 본 사람? 아, 거기 있었군!"

그는 피에르를 한쪽 구석으로 데려갔다. 그리고 다급한 목소리로 말했다.

"잘 들어두게. 돌로레스는 지금 여기에 없네…… 급한 일이 생겨 여행을 떠났지…… 간밤에 내 자동차로 떠났네…… 나도 곧 가봐야 하네…… 조용히 하게! 잡담을 할 때가 아니니까! 한 시가 급한 상황이야. 이유는 설명할 필요가 없고, 자네가 하인들에게 유급 휴가를 주게. 돈은 여기 있네. 지금부터 30분 안에 성을 비워야 하네. 자네도 남아 있어서는 안 돼. 알겠지? 성의 출입을 내가 금지시키는 것이야…… 언제고 천천히 설명하겠지만…… 중대한 이유가 있으니까. 자, 이 열쇠를 받게. 일단 여기서 나가, 마을에서 나를 기다리고 있게……."

말을 끝내자마자 그는 다시 달리기 시작했다.

10분 뒤 그는 운전기사 옥타브를 만나 자동차에 뛰어올랐다.

"파리로!"

목숨을 건 질주였다.

운전기사가 마음에 들 정도의 속력을 내지 않는다는 이유로 뤼팽이 운전대를 잡았다. 그는 현기증이 날 만큼의 속력으로 차를 몰았다. 간선도로는 물론 마을을 지날 때도, 사람들의 통행이 많은 시가지에서도 마찬가지였다. 그는 시속 1백 킬로미터로 달렸다. 자동차가 옆을 아슬아슬하게 스쳐 지나갈 때마다 사람들이 비명을 질렀다. 그러나 사람들이 자신을 놀라게 한 것이 무엇인지 인식했을 때는 이미 자동차가 멀리 사라진 뒤였다.

"두목, 이러다간 목숨을 부지할 수 없겠습니다."

옥타브가 새파랗게 질려서 말했다.

"자네나 자동차라면 몰라도 나는 끄떡없어!"

그는 자동차가 자기를 싣고 가는 것이 아니라 자기가 자동차를 운반하고 있는 기분이었다. 그는 자기의 의지와 힘이 공간을 뚫고 나가는 것같이 생각되었다. 그 무엇도 그의 도착을 방해할 수는 없었다.

"나는 반드시 제시간에 도착해 보이겠네. 그것이 필요한 이상 반드시 도착해 보이겠어."

뤼팽은 되풀이해 중얼거렸다.

그의 머릿속에는 지금 조금만 늦어도 죽고 말, 고집스런 침묵과 무표정한 얼굴로 일관하고 있는 루이 드 말라이히의 운명밖에는 없었다.

'그래, 지금 말라이히를 옭아매고 있는 무서운 계략도 바로 그녀가 꾸민 짓이다. 대체 무엇 때문이었을까? 물론 궁극적인 목표는 피에로 르뒤크가 자신을 사랑하도록 만든 뒤 그와 결혼해, 자신이 추방당했던 그 작은 왕국의 여왕이 되기 위해서였을 것이다. 이 목적은 그녀가 손만 뻗으면 잡을 수 있었다. 한 가지 장애물이 없었다면…… 그건 바로 나였다. 지칠 줄 모르고 몇 주일 동안이나 계속해서 그녀의 앞길을 막아서는 나였다. 그녀의 범행 하나하나를 추적하고 차근차근 단서를 발견해 간 바로 나였다. 나는 그녀가 두려워할 만한 명석함을 가진데다 범행이 일어난 현장에 반드시 나타났고, 범인을 잡고 황제의 편지를 찾아내기 전에는 그만둘 사람이 아니었으니까…….'

뤼팽이 한숨을 쉬었다.

'내가 그렇게, 지칠 줄 모르고 사건에 집착하는 것을 본 그녀는 그럴듯한 진범이 한 명 필요했을 거야. 그래서 루이 드 말라이히, 아니 레옹 마시에 같은 희생양이 필요했던 것이지. 그런데 레옹 마시에라는 자는 과연 누구일까? 그녀가 결혼하기 전에 사귀었던 사나이? 한때 사랑했던 사람? 아마 그럴 수도 있겠지. 하지만, 이제 그걸 누가 알겠어. 확실한 것은 그녀가 자신과 그가 닮았다는 것을 간파했다는 점이겠지. 똑같이 검은 옷을 입고 금발의 가발을 쓰기만 하면 키도 몸매도 거의 차이가 나지 않는다는 점을 말이야. 그리고 그때부터 그녀는 그 고독한 사나이의 색다른 생활을 주시하기 시작했을 것이다. 밤에 돌아다니는 습관, 시내를 어슬렁거리는 버릇, 호기심을 가지고 뒤를 밟아오는 자들을 따돌리는 그 기막힌 솜씨까지 일일이 관찰했을 것이다. 이 관찰의 결과가 훗날 요긴하게 사용될 때가 있을 것을 내다본 그녀는 케셀바흐로 하여금 호적원부에 있는 돌로레스라는 이름을 지우고, 머리글자가 레옹 마시에와 일치되는 루이 드 말라이히를 적어 넣도록 유도했을 것이다.

그 뒤 결정적인 순간이 왔고, 그녀는 서슴없이 자기의 음모를 실행에 옮겼겠지. 레옹 마시에가 델레즈망 가에 살게 되자 그녀는 자신의 공범자들도 그곳에 기거하게 했을 것이다. 그렇게 해

두고 나에게 식당 지배인으로 있는 도미니크의 주소를 알려준 것이 바로 그녀 아니었던가. 그녀는 내가 한번 실마리를 잡으면 끝까지 추적한다는 것을 잘 알고 있었음으로, 일곱 명의 도둑을 쫓아 그들의 우두머리에게까지, 그들을 감독하고 감시하고 있는 우두머리에게까지, 그 검은 옷의 사나이에게까지, 레옹 마시에에게까지, 루이 드 말라이히에게까지 이르게 되리라는 것을 예상하고 있었을 것이다.

실제로 나는 그 일곱 명의 도둑을 추적하지 않았던가? 비뉴가에서 있었던 그날 밤의 싸움에서 내가 지거나, 우리가 서로 치고 받다 둘 다 망하거나 그녀로서는 손해볼 것이 없었으니까.

그런데 뜻밖에도 그날 밤 내가 일곱 명의 도둑을 포로로 붙잡아버렸다. 낭패를 느낀 그녀는 스스로 고물장수의 창고로 달려가지 않을 수 없었을 것이다. 그 뒤 나는 고물장수의 창고 안에서 그녀를 발견했다. 이어서 그녀는 나를 레옹 마시에, 즉 루이 드 말라이히가 있는 집으로 쫓아보냈다. 나는 그곳에서 그녀가 미리 준비해 두었던 황제의 편지를 발견했을 뿐만 아니라 그를 경찰에 넘겨줬고, 두 개의 창고 사이에 그녀 자신이 만들게 한 그 비밀 통로의 존재까지 경찰에 보고했다. 게다가 나는 그녀가 미리 준비해 놓은 모든 증거를 제출했고, 또한 그녀가 위조한 서류에 의해 레옹 마시에가 호적을 훔쳤다는 것, 또 그의 본명이 루이 드 말라이히라는 것까지도 밝혀냈다. 모든 게 그녀의 치밀한 계략이었다.

그리하여 루이 드 말라이히가 곧 처형당하게 된 것이다.

이것으로 돌로레스 말라이히는 자유를 얻을 수 있었다. 이미 범인이 잡힌데다 남편, 오라버니, 여동생 모두가 죽었고, 심부름하는 두 하녀는 물론 스타인백마저 죽었으며, 내가 줄줄이 엮어 베르베르에게 넘겨주었기 때문에 공범자들과의 인연도 끊어졌다. 그녀의 희생양인 죄 없는 사나이를 내가 단두대에 올려놓은 덕분에 그녀는 자유인으로서, 승리자로서, 억만장자로서, 피에르 르뒤크의 애인으로서 머지않아 대공비의 자리에 앉게 되어 있었던 것이다.'

생각에 잠겼던 뤼팽이 갑자기 소리를 질렀다.

"그렇다! 그 사나이를 죽게 해서는 안 된다. 나는 나 자신의 목을 걸고라도 그 사나이를 살리겠다!"

그 순간, 당황하여 어찌 할 바를 모르는 옥타브가 말했다.

"조심하십쇼, 두목! 이제 거의 다 왔습니다…… 파리의 교외입니다……."

"그게 어쨌다는 건가?"

"이러다가는 차가 뒤집힙니다. 길모퉁이가 몹시 미끄럽습니다. 원심력에 의해 차가 튀어나갑니다."

"괜찮아."

"위험합니다. 저기……!"

"뭔가?"

"전차가……!"

"저쪽에서 멈추겠지!"

"속력을 줄이세요, 두목!"

"그럴 수는 없어!"

"큰일납니다."

"충분히 지나갈 수 있어."

"못 지나갑니다."

"갈 수 있어."

"앗……."

굉장한 파열음…… 사람들의 비명소리…… 전차에 옆구리를 들이받힌 자동차는 울타리 쪽으로 밀려가며 10여 미터쯤 방책을 부순 뒤 언덕 모퉁이로 곤두박질쳤다.

자동차에서 퉁겨져 나와 비탈의 잡초더미 위에 축 늘어진 상태에서도 뤼팽은 멈춰 서 있는 택시를 향해 소리를 질렀다.

"어이, 택시! 지금 갈 수 있죠?"

잠시 뒤 그는 가까스로 일어섰다. 그는 부서진 자동차와 사람들에게 둘러싸여 있는 옥타브를 한 번 쳐다보고 나서 서둘러 택시에 올라탔다.

"보브 광장, 내무부 청사로 갑시다…… 팁을 20프랑 주겠소……."

'정말 큰일이군. 무슨 일이 있어도 그를 죽게 할 수는 없어. 절대로 죽어서는 안 돼. 만일 그가 죽게 되면 나의 양심이 견디지를 못할 거야! 더 이상 그 여자의 노리개가 될 수는 없어. 아이처럼 함정에 빠졌던 것만으로도 충분해! 여기서 멈춰야 해…… 내가 그에게 사형을 선고한 것이나 다름없어. 내가 그를 단두대로 끌어올린 것이나 마찬가지야. 결코 이대로 놔둘 수는 없어,

절대로…… 그가 만일 어떻게 된다면, 나는 내 머리통에 권총을 대고 방아쇠를 당겨버릴 거야!'

파리로 들어가는 관문이 보이자 뤼팽이 몸을 앞으로 내밀며 운전기사에게 말했다.

"20프랑을 더 주겠소. 멈추지 말고 계속 달리시오."

차가 관문에 이르자 창문 밖을 향해 뤼팽이 이렇게 외쳤다.

"치안업무 수행중!"

차는 그대로 관문을 통과했다.

"속력을 늦추지 마시오! 이런 빌어먹을! 좀더 속력을 내요! ……좀더! 저 할머니를 칠까 무섭소? 그대로 달려요. 사고가 나면 내가 다 책임질 테니……."

그는 곧 보브 광장의 내무부 건물에 도착했다.

뤼팽은 허둥지둥 앞뜰을 가로질러 계단을 성큼성큼 올라갔다. 대기실은 사람들로 가득 차 있었다. 그는 종이쪽지에 '세르닌 공작'이라고 썼다. 그리고 경비원을 다짜고짜 구석 쪽으로 몰고 가 말했다.

"나는 뤼팽이다. 날 알아보겠지? 내가 여기에 일자리를 마련해 준 것을 잊은 건 아니겠지? 이만하면 근무할 만한 곳이 아닌가? 나를 곧장 들여보내 주게. 나의 명함을 가져다 내밀기만 하면 돼. 총리는 틀림없이 자네에게 잘했다고 할 걸세. 나도 그렇고…… 자, 어서 서둘러! 발랑글레가 나를 기다리고 있단 말이야."

몇 초 뒤 발랑글레가 직접 대기실 문을 열고 얼굴을 내밀었다.

"공작을 들여보내게."

뤼팽이 후닥닥 안으로 뛰어들어가며 거칠게 문을 닫았다. 그리고 다짜고짜 말했다.

"간단히 말하겠습니다. 이제 와서 나를 체포하려는 것은 아니겠죠? 그렇게 하면 당신이나 독일 황제에게 좋을 게 없을 겁니다…… 오늘은 그 이야기를 하러 온 것이 아니라, 말라이히가 무죄라는 증거를 가지고 왔습니다. 아무 죄도 없습니다. 내가 진범을 찾아냈습니다. 돌로레스 케셀바흐가 진범입니다. 이미 죽어버려 시체만이 남았지만, 명백한 결정적 증거가 있습니다. 의혹의 여지가 결코 없습니다. 그 여자가 범인이었습니다……."

그는 갑자기 말을 멈췄다. 자신의 말을 이해하지 못하고 얼굴만 빤히 쳐다보는 발랑글레의 표정이 걸렸던 것이다.

"이보쇼, 총리 각하. 말라이히의 생명을 구해야만 한다는 말입니다. 생각 좀 해보십시오. 중대한 일입니다. 사법부가 죄 없는 사람의 목을 자른다는 말입니다…… 어서 명령을 내리시오. 재심 요구든 뭐든 어서 명령을 내리십시오. 급한 일입니다. 시간이 없어요!"

호들갑을 떠는 뤼팽을 지켜보던 발랑글레가 탁자 위에 놓여 있던 신문을 펼쳐 손가락으로 기사 하나를 가리켰다.

뤼팽은 표제부터 읽기 시작했다.

천인공노할 괴물 처형되다!

오늘 아침 루이 드 말라이히가 극형에 처해졌다…….

그는 기사를 차마 더 이상 읽지 못했다. 그는 절망의 신음을 내뱉으며 다리에 힘이 풀려 비틀거리다 의자에 털썩 주저앉았다.

얼마나 그러고 있었을까? 문 밖으로 나왔다는 것을 깨달았을 때 그는 아무 말도 할 수가 없었다. 다만 긴 침묵이 이어진 뒤 발랑글레가 허리를 숙이고 자신의 얼굴에 찬물을 뿌려주던 기억이 조금씩 났다. 그러면서 총리는 이렇게 말했던 것 같았다.

"여보게…… 그 말을 절대 입 밖에 내서는 안 되네. 알겠나? 그 사람이 진짜 죄 없는 억울한 사람인지 어떤지는 잘 모르겠네만, 물론 그런 일이 벌어졌을 수도 있네…… 하지만 이제 새삼스럽게 그런 말을 떠벌려 봐야 무슨 소용이 있겠나? 말썽만 일어날 것이네. 오심 문제는 자칫 잘못하면 중대한 결과를 초래할 수도 있지. 과연 그럴 필요가 있을까? 사후 명예회복인가? 무엇 때문에 그럴 필요가 있나? 자신의 이름으로 처형된 것도 아닌, '말라이히'라는 이름일세…… 범인의 이름으로 처형되었으면 그만 아닌가…… 이제 와서 어쩔 수 없는 일이기도 하고……."

뤼팽은 그 말을 들으며 조금씩 문 밖으로 떠밀려 나왔던 것 같다.

"자, 그만 돌아가게…… 가서 시체나 치우게…… 아무런 흔적도 남기지 말게. 이 사건은 이제 흔적조차 없는 일이 되었네. 알겠지?"

뤼팽은 그렇게 그곳을 나왔다. 마치 태엽인형처럼 사람들이 떠미는 대로…… 이미 그에게는 아무런 의지도 남아 있지 않은 상태였다.

　몇 시간 동안 그는 역에서 시간을 보냈다. 무의식중에 식사를 하고, 차표를 사고, 열차에 올랐다.

　머리가 불덩이 같았다. 선잠이 들었는데 온갖 악몽뿐이었다. 그는 자다 깨다 하며 어째서 마시에가 자신을 변호하지 않았는지 열심히 생각했다.

　'미쳤던 게 틀림없어…… 반미치광이임에 틀림없어…… 아마 옛날에 알던 여자였겠지. 그녀 때문에 인생이 뒤틀린 사람이었을 거야…… 그녀 때문에 폐인이 된 사람이었을 거야…… 사는 게 생지옥이었겠지. 그렇지 않았으면 왜 그대로 죽으려 했겠어?'

　이 정도의 가설로는 그의 호기심이 반도 만족되지 않았다. 그는 언젠가 반드시 이 수수께끼를 풀어, 마시에가 돌로레스의 일생에서 어떤 역할을 했는지 확인하겠다고 다짐했다. 그러나 그것은 나중의 문제였다. 현재로서 확실한 것은 마시에가 미치광이였다는 점뿐이었다.

　"그는 미치광이였다…… 마시에라는 사나이는 분명 미치광이였음에 틀림없다. 어쩌면 마시에 가문 사람들도 모두 미쳤는지 모르지."

　뤼팽은 마시에라는 성을 가진 사람들의 이름을 생각나는 대로 중얼거렸다.

　브뤼겐 역에 도착하자 맑은 공기 때문인지 다시 머리가 맑아졌다. 갑자기 모든 상황이 다른 각도에서 해석되었다.

"하는 수 없지 않은가! 그 사람이 스스로 자신을 지키려 노력하지 않았으니 나는 별 책임이 없다. 스스로 자살한 것이나 마찬가지다…… 항소를 하기만 했어도…… 이 사건에서 단역을 맡았던 그 사나이는 이미 죽어버렸다…… 불쌍하지만…… 어떻게 하겠나!"

또다시 행동에 대한 의욕이 그를 사로잡았다. 본의 아니게 연출한 이 어처구니없는 사고로 그는 마음이 괴로웠지만 그는 다시 미래로 눈을 돌리고 있었다.

"이 정도 일을 가지고 뭘 그래! 싸움을 하다 보면 흔히 일어나는 사고일 뿐이다. 잊어버리자, 아직 아무것도 망친 것은 없다. 오히려 그 반대다! 피에르 르뒤크가 그녀를 사랑했기 때문에 돌로레스는 암초였다고 생각하자. 그 돌로레스가 죽고 말았으니 이제 피에르 르뒤크는 완전히 내 소유가 되었다. 내가 정해준 대로 그는 주느비에브와 결혼할 것이다. 그는 왕위에 앉을 것이다. 결국 주인은 나지만 말이야! 머지않아 유럽이, 온 유럽이 내 소유가 되는 것이다!"

그는 흥분해 있었다. 갑자기 자신감을 회복한 그는 열에 들뜬 채 상쾌하게, 세상을 호령하는 환상의 지휘검을 휘두르며 길을 걸어갔다.

"뤼팽, 머지않아 자네는 왕이 되는 것이다! 머지않아 왕이 된다, 아르센 뤼팽!"

브뤼겐 마을에서 물어보아 피에르 르뒤크가 어제 마을 여인숙에서 점심을 먹었다는 사실을 알아냈다. 그 뒤로는 아무도 그를 본 사람이 없었다.

"뭐라고요! 여기서 잠을 자지 않았단 말입니까?"

뤼팽이 물었다.

"예."

"그럼, 점심을 먹은 뒤에는 어디로 갔소?"

"성 쪽으로 걸어가던데요."

뤼팽은 깜짝 놀라 황급히 자리를 떴다. 그는 그 젊은이에게 모든 성의 입구를 닫고 하인들을 내보낸 뒤 아무도 성에 들어가서는 안 된다고 분명히 지시해 두었다.

그는 곧 피에르가 자신의 지시를 노골적으로 어겼다는 증거를 확인했다. 성의 철책 문이 활짝 열려 있었다.

그는 성 안으로 뛰어들어가 여기저기를 황급히 돌아다니며 젊은이의 이름을 크게 불러댔다. 그러나 어떤 대답도 없었다.

갑자기 그는 별채가 생각났다. 어쩌면 피에르 르뒤크가 사랑하는 여자를 만나고 싶은 본능에 이끌려 그곳을 찾아갔을는지도 모른다는 생각이 든 것이다. 문제는 돌로레스의 주검이 그곳에 그대로 남아 있다는 것이었다.

뤼팽은 다시 달리기 시작했다.

언뜻 보기에는 별채에 아무도 없어 보였다.

"피에르! 피에르, 어디 있나?"

아무 대답도 들리지 않았으므로 그는 복도를 따라 자신이 쓰던 침실로 뛰어들어갔다.

그는 문턱에서 그 자리에 못 박힌 것처럼 우뚝 멈추어 섰다.

돌로레스의 시체 바로 위 천장에 목을 매단 피에르 르뒤크의 시신이 허공에 머물러 있었다.

뤼팽은 온몸에 힘을 주었다. 더는 절망의 몸짓에 자신을 맡기고 싶지 않았다. 더는 자제력을 잃은 어떤 거친 말 한마디도 하고 싶지 않았다. 운명이 지금 그에게 치명타를 입힌 뒤여서, 돌로레스의 여러 가지 범행을 알고 그녀가 죽은 뒤여서, 마시에가 처형된 뒤여서, 그러한 무수한 격변과 이변이 있었던 뒤여서 그는 자신의 평정을 유지하는 일이 절박하다고 느꼈다. 만약 여기서 정신을 가다듬지 못하면 다시는 정신을 차릴 수 없을 것 같았다.

"바보, 어째서 기다리지 못했지? 10년이 지나기 전에 알사스-로렌 두 주를 다시 찾을 수 있었는데……."

뤼팽이 축 늘어져 있는 피에르 르뒤크를 향해 주먹을 휘둘러 대며 말했다.

마음을 바꾸기 위해서 그는 할 말을, 취할 태도를 찾았다. 그러나 생각은 정리되지 않았고 머리만 터질 것처럼 아팠다.

"아, 제발……! 이런 일은 정말 끔찍해! 뤼팽이 이제 슬슬 미쳐 가는 모양이구나. 정말 못 견디겠다! 차라리 관자놀이에 총알을 한 방 먹이는 것이 낫겠다. 맞아, 결국 그것밖에는 방법이 없을 거야. 드디어 뤼팽이 늙어 노망이 났군. 아, 안 돼…… 안 돼…….”

그는 발을 구르며 무릎을 높이 들어올리고 마치 배우가 무대 위에서 미치광이를 연기하는 것처럼 뛰어다녔다.

“힘을 내라, 단단히 힘을 내! 신들께서 보고 계신다. 얼굴을 높이 들고 가슴을 크게 펴라! 네 주위의 모든 것이 허물어지기 시작했다고……? 그런 일이 무슨 대수란 말인가? 크게 실패했다, 꼼짝달싹할 수 없게 되었다, 왕국 하나가 물거품으로 돌아갔다, 유럽이 바닷속으로 가라앉았다, 세상이 신기루처럼 증발해버렸다……! 그런데 그게 뭐 어쨌다는 거지? 크게 웃는 거야, 뤼팽! 뤼팽답게 괴로움 따위는 날려버리자! 자, 웃어라! 좀더 크게 웃는 거야…… 그래, 그렇지…… 아, 우습다! 돌로레스, 담배 한 대만 얻어 피웁시다!”

그는 비웃으면서 몸을 굽혀 죽은 여자의 얼굴을 손으로 어루만졌다. 그는 잠시 비틀거리더니 정신을 잃고 그대로 쓰러져 버렸다.

한 시간쯤 뒤 그는 정신을 차렸다. 발작은 끝나 있었다. 맑은 정신으로 되돌아왔고 긴장도 풀어졌다. 그는 진지한 마음으로 차분히 사태를 검토했다.

최종적인 결정을 내릴 때가 드디어 되었다고 그는 생각했다. 그는 불과 며칠 사이에 생각지도 못 했던 재해를 거듭 만났고, 그가 승리를 자신하던 그 순간에 완전히 패배해버렸다. 무엇을 해야 할 것인가? 다시 처음부터 시작해야 할 것인가? 다시 모든 걸 재건해? 그러나 그에게는 이미 그럴 용기가 없었다. 그렇다면……?

오전 내내 그는 넓은 뜰 안을 서성거렸다. 그것은 사태의 세세한 부분까지 똑똑히 실감하고 차츰 죽음의 관념이 엄습해오는 비장한 산책이었다.

하지만 자살을 하든, 살아남든 우선 할 일이 있었다. 침착성을 되찾은 뤼팽의 머리에 그것이 무엇인지 또렷하게 떠올랐다.

읍내 교회의 종소리가 정오를 알렸다.

"시작하자. 빈틈없이 처리해야지……."

그는 별채로 돌아와 자기 방으로 들어갔다. 그는 침착하게 의자를 놓고 올라서서 피에르 르뒤크가 매달려 있는 밧줄을 끊었다.

"불쌍한 녀석…… 밧줄로 된 넥타이를 목에 걸고 이렇게 죽어버리는 것이 결국 자네의 피할 수 없는 운명이었던 모양이군. 애석하게도 자네는 큰 인물이 될 소질을 타고나지 못했어…… 좀더 빨리 그 점을 깨달았더라면 좋았으련만…… 시인 따위에게 내 운명을 맡긴 것이 잘못이었지……."

그는 젊은이의 옷을 뒤져보았지만 아무것도 없었다. 그때 문득 아직 살펴보지 못한 돌로레스의 다른 지갑 하나가 생각났다.

지갑을 살피던 뤼팽은 깜짝 놀랐다. 지갑에는 필체가 낯설지 않은 여러 장의 편지 묶음이 들어 있었다.

"황제의 편지다! 늙은 수상 비스마르크에게 보내는 편지도 있군…… 그럼, 내가 레옹 마시에의 집에서 찾아다 발데마르 백작에게 건네준 그 편지 다발은 모두 어찌 된 것일까……? 돌로레스가 그 얼빠진 발데마르에게서 이 편지를 되찾아 온 것일까?"

뤼팽이 갑자기 자신의 이마를 탁 때렸다.

"아, 바보는 바로 나였어! 여기 있는 것이 진짜 편지다! 그녀는 적당한 기회가 오면 황제를 농락하기 위해 이 편지들을 가지고 있었던 거야. 내가 황제에게 돌려준 그 편지는 가짜였다. 그녀 자신이, 또는 누군가에게 편지를 위조하도록 해 일부러 내 눈에 잘 띄는 곳에 가져다 놓은 것이다…… 이런 바보, 그런 속임수에 멍청히 속다니! 여자라는 존재는 참……."

편지를 빼고 나니 지갑 속에는 두꺼운 종이에 붙인 한 장의 사진밖에 남아 있지 않았다. 그는 그것을 바라보았다. 뤼팽 자신의 사진이었다.

"몸에서 떼어놓지 않았던 두 장의 사진…… 그것이 마시에와 내 사진이라니…… 아마도 그녀가 가장 사랑했던 두 사람인 모양이지…… 그녀가 나를 사랑하고 있었다니. 그것은 나를 쓰러뜨리기 위해 그녀가 동원한 일곱 명의 패거리들을 내가 혼자서 물리친 데 대한 색다른 애정이었을까? 참으로 이상한 심리가 아닌가? 하긴 나의 원대한 야망을 이야기했을 때도 그녀의 몸속에서 나에 대한 애정이 심하게 물결치고 있다는 것을 느꼈었지! 그때만은 그녀도 피에르 르뒤크를 포기하고, 나에게 이상과

야망을 바치려는 마음이 있었을 거야. 그 작은 손거울이 방해하지만 않았다면 말이지. 그 순간 그녀는 두려웠던 것이야. 내가 진실을 건드렸기 때문에…… 그녀의 안전을 위해서는 나의 죽음이 필요했으므로 그녀는 마지못해 나를 죽이려 했던 것이겠지."

뤼팽은 계속 중얼거렸다.

"어쨌든 그녀는 나를 사랑하고 있었다…… 그렇지, 그녀는 나를 사랑하고 있었어. 내가 불행을 가져다준 다른 여자들처럼…… 나는 여자들에게 항상 불행만을 가져다주었지…… 나를 사랑한 여자들은 모조리 죽고 만다…… 그녀 역시 죽고 말았다. 그것도 나에게 목이 졸려서…… 이런 내가 살아서 무엇하겠는가……?"

그는 한층 더 목소리를 낮추어 중얼거렸다.

"이제 무엇으로 살아갈까? 나는 나를 사랑했던 여자들에게 되돌아가는 것이 좋지 않을까? 나를 사랑했기 때문에 목숨을 잃은 여자들…… 소냐, 레이몽드, 클로틸드 데스탕쥐, 클라크……."

그는 두 구의 시체를 나란히 눕히고 한 장의 이불로 함께 덮은 다음, 테이블에 앉아 글을 쓰기 시작했다.

나는 승리를 했다. 그러나 곧 패했다.
나는 목표에 도달했다 곧 쓰러졌다.
운명이 나보다 더 강했다…….

사랑하는 여자는 이미 이 세상에 존재하지 않는다.

나 또한 죽는다.

유서의 밑에 그는 '아르센 뤼팽'이라고 서명했다.

그는 봉투를 봉한 다음 병 속에 집어넣어 창문 밖 정원의 부드러운 흙 위로 던졌다. 그는 이어서 헌 신문지와 짚더미, 대팻밥, 주방에서 가져온 불쏘시개 등을 바닥에 쌓아올렸다.

그 위에 휘발유를 뿌린 그는 성냥을 켜서 던졌다.

불길이 폭발이라도 하듯 솟구쳤다. 이윽고 다른 불꽃들이 사방에서 치솟아 올랐다.

"자, 그만 떠나자! 이 별채는 나무로 되어 있으니 성냥갑처럼 잘 타겠지. 마을에서 사람들이 달려와 정문의 쇠문짝을 비틀어 열 때쯤이면 더 이상 손을 쓸 수 없는 상황이 되어 있으리라. 시커멓게 타서 형체를 알 수 없는 두 구의 시체, 그리고 그 곁에서 발견된 나의 죽음을 알리는 유서가 든 병…… 뤼팽이여, 잘 가라! 마을 사람들이여, 간소하게 나를 묻어주시오. 가난한 사람이 쓰는 영구마차면 족하오…… 꽃다발도, 화환도 필요 없소…… 간소한 십자가에 '협객 아르센 뤼팽, 여기에 잠들다'란 묘비명 하나면 충분하오."

그는 저택의 경계인 담까지 와서 담을 타넘다 말고 뒤를 돌아보았다. 거센 불길이 하늘까지 태우려는 듯이 타오르고 있었다.

그는 절망을 가슴에 가득히 안고 운명에 지친 모습으로 아무런 목적도 없이 파리를 향해 걸었다.

농부들은 나그네가 변변치 않은 식대로 30수(약 2프랑)를 고액지폐로 지불하는 것을 보고 놀랐다.

어느 날 밤 노상강도 세 명이 숲속에서 그를 덮쳤으나 그는 오히려 세 도둑을 막대기 하나로 때려눕혀 버렸다.

그는 어느 시골 여인숙에서 여드레나 지낸 일도 있었다. 어디로 가야 할지 몰랐기 때문이었다…… 무엇을 해야 하는가? 무엇을 믿고 의지하며 살아야 하는가? 그는 인생에 지쳐 있었다. 그는 이제 더 이상 살고 싶지 않았다. 그는 이미 죽어가고 있었다…….

"아니, 도련님!"

에르느몽 부인은 가르쉬 마을 별장의 작은 방에 갑자기 나타난 뤼팽을 보며 눈이 휘둥그레졌다. 그녀는 곧 얼굴이 창백해지며 몸을 부들부들 떨었다.

뤼팽이었다……! 뤼팽이 나타난 것이다.

"도련님, 정말로 도련님인가요……? 신문에서는 도련님이……."

사나이가 씁쓸하게 웃었다.

"그래요. 나는 죽었어요."

"그렇다면…… 그것이 정말이라면……."

"유모는 묻고 싶겠지요. 죽은 사람이 여기에는 무슨 볼일이 있어 왔냐고? 빅뜨와르, 중요한 일이 있어서 이렇게 일부러 찾아온 겁니다.”

“몰골이 말이 아니군요!”

“몇 가지 안 좋은 일들이 있어서…… 하지만 모두 끝났어요. 그런데 주느비에브는 어디에 있나요?”

갑자기 빅뜨와르가 펄쩍 뛰었다.

“도련님, 그 아이를 내버려두세요. 주느비에브를 또 어디로 데려가려는 것은 아니겠죠? 이번에는 어림도 없어요. 내가 못하게 막겠어요. 이제는 절대로 내주지 않겠어요. 그 아이는 지칠 대로 지친 채 불안에 가득 찬 창백한 얼굴로 돌아왔어요. 이제야 겨우 안색이 회복되어 가는데… 그 애를 내버려두세요.”

늙은 여자의 어깨에 뤼팽이 손을 얹었다.

“내가 원해요…… 알겠소…… 난 그 아이와 이야기를 하고 싶어요.”

“안 돼요.”

“꼭 이야기를 해야 합니다.”

“안 돼요.”

뤼팽이 그녀를 밀치고 지나가려 했으나 그녀는 팔짱을 끼며 다시 앞을 가로막았다.

“내가 살아 있는 한 그렇게 못합니다. 그 아이의 행복은 여기에 있지 다른 곳에 있지 않아요…… 도련님의 돈과 명예에 관한 부질없는 생각이 그 아이를 불행하게 만들고 있어요. 정말 어이가 없군요. 도련님이 데려온 그 피에르 르뒤크인가 뭔가 하는 사람은 대체 누구지요? 그리고 벨덴츠가 어떠니, 주느비에브가

공작 부인이 된다느니, 정말 모두 미친 짓이에요! 그런 것은 그 아이에게 맞지 않는 생활이에요. 결국 도련님은 자기 한 사람밖에 생각하지 않는 사람이에요. 도련님이 자신의 권세를, 자신의 재산을 만들려고 한 일이에요. 그 아이야 어찌 되었든 도련님은 아무렇지도 않은 거예요. 주느비에브에게 도련님이 데리고 온 그 무뢰한인지 공작인지를 사랑하는지 한 번이라도 생각해 본 적이 있으세요? 그 아이가 누구를 사랑하는지 한 번이라도 생각해 본 일이 있느냐구요? 아마 한 번도 없었을걸요. 도련님은 오직 자신의 계획만을 쫓아다녔어요. 그게 전부예요. 주느비에브가 상처를 입건, 한평생 불행해지건 도련님에게는 상관없는 일이니 말예요. 저는 그런 것이 싫어요. 그 아이에게 필요한 것은 간소하고 정직한 생활이에요. 당신은 그 아이에게 그런 것을 줄 능력이 없어요. 그러면서 도련님은 도대체 여기에 왜 오셨죠?"

그는 동요하는 것 같았다.

하지만 단념하지 않고 목소리를 낮추어 몹시 쓸쓸하게 중얼거렸다.

"앞으로 만나지 못하다니, 상상도 할 수 없는 일입니다. 그 애와 말조차 하지 못하다니, 도저히 그럴 수는 없어요……."

"그 아이는 도련님이 죽었다고 생각하고 있어요."

"싫습니다! 주느비에브에게만은 진실을 알리고 싶어요. 그 아이에게 내가 이 세상에 없는 사람이라고 믿도록 하는 것이 나로서는 견딜 수 없는 고통입니다. 부탁이니 이리로 데려와 줘요,

빅뜨와르."

그가 너무나도 다정하게, 그리고 너무나도 간절한 목소리로 애원했기 때문에 그녀도 마음이 흔들리는 것 같았다.

"우선 먼저 알고 싶은 것이 있어요. 도련님이 그 아이에게 할 말이 무엇인지에 따라 상황이 달라질 거예요…… 솔직하게 말해봐요…… 도련님은 대체 주느비에브에게 무엇을 원하는 거지요?"

뤼팽은 몹시 진지한 표정이 되었다.

"나는 그 아이에게 이렇게 말할 생각이요. 주느비에브, 나는 너의 어머니와 약속했단다. 너에게 부와 권세를 부여해 동화 같은 생활을 하도록 해주겠노라고. 때가 와서 내 목적을 달성하면, 나는 네 가까이 보금자리를 마련해 달라고 부탁할 생각이었단다. 네가 부유하고 행복해지면 나 따위는 잊어버려도 좋다고 생각했지. 그런데 불행히도 운명은 나보다 힘이 세더구나. 너에게 부도 권세도 안겨주지 못했으니 말이다. 나는 너에게 아무것도 가져오지 못했다. 게다가 이제는 오히려 네가 필요하구나. 주느비에브, 나를 도와줄 수 있겠니?"

"무엇을……?"

늙은 여자가 불안한 듯이 물었다.

"내가 살아갈 수 있도록 말이요……."

"오, 이런! 가엾게도 그렇게 상황이 나쁜가요? 오, 우리 아기……."

"그래요."

그는 솔직하게 대답했다. 조금의 과장도 하지 않고 괴로운 표정도 짓지 않은 채.

"그래요, 상황이 그렇게 되었어요. 세 사람이나 죽어버렸답니다. 모두 다 내가 죽인 거지요. 내가 이 손으로…… 그 기억의 중압감이 너무나도 무겁습니다. 나는 외톨이예요. 난생 처음 내게 도움이 필요해요. 나는 주느비에브에게 도움을 청할 권리가 있다고 생각합니다. 그리고 그 아이도 내 청을 들어줄 의무가 있어요…… 그렇지 않으면……."

"그렇지 않으면?"

"모든 것이 끝나요."

늙은 여자는 창백한 얼굴을 한 채 입을 다물었다. 옛날 자신의 젖을 먹여 자신의 손으로 키운 정이 다시 되살아나고 있었다. 뤼팽은 여전히 그녀에게 있어 '내 아기'일 수밖에 없었다.

"그래서 그 애를 어떻게 할 생각이죠?"

"함께 여행을 할까 합니다…… 그럴 수 있다면 유모도 같이……."

"그렇지만 도련님은 잊고 있어요…… 중요한 일을 잊고 있어요."

"잊고 있다니?"

"도련님의 과거를 말이에요……."

"그 아이도 잊어줄 거예요. 내 생활이 지금은 그렇지 않다는 것을 그 아이도 인정할 거예요… 이제 더 이상 내가 그런 생활을 바라지 않는다는 것을……."

"그럼, 도련님은 진정으로 그 애가 도련님의 생활을, 뤼팽의 생활을 함께 공유하길 바라는 건가요?"

"이제부터 나의 인생은 그 애가 행복하게 되는 것, 그 애가 좋아하는 사람을 만나 결혼하도록 하는 데 있어요. 그게 어디든 세상 한 구석에 정착해 서로 도우며 함께 살아갈 생각입니다. 내가 그럴 수 있다는 것을 유모도 잘 알 겁니다."

뚫어지게 뤼팽을 바라보며 그녀가 천천히 물었다.

"그럼, 도련님은 정말 그 아이가 뤼팽의 생활을 공유하길 바라나요……?"

뤼팽은 아주 짧은 순간 망설이는 것 같더니 분명하게 말했다.

"그렇습니다. 나는 그렇게 하고 싶습니다. 그것이 내 권리입니다."

"도련님은 그 아이가 이제껏 친부모처럼 돌보아 온 저 사랑스러운 아이들 곁을 떠나게 할 생각이군요? 그 아이에게 필요하고, 그 아이가 좋아하는 그 일에서까지……?"

"그래요. 어쩔 수 없는 일이지요. 그것이 저 아이의 의무이니까."

늙은 여인은 창문을 열면서 말했다.

"그렇다면 자, 주느비에브를 부르세요!"

주느비에브는 정원에 앉아 있었다. 네 명의 소녀가 그녀를 둘러싸고 있었다. 다른 아이들은 여기저기 뛰어다니며 놀고 있었다.

뤼팽은 그녀의 얼굴을 바라보았다. 그녀의 웃는 눈매가 보였다. 한 손에 꽃가지 하나를 들고 잎을 따면서 호기심에 눈을 반짝이는 아이들에게 이야기를 들려주고 있었다. 이야기를 끝낼 때마다 그녀는 아이들에게 무슨 질문을 했고, 아이들이 대답을 하면 그녀가 뽀뽀로 상을 줬다.

뤼팽은 오랫동안 감동과 무한한 슬픔이 담긴 눈초리로 그녀를 지켜보았다.

이제까지 그가 알지 못했던 마음속의 효모가 그의 내부에서 발효되고 있었다. 그는 그 어여쁜 소녀를 와락 끌어안고 입맞춰 주면서 애정과 사랑을 표현하고 싶었다. 그는 아스프르몽 작은 마을에서 고통 속에 세상을 떠난 그녀의 어머니를 생각했다…….

"빨리 부르세요!"

빅뜨와르가 다시 외쳤다.

그러나 그는 옆에 있는 의자에 허물어지듯 털썩 주저앉았을 뿐이었다.

"못 부르겠습니다…… 차마 나는 부를 수가 없어…… 내게는 그럴 권리가 없어요…… 도저히 할 수 없는 일이요…… 내가 죽은 걸로 알게 그대로 둬요. 그러는 편이 좋겠습니다…….

그는 어깨를 들썩이며 흐느껴 울기 시작했다. 그의 마음속에서는 애틋한 감정이 복받쳐 오르다가 절망과 함께 사그라졌다. 마치 봉오리를 열기도 전에 시들고 마는 철늦은 꽃송이처럼.

늙은 여인이 무릎을 꿇고 앉아 떨리는 목소리로 말했다.

"도련님의 친딸이었군요?"

"그래요, 저 아이는 내 딸이에요."

"어머나, 불쌍한 내 아기! 가엾은 내 아기……."

같이 눈물을 흘리며 노파가 중얼거렸다.

에필로그—자살

“말을 타자!” 황제가 외쳤다.

그러나 그는 곧바로 다시 말을 수정할 수밖에 없었다. 그의
앞에 끌려온 것은 말이 아니라 당나귀였다.

“아니, 나귀를 타기로 하자 라고 해야 맞겠군. 발데마르, 그런
데 이 짐승은 온순한가?”

“물론입니다, 제가 보증합니다, 폐하.”

백작이 고개를 끄덕이며 말했다.

“이제야 짐도 마음이 놓이는군.”

황제는 심술궂게 웃고 나서 수행 장교들을 돌아보며 다시 외
쳤다.

"모두들 말에 오르라!"

카프리의 마을 광장에는 이탈리아 헌병대가 둘러싼 가운데 많은 군중들이 모여 있었다.

광장의 한복판에는 환상적인 섬을 황제에게 보여주기 위한 교통수단으로 이용될 이 지방의 토종 당나귀들이 모여 있었다.

"발데마르, 어디서부터 구경을 시작하는 건가?"

행렬의 맨 앞에 선 황제가 물었다.

"폭군 티베리우스의 별장에서부터입니다, 폐하."

그들은 마을의 관문을 빠져나가 섬의 동쪽 산허리로 올라가는 울퉁불퉁한 비탈길로 접어들었다.

황제는 기분이 그리 좋지 않았다. 그 때문인지 그는 양쪽 발이 땅에 끌릴 정도로 덩치가 커서 당나귀를 깔아뭉개다시피 하고 있는 발데마르 백작을 놀려대곤 했다.

45분쯤 가서 그들은 '티베리우스의 절벽'이라고 불리는 절벽 위에 도착했다.

높이가 300미터나 되는 절벽으로, 옛날에 폭군이 눈밖에 난 희생자들을 그곳에서 바다에 던졌다고 한다.

황제는 당나귀에서 내려 난간으로 다가갔다. 그리고 절벽 아래 끝없이 펼쳐진 바다를 내려다보았다.

황제는 거기서부터 티베리우스 별장의 유적지까지 걸어가서 방과 복도들을 이리저리 거닐었다.

어느 순간 황제가 걸음을 멈추었다.

소렌토의 바위산과 카프리 섬의 전경이 장엄하고 아름다웠기 때문이었다.

검푸른 바다가 만의 아름다운 곡선을 선명하게 그려내고 있었다. 상쾌한 바다냄새가 오렌지나무 향기와 섞여 황홀감을 선사했다.

"폐하, 맨 꼭대기에 있는 '수도사의 예배당'까지 가시면 전망이 한층 더 아름답습니다."

발데마르가 말했다.

"그럼, 그리로 가볼까."

그때 한 사제가 가파른 오솔길을 따라 내려왔다.

걸음걸이가 매우 위태로워 보이는 등이 구부정한 노인이었다.

그의 팔에는 방문객들이 소감을 적어놓은 흔한 방명록이 들려 있었다.

사제가 돌판 위에 그 방명록을 펼쳐놓았다.

"뭐라고 쓰면 좋겠는가?"

황제가 물었다.

"먼저 서명을 하시고 방문하신 날짜를…… 그 다음에는 어떤 내용이든 폐하 마음대로 쓰십시오."

사제가 내민 펜을 받아들고 황제가 몸을 굽혔다.

"위험합니다, 폐하! 위험합니다!"

공포에 질린 외침이 들렸다. 동시에 예배당 쪽에서 들려오는 요란한 소리…… 황제가 깜짝 놀라며 뒤를 돌아보았다. 커다란 바위 하나가 황제를 향해 굴러 내려오고 있었다.

그 순간 황제는 사제의 손에 잡아채어져 10미터 앞으로 나가 떨어졌다.

큰 바위는 곧바로 방금 전까지 황제가 서 있었던 돌판을 산산이 부서버렸다.

사제가 없었다면 황제는 목숨을 잃었을 것이다.

황제가 사제에게 손을 내밀어 악수를 청하며 치하했다.

"고맙소!"

수행 장교들이 황제의 주위로 몰려들었다.

"별일 아니네. 마음들 놓게나. 약간 놀랐을 뿐이니까…… 아무튼 이 용감한 분이 아니었다면 큰일날 뻔했네……."

"이름이 무엇이오, 그대의 이름을 알고 싶소."

황제가 사제를 돌아보며 물었다.

사제는 머리에 두건을 쓰고 있었는데, 그것을 조금 위로 밀어 올렸다. 그리고 황제에게만 들리는 작은 목소리로 말했다.

"폐하께서 손을 내밀어주신 것을 대단히 영광스럽게 생각하는 이 사람의 이름이 정말 궁금하십니까?"

황제는 흠칫 놀라는 것 같았지만 곧바로 위엄 있게 말했다.

"귀관들은 저 예배당까지 곧장 올라가라! 또 다른 바위들이 떨어질지도 모르니까, 이곳 책임자에게 알려 주의를 주는 것이 좋겠군. 귀관들이 저 위를 살피는 사이 나는 이 용감한 노사제에게 감사를 표하겠노라."

황제는 사제를 데리고 한쪽으로 걸어갔다. 단둘이 있게 되자 황제가 입을 열었다.

"어떻게 그대가 또 이곳에?"

"폐하, 긴히 말씀드릴 일이 있습니다. 알현을 청해도 허락해
주시지 않을 것 같아서 이렇게 찾아왔습니다. 아까 폐하께서 방
명록에 서명을 하실 때 소개를 드리려고 했는데 갑자기 귀찮은
사고가 발생하는 바람에…… 이렇게…….”

"하려는 말이 뭐요?”

"제가 발데마르 백작에게 전해드린 그 서류는 가짜였습니
다.”

황제가 당혹스러워했다.

"가짜라니? 확실하오?”

"그렇습니다, 폐하.”

"그렇다면 그 말라이히라는 자는…….”

"범인은 말라이히가 아니었습니다.”

"그렇다면 누구였소?”

"폐하, 제가 드리는 말씀을 부디 비밀로 해주십시오. 진범은
케셀바흐 부인이었습니다.”

"정말, 케셀바흐의 아내란 말이오?”

"폐하, 그렇습니다. 그녀도 이제 죽었습니다. 폐하께 전해드
린 그 편지를 위조한 장본인이 바로 그녀였습니다. 진짜는 그녀
가 가지고 있었습니다.”

"그래, 그 편지는 지금 어디에 있소? 무엇보다 그 점이 중요
하오! 무슨 일이 있어도 그걸 되찾아야만 하오! 내겐 무척이나
중요한 편지들이오.”

"여기 있습니다, 폐하.”

황제는 한순간 영문을 모르겠다는 표정이었다. 그는 뤼팽과 편지를 번갈아 쳐다본 뒤 검토도 하지 않고 편지를 얼른 받아 호주머니에 쑤셔 넣었다.

황제는 뤼팽에게 또 한 번 놀랐다는 눈치였다. 이토록 무서운 무기를 아무런 조건 없이 대수롭지 않게 내주는 이 악한은 대체 어떤 존재란 말인가? 이런 편지를 손에 넣었다면 원하는 대로 쉽게 사용할 수도 있을 텐데.

그렇다. 그는 약속을 지키고 있는 것이다.

황제는 이 인물이 그동안 성취한 여러 가지 놀라운 일에 대해 생각하며 입을 열었다.

"신문은 그대의 죽음을 보도했던데……."

"그렇습니다, 폐하. 정말로 저는 죽었습니다. 우리나라의 사법당국은 귀찮은 저를 치워버릴 수 있다는 기쁨에 들떠, 심하게 불에 타 알아보기 어려운, 저로 추정되는 시체의 잔해를 재빨리 매장해버렸습니다."

"그럼, 그대는 지금 자유로운 몸이겠군?"

"그렇습니다. 언제나 그랬듯이 자유로운 몸입니다."

"그렇다면 그대는 그 어떤 것에도 구애받지 않겠구려……?"

"아무것도 없습니다."

"그렇다면 어떻소……."

황제는 잠시 망설이는 것 같더니 이윽고 딱 잘라 말했다.

"그렇다면 나의 곁에 있을 생각은 없소? 그대에게 사설경찰의 지휘권을 주겠소. 그대가 막강한 권력을 갖게 되는 것이지.

모든 권한, 다른 소속 경찰들까지도 그대 밑에서 일하게 될 것이오.”

“폐하, 감사하지만 사양하겠습니다.”

“무엇 때문이오?”

“제가 프랑스 사람이기 때문입니다.”

잠시 침묵이 흘렀다. 황제는 뤼팽의 대답이 마음에 들지 않는 것 같았다.

“그대는 자신을 결박하는 끈이 아무것도 없다고 말하지 않았소?”

“그렇습니다 폐하. 하지만 그 연줄만은 영원토록 끊을 수가 없는 것입니다. 저는 인간으로서는 이미 죽었습니다. 그렇지만 프랑스 인으로서는 계속 살아 있습니다. 폐하께서 이 점을 헤아리지 못하시다니 뜻밖의 일입니다.”

황제는 이리저리 왔다갔다하다 말을 이었다.

“그래도 신세는 갚고 싶은데…… 듣자하니 벨덴츠 대공국에 관한 교섭은 잘 되지 않고 끝났다더군.”

“예, 그렇습니다, 폐하. 피에르 르뒤크는 사기꾼이었습니다. 그도 이미 죽었습니다.”

“무엇이든 내가 그대에게 해줄 일이 없겠소? 그대는 이 편지를 순순히 돌려줬고…… 그대는 내 목숨까지도 구해줬소. 내가 뭘 해줬으면 좋겠소?”

“폐하, 아무것도 없습니다.”

“언제까지나 나를 빚쟁이로 남겨둘 셈이오?”

“죄송합니다, 폐하.”

황제는 자신의 앞에서 대등한 자격으로 서 있을 줄 아는 이 이상한 사나이를 마지막으로 한 번 더 바라보았다. 그런 뒤 그는 가볍게 머리를 숙여 인사를 하고는 그대로 아무 말 없이 자리를 떴다.

“폐하, 꽤 놀라셨을 거요.”

황제의 뒷모습을 눈으로 쫓으며 뤼팽이 중얼거렸다.

그는 마치 철학자처럼 여유를 부려가며 덧붙였다.

“그 정도로 어디 빚을 갚을 수 있겠소. 알사스-로렌 두 주쯤 되돌려준다면 몰라도…….”

그는 갑자기 말을 끊더니 발을 세게 구르며 말했다.

“빌어먹을 뤼팽! 너는 아직도 여전하구나. 이 세상을 하직하려는 이 순간에도 진중함이 없으니 말이다! 이쯤에서 좀 진지해지는 게 어때? 지금이야말로 인생의 마지막 순간이 아니더냐!”

그는 예배당으로 가는 오솔길을 따라 올라가 조금 전 큰 바위가 굴러 떨어진 장소에서 걸음을 멈췄다. 그리고는 느닷없이 웃음을 터뜨렸다.

“하하, 계략은 훌륭했다. 폐하를 호위하고 온 수행 장교들조차도 어리둥절해했으니! 내가 바위에 곡괭이 질을 해서 내가 원하는 순간 원하는 곳으로 굴러 떨어지게 했을 줄은 꿈에도 몰랐을걸! 내가 황제의 목숨을 구할 수 있도록 말이야.”

뤼팽은 곧 한숨을 내쉬었다.

"이봐, 뤼팽, 너는 참으로 피곤한 인간이다! 폐하가 단지 손을 내밀어 악수를 청하도록 하기 위해 이런 연극을 꾸미다니…… 그렇게 복잡한 짓을 해 얻은 것이라고는 '황제의 손에도 손가락은 다섯 개'라고 말한 빅토르 위고의 말뜻 정도가 아닌가?"

그는 예배당 안으로 들어가서 특수한 열쇠로 문을 열었다.

두 손과 두 발을 꽁꽁 묶인 채 입에 재갈이 물린 남자가 짚더미 위에 쓰러져 있었다.

"편히 쉬었소, 사제 양반. 내가 너무 빨랐나? 겨우 24시간이나 지났을까…… 그동안 당신을 위해 좋은 일을 하나 해두었소! 당신이 방금 전 황제의 목숨을 구했소…… 당신은 황제의 은인이 된 거요. 당신을 위해 커다란 성당이 건립되고, 당신의 동상까지 세워질 거요. 그러나 결국 사람들에게 욕만 실컷 얻어먹게 되겠지만…… 그런 인물일수록 나쁜 짓만 골라 하거든! 그중에서도 특히 경계해야 할 점은 자만심이 머리에 가득 차 나처럼 돌아버리는 일이지. 자, 받으시오, 사제! 당신의 옷을 돌려드리지."

사제는 비틀거리며 일어났다. 허기가 지고 겁에 질려 기운이 없었다.

뤼팽이 자기 옷으로 갈아입고 나서 밖으로 나가며 말했다.

"잘 있소, 노인장. 소란을 피워서 미안하오. 부디 나를 위해 기도나 좀 해주시구려. 드디어 내게도 기도가 필요해졌소. 이제 막 영원 속으로 들어서려는 자요. 잘 있으시오!"

그는 잠깐 동안 예배당 입구에 서 있었다. 되돌릴 수 없는 결말 앞에서 잠시 망설이는 한순간이었다.

그러나 그의 결심은 확고부동했다. 그는 이제 생각하지도 않고 뒤도 돌아보지 않았다. 마냥 힘껏 달릴 뿐이었다.

그는 가파른 언덕길을 내려와 '티베리우스의 절벽' 난간에 다다랐다.

"아르센 뤼팽, 3분 동안 시간을 줄 테니 멋진 연기를 해보게. 관객이 없어 재미없다고? 그렇지만 자네가 있지 않은가? 마지막 희극을 자신을 위해 연출하는 것도 그리 나쁘지는 않을 텐데? 젠장! 아마 대단한 장관일 거야…… 제목은 '아르센 뤼팽'. 80장에 걸친 웅장하고 우스꽝스러운 희극, 그 대단원의 막이 오르다! ……죽음의 장, 막이 오른다…… 주인공은 장본인인 뤼팽! 브라보, 뤼팽! 신사숙녀 여러분, 내 가슴에 손을 대 보십시오…… 1분 동안에 70회의 맥박이 뛰는구려. 입술에 미소도 띠고 있소. 브라보, 뤼팽! 정말 괴짜는 괴짜야, 마지막까지 이렇게 의연하잖아! 이제 그쯤 했으니, 그만 뛰어들지 않겠나! ……준비는 되었겠지. 이것이 자네의 마지막 모험이다. 미련은 없는가? 무슨 미련 따위가 있겠는가! 얼마나 대단한 인생이었는데. 아! 돌로레스, 당신이 괘씸한 악녀만 아니었어도! 그리고 말라이히, 왜 그렇게 입을 다물고 있었지? 그리고 피에르 르뒤크, 드디어 나도 간다……! 나 때문에 죽은 세 사람, 이제 내가 당신들 곁으로 간다…… 주느비에브를 잊고 있었군. 귀엽고 사랑스러운 나의 주느비에브여…… 안녕! 아, 이것으로 모두 끝났나? 이제 끝인가? 제기랄, 엉터리 배우…… 이제 내가 간다……."

그는 한쪽 다리를 난간에 걸친 채 시커먼 바다의 깊은 밑바닥을 가만히 내려다보았다. 그러다 그는 다시 머리를 들어 하늘을 올려다봤다.

"잘 있어라, 영원한 대자연이여! 죽음 앞에 선 한 사람이 그대들에게 인사를 한다! 잘 있거라, 아름다운 모든 것들이여! 잘 있거라, 찬란한 사물들이여! 그리고 인생이여, 굿바이!"

그는 손바닥에 입맞춤을 담아 허공에, 하늘에, 태양에 흩뿌렸다. 그리고 두 팔을 모아 팔짱을 끼고 그대로 뛰어내렸다.

시디 벨 아베스. 외인부대의 병영. 보고실 옆의 작고 천장이 낮은 방 안에서 한 특무상사가 담배를 피며 신문을 읽고 있었다.

그의 옆쪽으로 나 있는, 연병장을 향해 열려진 창문 앞에서 유난히 몸집이 큰 두 하사관이 독일어식 표현이 섞인 프랑스어로 자기들만의 은어를 섞어가며 잡담을 나누고 있었다.

문이 열리고 누군가 들어섰다. 그는 보통의 몸집에 중간 키였으며 차림이 멋진 신사였다.

특무상사가 자리에서 일어섰다. 그는 방문객을 향해 불쾌한 표정을 노골적으로 지으며 쥐어짜듯이 말했다.

"도대체 당직 연락병은 뭐하고 있는 거야……? 신사양반, 그런데 당신은 무슨 일로 오셨소?"

"입대를 원합니다."

매우 분명하고 위압적인 말투였다.

두 하사관이 히죽 웃는 것을 낯선 사내가 흘겨보았다.

"그러니까 한마디로, 이 외인부대에 지원하고 싶다는 것이로군?"

"그렇습니다. 그렇게 하고 싶습니다. 그러나 조건이 하나 있습니다."

"조건? 그 조건이란 게 뭐요?"

"이런 곳에서 죽치고 시간을 낭비하고 싶지는 않습니다. 오늘 모로코로 떠나는 부대가 있다는데, 함께 가고 싶습니다."

그 소리를 듣고 하사관 한 사람이 히죽거리며 말했다.

"모로코 사람들이 몹시 험한 꼴을 당하겠군. 저런 신사가 간다니……."

"주둥아리 닥쳐! 나는 놀림을 받으면 못 참는 성격이야."

사내는 억양이 몹시 딱딱해져 있었다.

"이봐, 잘난 친구! 말투 좀 고치는 게 어때? 그렇지 않으면……."

난폭하게 생긴, 몸집이 큰 하사관이 똑같은 말투로 받아쳤다.

"그렇지 않으면?"

"내 얼굴을 평생 기억하도록 해주겠어."

그 말을 들은 낯선 사나이가 천천히 하사관에게 다가가더니 허리를 움켜쥐고 번쩍 들어올려 창문 밖으로 내던졌다. 이어서 그는 다른 하사관을 노려봤다.

"자네도 저런 꼴을 당하기 싫으면 꺼져!"

하사관이 그대로 줄행랑을 쳤다.

사나이는 곧 특무상사가 있는 곳으로 되돌아왔다.

"상사님, 소령님께 전해주십시오. 스페인의 대공작이며 프랑스 인의 뜨거운 가슴을 가진 돈 루이스 페레나가 외인부대에 입대하기를 희망한다고 말이오. 즉시 전해주시기 바랍니다."

특무상사는 어리둥절한 표정을 한 채 꼼짝도 하지 않았다.

"빨리 전해주시기 바랍니다. 마냥 기다리고 있을 수는 없습니다. 나는 한시도 지체할 시간이 없단 말입니다."

특무상사가 자리에서 일어섰다. 그는 이 황당한 사람을 어이없다는 듯이 바라보고 있었다. 그는 곧 아무 말도 하지 않고 밖으로 나갔다.

뤼팽은 담배를 한 대 꺼내 불을 붙였다.

그러고는 특무상사가 앉아 있었던 자리에 앉으며 큰 소리로 외쳤다.

"바다가 나를 싫어한 이상, 아니, 내가 바다를 싫어하게 된 이상, 이번에는 모로코 인의 총알이 그보다 더 관대한지 어떤지 알아보는 수밖에. 그리고 이 편이 더 장렬하기도 하지…… 프랑스를 위해 목숨을 바치는 아르센 뤼팽……!"